AF282025

instinct
Merch Movie Edition

Buch

Zu sehr wünschte sich Stefan "Sten" Schubert, dass er eines Tages seine Chance bekäme. Der Auftrag war sehr gut dotiert und sollte ihn in die Stadt seiner Jugendträume, Paris, führen.

Eine Vertrauenssache sei es, so bedeutet man ihm, das Auto des Chefs mit wichtigen Geschäftspapieren von Berlin über Mailand nach Paris zu überführen. Die Auftraggeber geben ihm dazu sieben Tage Zeit. Kritische Nachfragen von Seiten seiner Freundin weist Stefan als Neid zurück: Sie sei Beamtin, verkehre hauptsächlich mit Büchern und wisse nichts von der harten Geschäftswelt. Sten nimmt sich vor, diesen Auftrag so gut zu erledigen, als sei es seine letzte Chance. Er kleidet sich neu ein, begibt sich in die Rolle eines Geschäftsreisenden und bricht in einem großen Mercedes nach Paris auf. In einem Hotel freundet sich Stefan mit Cliff Mullner, einem Amerikaner auf Geschäftsreise, an. Unterwegs an der Côte d'Azur lässt er eine junge Anhalterin zusteigen. Die Auftraggeber melden sich. Aus dem romantischen Roadmovie wird ein Horror-Alptraum. Eine Biografie verweigerter und verpasster Chancen holt Stefan ein. Aus der Reise, zu der die Geschäftsreise geworden war, wird eine Flucht.

Autor

Karl-Heinz Roller ist als Dozent für Medienpädagogik in der Erwachsenenbildung sowie an Hochschulen tätig. Veröffentlichungen in Fachzeitschriften und Fachbüchern zur Filmanalyse.

Karl-Heinz Roller

STEN
DER AUFTRAG

Roman

Eine instinct Geschichte
Merch Movie Edition GmbH

Originalausgabe

© 2002 Karl-Heinz Roller
Alle Rechte beim Autoren

Umschlag: Harald H. Schröder, Frankfurt
Fotos: Harald H. Schröder und Karl-Heinz Roller
Herstellung: Books on Demand GmbH, Norderstedt
Verlag: Merch Movie Edition GmbH , Bad Liebenzell

Printed in Germany
ISBN: 3-9801721-9-8

Inhalt

Anhang

Die Geschichte und die Personen
sind frei erfunden. Ähnlichkeiten
mit lebenden Personen sind
nicht beabsichtigt.

1

Berlin - Savignyplatz

Das Telefon läutete. Es war ein strahlend blauer, wolkenloser Tag im Mai des Jahres 1999. Die Sonne stand schon hoch. In der alten Bürgerwohnung mit ihren hohen Stuckdecken war es stockfinster, alle Rolläden waren heruntergelassen. Das Telefon läutete zum fünften Mal, als eine Männerstimme fluchte:

„Verdammt, der ist aber zäh."

Das Telefon läutete zum siebten Mal, bis der Mann zu seinem Telefon über den Boden robbte. Beim neunten Läuten fand sich das Telefon zugedeckt unter Hose und Pullover. Eine freundliche, sonore Stimme fragte:

„Spreche ich mit Herrn Schubert?"

Ein schlichtes „Ja" vermischte sich mit einem Gähnen.

„Sie sind uns empfohlen worden. Wir haben einen Auftrag zu vergeben. Sind Sie interessiert?"

„Ja."

Die sonore Stimme wurde noch freundlicher:

„Schön, könnten Sie es einrichten, dass wir uns morgen mittag, wäre Ihnen 15 Uhr recht, im Foyer des Hotels Atlantic treffen können?"

„Ja."

Noch eine Spur freundlicher tönte die sympathische Stimme des Anrufers:

„Wunderbar. Sie kennen das Hotel? Sie erkennen mich an einer weißen Nelke im Knopfloch und einem Regenschirm unter dem Arm."

„Gut."

„Phantastisch, ich freue mich über Ihr Interesse, Herr Schubert, und dass Sie es sich so schnell einrichten können."

Am anderen Ende der Leitung klickte es sanft.

Jetzt erst bemerkte Stefan Schubert, dass er am ganzen Körper nassgeschwitzt war. Schon seit Monaten hatte er Alpträume, die immer den gleichen Inhalt hatten. Er saß in seinem Taxi, wartete auf Fahrgäste, aber niemand stieg ein. Entweder war um ihn herum alles menschenleer und ihm kamen Zweifel, ob das Auto an einem ausgewiesenen Taxistand stände, oder aber die Menschen gingen an ihm vorbei, so als ob weder er noch das Auto existieren würden. Dabei stand er doch als Erster in der Reihe. Anfänglich brachte Schubert noch den Mut auf, sich bei den Kollegen darüber zu beschweren, dass sie die Fahrgäste nicht an das erste Auto verwiesen. Dann blieb er einfach nur sitzen, wünschte sich, unsichtbar zu werden, und manchmal tat er so, als ob gerade ein Ruf über Funk gekommen wäre und verließ ohne Fahrgast den Taxistand. An Taxiständen wie am Flughafen oder am Bahnhof Zoo war es ihm besonders schmerzlich, wenn er nach einer Stunde des Wartens, von Kunden missachtet, solch eine Entwertung seiner Person erfahren musste. Manchmal träumte Schubert auch, wie er in seinem Taxi auf einem Waldweg auf Kundschaft wartete.

Noch immer saß Stefan Schubert nackt auf dem Boden. Sich vorwärts tastend erreichte er die Fenster und zog die Rolläden hoch. Das gleißende Sonnenlicht blendete ihn und er konnte nur schemenhaft den vorüberrasenden S-Bahn-Zug wahrnehmen, dessen Rattern die Bleibtreustraße erfüllte. War der Anruf auch nur ein Traum? Erst jetzt fiel ihm ein, dass er gar nicht gefragt hatte, um welche Art von Auftrag es sich handelte.

„Ach, sicher handelt es sich um eine Fahrt, vielleicht eine gute Fahrt vom Flughafen Tegel aus quer durch die Stadt ans andere Ende."

Das einfallende Licht fiel auf einen roten Futon, auf dem blaue Bettwäsche lag. Halb im Schatten standen große Bücherregale, die zwei Wände des Zimmers bedeckten, mit Hunderten von

Büchern. Fein säuberlich aufgereiht strahlten die Bücher eine innere Ordnung aus und vermittelten - auch durch abgegriffene Buchrücken - den Eindruck, dass sie gelesen waren. Vor einer Wand waren auf dem Boden Plattenspieler, Verstärker und Lautsprecher gruppiert. Darüber hing ein Konzertplakat der Europatournee 1976 der Rolling Stones mit dem Aufdruck: Stuttgart Neckarstadion. Die Tür wurde verdeckt von einem großen Filmplakat, das die *Manhattan Bridge* zeigte, vor der Kinder spielten. Obwohl in sanftem Sepia gehalten, so wie alte Fotos aus den Anfängen des Jahrhunderts, lastete Bedrohung auf dem Bild. Dabei sollte der Filmtitel doch an Märchen erinnern: *ES WAR EINMAL IN AMERIKA*. Ein großer, abgenutzter, aber sehr gepflegter Teppich, bedeckte den ganzen Fußboden. Seine Farben, rot mit blauen Ornamenten, prägte den Farbeindruck des Zimmers.

Stefan Schubert war Taxifahrer. Das heißt, eigentlich war er kein richtiger Taxifahrer. Eigentlich war Stefan Schubert Student, eingeschrieben an der Freien Universität in Gesellschaftswissen-schaften. Vorlesungen hatte er allerdings schon seit Jahren nicht mehr besucht, und von einem Abschluss wagte er nicht einmal mehr zu träumen. Er war 39 Jahre alt, 1.80 groß und hatte blonde lockige Haare, die seine Schultern berührten. Auf seine sportliche Figur war Stefan schon immer stolz gewesen. Bisher war es ihm im Sommer immer wieder gelungen, den Winterspeck abzutra-gen. Als Stefan Schubert, nackt am Fenster in der Sonne, an sich hinunter schaute, erinnerte ihn der kleine Bauchansatz an diese Aufgabe. Konnte er sonst noch was in seinem Leben vorweisen? Stefan verscheuchte diesen Gedanken, drehte sich abrupt um und suchte nach seinen Boxershorts unter den Kleidungsstücken, die er über das Telefon gehäuft hatte, um die Signaltöne zu dämpfen. Nachdem er seine Blue Jeans - er trug seit vielen Jahren nur Blue Jeans - übergestreift hatte, ging er in das Bad. Er schaute in den Spiegel und befand, dass der Dreitagesbart weg müsse, auch wenn er erst morgen den Termin hatte. Wenn er es sich leisten konnte, so rasierte sich Schubert nur jeden dritten Tag. Er lächelte beim Gedanken an seine Freundin, die sich über das Kratzen der Bartstoppeln oft beklagt hatte, und der er oft erzählt hatte, dass es für die Haut besser sei, wenn man sich nicht jeden Tag rasiert. Sofern man sich das leisten kann. Stefan Schubert konnte es sich eigentlich immer leisten, bei diesem Job. Er fuhr nun schon seit über 10 Jahren Taxi und dies meist bei Nacht.

Der Dreitagesbart hatte für Stefan etwas Symbolisches. Es bedeutete, man hatte ihn noch nicht rasiert, noch nicht stromlinienförmig gemacht. Die Bartstoppeln gaben dem Gesicht etwas Wildes, noch nicht Gezähmtes. Jedoch, und das spürte Schubert, war der Grat schmal geworden hin zum `ewig Rebellischen´, das wie das `ewig Jugendliche´ seltsam unangenehm wurde, wenn man es zu lange ausdehnte. Um auf dem Grat zu bleiben, achtete Stefan fast penibel darauf, dass seine Kleidung und seine Wohnung in einem gepflegten Zustand waren. Aber er ahnte wohl, dass dies für die Zukunft nicht mehr ausreichen würde.

Ein Traum war anders gewesen. Stefan Schubert durchschritt eine große Halle, an deren Ende sich eine massive Eichentür befand. Auf einem polierten Messingschild stand sein Name: Stefan Schubert. Die schwere Tür ließ sich mühelos öffnen, und er gelangte in einen Gang, an dessen Wänden Kandelaber hingen. Im flackernden Licht der Kerzen erreichte er eine Stahltür. Auch hier ließ sich der schwere Eisenriegel leicht und ohne Quietschen öffnen. Dieser Raum ähnelte der Röhre eines U-Bootes und ein roter Schein signalisierte Gefechtsbereitschaft. Durch die Bullaugen blickte Schubert in die finstere Dunkelheit der Tiefsee. Sein Weg führte zu einer kleinen Holztür, die ihn an Scheunen in seiner Kindheit auf dem Dorf erinnerte. Es war ein Verschlag, den man bei schönem Wetter öffnete, damit das eingebrachte Heu besser trocknen konnte. Der nachfolgende Gang war stockdunkel. Schubert tastete mit seinen Händen die Wände entlang. Sie waren feucht und glitschig. Der Gang wurde immer enger und niedriger. Anfänglich reichte es noch aus, auf den Knien zu rutschen. Als auch hierzu nicht mehr genügend Raum war, musste er sich auf den Bauch legen. Mühsam robbte er weiter, bis seine Hände ein dickes, weiches, samtenes Tuch berührten. Halb in Todesangst, halb in Hoffnung, zwängte sich Schubert durch das enge Loch hindurch. Dann wurde es blendend hell um ihn. Er sah nichts. Zuvor war es zu dunkel gewesen und nun zu hell. Er spürte nur, wie er fiel. Der freie Fall erschien ihm endlos und er wusste nicht, ob er sich ängstigen oder diesen schwerelosen Zustand genießen sollte. Da hörte Schubert die Rotoren eines Hubschraubers. Ihm gelang, seinen Blick zu fokussieren und hinter der Glaskuppel sah er einen jungen Mann, der ihm bedeutete, er solle sich an den Kufen des Hubschraubers festhalten. Der fremde Mann reichte ihm die Hand und sah ihn freundlich an. Stefan Schubert fühlte sich gerettet, alles erschien nun einfach.

In einigen Punkten leistete sich Stefan Schubert Luxus, wenn man darunter eine Lebensweise versteht, die von den Standards der Berufstätigkeit und der daraus entstehenden sozialen Position in der Gesellschaft deutlich abweicht. Schubert putzte sein Arbeitswerkzeug heraus, als wäre es ein geliebter Oldtimer. Oft reinigte er das Auto eine halbe Stunde lang, bevor er an einen Taxistand fuhr. Luxus war auch die Zeit, die er mit sich alleine verbrachte, mit Büchern, Musik und Filmen.

Wie eine Befreiung erlebte es Stefan Schubert, wenn er, ein Buch lesend, aus der Zeit heraustreten konnte. Wenn es auch vielleicht objektiv ein Luxus sein mochte, ohne Nutzorientierung seine Zeit mit dem Lesen von Büchern zu verbringen, Büchern, die in keinem direkten Zusammenhang mit der Realität standen, so war es doch subjektiv für Schubert ein Zwang, sich mit seiner Lektüre dem direkten Zugriff der Wirklichkeit zu entziehen. Es war so, als ob er sich in diesen Momenten von Muse, versunken in einem Buch, vergewissern müsste, mehr zu sein als ein Arbeitstier. Fast nur noch in solchen Stunden der Muße erlebte Stefan Schubert Gefühle der Behaglichkeit und Heiterkeit.

Eine Diskrepanz zu seiner alltäglichen Wirklichkeit konnte nicht ausbleiben. Je mehr Schubert seinen Neigungen nachkam, um so mehr litt er an seiner alltäglichen Arbeit. So spürte er manchmal direkt einen Widerwillen gegenüber Fahrgästen, denen er es anroch, wie sie lebten. Sie atmeten ein Leben aus, wie es Stefan für sich selbst nicht anstrebte. Der enge Raum des Autos verdichtete diese Erfahrung in unangemessen intimer Weise. Noch immer stand Stefan vor seinem Spiegelbild im Bad.

Noch nie hatte sich Stefan Schubert anders als nass rasiert. Er mochte dieses Ritual: Mit lauwarmem Wasser die Rasierseife mit dem Pinsel so lange aufrühren bis sie cremig wurde, dann den Schaum behutsam auftragen. Um dieses Ritual noch männlicher zu gestalten, hatte er sich einmal auf dem Flohmarkt einen alten Apparat für einfache Klingen gekauft. Jedoch hatte sich Schubert damit bei jedem zweiten Rasieren geschnitten, so dass er wieder auf die stillose Tandemklingen zurückgegriffen hatte. Rasierwasser benutzte er nur selten, weil er meinte, dass dadurch die Gesichtshaut zu hart werden würde. Im Großen und Ganzen konnte er seinen Anblick im Spiegel ertragen. Zwar ärgerte es ihn, wenn über Winter auch sein Gesicht, besonders um die Kinnpartie herum, etwas zu rundlich wurde. Aber beim Rasieren zeichneten sich seine Backenknochen noch ab und ihre Konturen wurden spürbar. Es ist noch da, tröstete er sich.

2

Im Taxi

Stefan Schubert verließ das Haus, genau so wie seit vielen Jahren: Blue Jeans, naturbraune Bootsschuhe, hellblaues Hemd, Blouson. Die Blue Jeans erinnerte ihn an seine erste Hose, die er von seinem Taschengeld gekauft hatte. Gut, dass es jetzt auch wieder das Modell von damals gab, die 501 von Levis mit Knöpfen statt mit Reißverschluss. Die amerikanischen Bootsschuhe schätzte er, weil ihr zähes und dabei doch weiches Rindsleder rund herum genäht war. So konnte er die Schuhe auch genussvoll ohne Socken tragen. Auch behinderten ihn die niedrigen Absätze nicht beim Gasgeben und beim Bremsen. Das Hemd hatte einen Button-Down-Kragen und war sein gewolltes Zugeständnis an ein Minimum an seriösem Auftreten. Darüber trug Schubert einen blauen Fliegerblouson, dessen militärischen Ausdruck er durch Abrieb der Hoheitszeichen abgemildert hatte. Er mochte diese Jacke, weil das Nylon sich anfühlte wie Seide und doch äußerst strapazierfähig war. Der Blouson war seine Arbeitsjacke.

Nun stand Stefan Schubert also wieder an einem Taxistand. Er wusste schon zu lange, dass er keine Zeit mehr zum Warten hatte und dass seine Zeit verrann. Ach wie schnell waren die letzten fünf Jahre vergangen. Stefan Schubert spürte schmerzhaft, dass er jetzt was Neues beginnen sollte. Aber was? Wer nimmt schon einen Mann Ende 30, der seit 10 Jahren Taxi fährt und nicht mal mit einem Abschluss sein Studium nachweisen kann? Welcher Arbeitgeber würde nicht mit einem mitleidigen Achselzucken reagieren, wenn Stefan sagen würde, dass er in dieser Zeit viele Bücher gelesen, viel über die Welt nachgedacht, viele Entwicklungsphasen durchschritten und die Wahrnehmung seiner Um-

13

gebung immer weiter verfeinert hatte? Es gab nichts, womit er die Arbeit an sich selbst mit einer Leistung, die anderen nützlich ist, nachweisen hätte können. Seit ein paar Jahren hatte er angefangen, seine Eindrücke und Erfahrungen tagebuchartig zu notieren. Aber dies zu sagen klänge doch so, als hätte er seine Pubertät noch nicht überwunden. Außerdem hatte er auch damit keine kommerziellen Interessen, dienten doch diese Aufzeichnungen nur dazu, das Vergessen zu verlangsamen.

„Ich halte dieses Warten nicht mehr aus, am liebsten würde ich aus dem Auto steigen und den Wagenschlüssel in den Gulli werfen." Dieser Gedanke war so stark, dass ihn Schubert hinausschreien mochte. Nicht mal mehr lesen konnte er in den Wartezeiten.

Manchmal ertappte sich Stefan Schubert dabei, wie er sich an frühere Zeiten erinnerte. Ja, es war mal toll gewesen, im Taxi nachts in Berlin seinen Lebensunterhalt zu verdienen. Hier auf den nächtlichen Straßen spielte sich das wirkliche Leben ab und nicht in den Germanistikseminaren, in denen man mit blutleerer akademischer Terminologie Literatur analysierte. Wie hatte Stefan es genossen, durch diesen Job materiell selbständig, Teil des gesellschaftlichen Stoffwechsels zu sein, während seine Kommilitonen nur ihren Scheinen hinterherlernten. Ja, er kam sich damals autonom vor, und er konnte seinen Arbeitsplatz ja auch frei wählen, denn niemand schrieb ihm vor, an welchen Halteplatz er sein Taxi hinstellte, um auf Kunden zu warten. Auch die Pausen zu einem Kaffee in einer der vielen Nachtkneipen von Berlin konnte er selbst bestimmen. Oder er konnte cool, inmitten anderer Nachtschwärmer stehend, eine Currywurst an einer der fahrbaren Würstchenbuden essen, oder zum Abtanzen in eine Disco gehen. Und Stefan Schubert hatte es spannend gefunden, dass in seinem Taxi alle sozialen Schichten der Gesellschaft vertreten waren, vom Zuhälter bis zum Wirtschaftsboss. Nicht wenige seiner Fahrgäste fühlten, dass er ein interessanter Gesprächspartner war.

Doch Schubert war zu jung, um auf sein Leben zurückblicken zu können, und zu alt, um weiterhin im Taxi in der Warteschleife stehen zu können. Absurd, wenn ein Mann auf sein Leben zurückblickt, der noch nie einen Beruf ausgeübt hat. Seine innere Unruhe nahm noch mehr Besitz von ihm, und Schubert musste an das Telefongespräch am Morgen denken. Zu blöde, sich an so etwas festzuhalten. Wie weit bin ich schon gesunken? Wie entnervt bin ich? Wie sehr stehe ich mit dem Rücken zur Wand? Zu sehr wünschte sich Stefan Schubert, dass er eine Chance bekäme, so dass er zeigen konnte, was er alles drauf hatte. Oh ja, ich kann mehr als Taxi fahren, dachte er bitter.

Viele Jahre schmerzte es Schubert nicht, wie die Zeit verrann. Er mochte das Bild, auf einem Meilenstein zu sitzen und die Zeit an sich vorüberziehen zu lassen. Vom "irgendetwas mach ich mal" blieb immer weniger zurück. Hinzu kam, dass es immer schwieriger wurde, mit Taxifahren seinen Lebensunterhalt zu verdienen. Blieben die Fahrgäste weg, weil sie spürten, dass er seinen Job nicht mehr gerne machte, oder war die Konkurrenz seit dem Fall der Mauer stärker geworden? Die Insel Berlin gab es nun nicht mehr. Eigentlich fuhr Schubert nur noch während der Berliner Filmfestspiele gerne Taxi. Es war nicht die Hoffnung, dass einmal in sein Taxi Schauspieler oder Regisseure einsteigen würden, die ihn entdecken könnten. Es war, dass er in sich wieder die alte Lust verspürte, nachts Pausen zu machen und in eine Filmvorstellung zu gehen, anschließend einen Kaffee im Delphi unter Cinéphilen zu nehmen und am anderen Morgen in der Filmbühne am Steinplatz zu frühstücken. In die warme, dunkle Höhle des Kinos zu gehen, inmitten begeisterter Filmfreaks zu sitzen, das war ein Lichtblick im Alltag. Stefan erinnerte das Kino in der Kleinstadt seiner Kindheit. Das Schöne war schon damals die Flucht aus der Wirklichkeit in die Region der Träume. Bigger than life, das war für Stefan nicht nur eine schlechte und gefährliche Flucht aus der Wirklichkeit, es war für ihn auch ein Gang in die Tempel der Moderne, in denen er den Märchenerzählern des 20. Jahrhunderts - für die er die berühmten Regisseure hielt - lauschen konnte mit den großen, weiten Augen eines Kindes. Ja, für ihn waren die Kinos die Orte der Moderne, in denen ihre Mythen erzählt wurden. Über diesen Gedanken ein bisschen versöhnter mit sich, konnte Stefan wieder ruhiger den nächsten Fahrgast erwarten.

Die letzte Stunde vor Morgengrauen kam über Schubert, als ob ein Ringrichter sie eingeläutet hätte. Vor sich hindämmernd im Taxi folgte Schlag auf Schlag. Er wartete in seiner Ecke, saß still, mochte nicht stillsitzen, konnte sich aber nicht bewegen. Er wollte, dass dieser Kampf wie im Flug vorbeiging, und er wollte, dass die Zeit stillstehen würde. Immer wieder wurde er in den Ring gerufen. Einerseits spürte er Erleichterung dabei, sich wehren zu müssen und dabei selbst auch Schläge austeilen zu können. Andererseits kam ihm das alles so barbarisch und roh vor, den Schweiß, den keuchenden Atem des Gegenüber so hautnah spüren zu müssen. So war Schubert wieder froh, den Gong zu hören, in seine Ecke zurückkehren zu können und sich von seinem Betreuer den Schweiß abtupfen und massieren zu lassen. Der massige Mann hinter ihm war Trainer und Richter und Publikum in einer Person. Ob es sein Vater war, schoss es Schubert durch den Kopf, aber er traute sich nicht, hinter sich zu sehen. Sein Blick heftete sich nur auf den Gegner. Schubert konnte den Blick nicht abwenden, er verhakte sich in dem Blick des Anderen. Nur dessen Augen nahm er war. Und sie kamen ihm genauso verbissen und verzweifelt wie seine eigenen vor. „Wie lange geht denn dieser Kampf noch?" stöhnte Schubert. „Durchhalten, durchhalten, durchhalten", schrie es aus einem Taxi in einer Seitenstraße des Kurfürstendamms. Mit dem Kopf auf dem Lenkrad erwachte Schubert und er wünschte sich, dass alles wirklich nur ein Traum war, aus dem er bald erwachen würde.

Im Morgengrauen kehrte Schubert in seine Wohnung zurück. Wie seit Jahren gewohnt, legte er sich nicht sofort zum Schlafen nieder. Sein Blick glitt die Bücherreihen entlang. Er wartete auf eine Idee, auf eine Lust, ganz bestimmte Zeilen lesen zu wollen. Der Wasserkessel pfiff und Schubert brühte sich einen starken Salbeitee auf. Der Morgenverkehr hatte begonnen und er schloss die Fenster mit einem Blick auf den Savignyplatz, der noch von den Lichtern der Nacht erleuchtet wurde. Nie mochte Schubert sich nach der Arbeit sofort schlafen legen. Da war noch dieser Wunsch, in seiner eigenen Umgebung zur Ruhe zu kommen.

3

Hotel Atlantic

Das Treffen mit der freundlichen Stimme am Telefon rückte näher. Stefan Schubert zog ein gebügeltes hellblaues Hemd an, holte seine einzige Stoffhose aus dem Schrank und zog sich seinen einzigen Sakko über. Den Gedanken an eine Krawatte verwarf er.

Schubert machte es keine Mühe, in der Hotellobby des Atlantic den älteren, seriös gekleideten Herrn mit der weißen Nelke zu erkennen, der schon an einem kleinen Bistrotisch Platz genommen hatte und der wie verabredet einen Stockregenschirm über seinem Arm gehängt hatte, obwohl es nicht regnete.

„Sie kennen Frankreich und sprechen Französisch, Herr Schubert?"

„Ja, es gab mal eine Zeit, wo ich in Frankreich leben wollte."

„Mal?" Der ältere Herr sah Stefan Schubert ernst an und genoss die Pause. „Na bestens, Herr Schubert. Ich sehe immer klarer, dass Sie der richtige Mann für uns sind."

Schubert war fasziniert vom eleganten Erscheinungsbild seines Gegenübers und konnte seine musternden Blicke nicht verhehlen. Der ältere Herr tat ihm den Gefallen, drehte sich nach dem Kellner um und bestellte zwei Capuccini und zwei Fachinger, nachdem er Herrn Schubert gefragt hatte, ob ihm das recht sei. Er tat dies in solch weltmännischer Art, und Stefan Schubert dachte, dass dieser Herr nur in solchen Hotels, den besten, verkehrte. Dies schüchterte ihn noch mehr ein.

„Ach wie dumm von mir, ich habe mich ja noch gar nicht vorgestellt. Entschuldigen Sie, was müssen Sie von mir denken.

Mein Name ist Branco, Luis Branco", und er reichte Schubert, der aufstehen wollte, die Hand.

„So bleiben Sie doch sitzen, mein Lieber. Hier ist meine Karte." Luis Branco entnahm seiner bordeauxroten Brieftasche eine Visitenkarte und platzierte sie elegant vor Schubert auf die weiße Marmorplatte. Ein Geruch von teurem Parfüm, etwas zu süßlich, entströmte dem Büttenpapier.

„Ich vertrete eine international tätige Import-Export-Firma. Der Chef von Europa ist mit Ihnen vom Flugplatz zum Potsdamer Platz gefahren und Sie haben ihm gefallen. Tja, Sie werden lachen, so einfach ist das. Also unser Chef hat in einer Woche einen wichtigen Geschäftstermin in der Pariser Niederlassung. Es handelt sich um eine Konferenz unserer europäischen Filialen. Für diesen Termin braucht er eine Vielzahl von Unterlagen, die er selbst nicht als Handgepäck im Flugzeug transportieren kann. Wir suchen einen verlässlichen Mann, der diese Geschäftsunterlagen mit unserem Firmenwagen nach Paris bringt. Die Route müsste über Mailand gehen, da von der dortigen Filiale weitere Geschäftsunterlagen aufgenommen werden müssten. Sind Sie an diesem Auftrag interessiert?"

Stefan Schubert konnte kaum seine Freude über dieses Angebot unterdrücken. Herr Branco gab sich den Anschein, die spontane Zustimmung von Schubert nicht wahrzunehmen, griff in seine Aktentasche aus feinstem Leder und entnahm einen Scheck.

„Natürlich werden Sie fragen, wie dieser Auftrag dotiert ist. Nun, wir werden uns nicht lumpen lassen, wie es auf gut deutsch heißt" und lachte sonor. „Nein, im Ernst, uns ist diese Transaktion von großer Bedeutung und uns ist daran gelegen, dass sie äußerst verlässlich durchgeführt wird, und dafür werden wir auch einen angemessenen Preis bezahlen. Wir haben an 20 000 DM gedacht. Ich bin befugt, Ihnen sofort einen Scheck über 10 000 DM auszuhändigen, den Rest bekommen Sie in Paris. Wäre das für Sie okay?"

Stefan Schubert wusste nicht wie ihm geschah, und er konnte nur stottern: „Das wäre Okay."

„Also Sie sind unser Mann! Wunderbar, dass wir uns so schnell einigen konnten. Da wird sich unser Chef freuen, dass er sich in Ihnen nicht getäuscht hat. Wir werden für morgen, wenn das für Sie zumutbar wäre, einen Termin bei einem Herrenausstatter und bei einem Friseur ausmachen? Das geht natürlich auf unsere Kosten, ebenso wie die Spesen, die unterwegs anfallen. Selbstverständlich bekommen Sie von uns eine Kreditkarte, mit der Sie unterwegs liquide sind. Sie können Ihre Hotels selbst aussuchen, aber Sie sollten nur die besten auswählen, da uns daran gelegen ist, dass unser Firmenwagen nur in bestens gesicherten Garagen abgestellt wird. Und genieren Sie sich nicht. Sie repräsentieren ja auf dieser Reise unsere international tätige Unternehmung. Übermorgen früh, am Freitag, können Sie das Auto in der Mercedes-Garage am Potsdamer Platz abholen."

Luis Branco lächelte und betonte noch einmal, wie sehr sein Chef und er sich freuen würden, solch einen netten und zuverlässigen jungen Mann für diese wichtige Aufgabe gefunden zu haben.

Stefan Schubert stieg die Schamröte ins Gesicht und er nahm einen Schluck Mineralwasser zu sich.

Herr Branco überreichte Stefan Schubert den Scheck und die Adressen von Herrenausstatter, Friseur und Garagist.

„Ach ja, und Sie können sich eine Woche Zeit lassen. Die Geschäftsunterlagen müssen bis spätestens Freitag morgen um 10.00 Uhr bei der französischen Niederlassung sein. Haben Sie noch Fragen?"

Schubert verneinte in gefasstem Ton.

„Wunderbar, dann wünsche ich Ihnen alles Gute für Ihren Auftrag. Und ich denke, dass ich auch befugt bin, Ihnen Nachfolgeaufträge in Aussicht zu stellen, wenn Sie diese Überführung zu unserer Zufriedenheit erledigen, woran wir nicht zweifeln."

Herr Branco schaute auf die Uhr, entschuldigte sich ob eines Anschlusstermins und schüttelte mit festem Druck die Hand von Stefan Schubert.

Schubert stand wie gebannt an dem Bistrotisch und blickte hinter Luis Branco her, der sich mit Handschlag vom Hotelmanager verabschiedete, als wären sie alte Freunde. Erst als Branco das Hotel verlassen hatte, konnte sich Schubert wieder an seinen Tisch setzen. Er genoss das Ambiente des First-Class-Hotels und schlürfte genussvoll abwechselnd den vorzüglichen Capuccino und das Mineralwasser.

Als Schubert das Hotel verließ, verspürte er den übermächtigen Wunsch, seiner Freundin Sabine sofort von diesem Auftrag zu erzählen. Da ihm ein Telefongespräch zu gewöhnlich erschien, fuhr er mit der U-Bahn zur Landesbibliothek Berlin. Sie arbeitete dort in leitender Stellung als Bibliothekarin. Stefan kannte Sabine schon vom Studium her. Wie Stefan hatte sie Germanistik an der Freien Universität studiert. Im Unterschied zu Stefan machte sie jedoch zügig einen guten Abschluss und bekam sofort nach ihrem Studium eine Anstellung an der Landesbibliothek. Sabine Ruth arbeitete zur Zufriedenheit ihrer Vorgesetzten, hatte es bis zur Abteilungsleiterin gebracht und war mittlerweile verbeamtet. Sabine Ruth liebte Stefan Schubert, und es war bei ihr die Liebe auf den ersten Blick gewesen. Schon oft hatte sie ihm vorgeschlagen, bei ihr zu wohnen, nicht mehr so lange Taxi zu fahren und so mehr Zeit für den Aufbau einer beruflichen Laufbahn zu haben. Für Sabine war es nicht schlimm, dass Stefan sein Studium nicht mit Abschluss beendet hatte. Ihr gefiel an Stefan, dass er sich Zeit mit seinen Erfahrungen und Gefühlen ließ. Und sie selbst sah die Entwicklung von Stefan auch als eine stetige an. Sie hatte das Gefühl, dass vieles von dem, was Stefan las, was er an Musik hörte, was er an Filmen sah, in seiner Persönlichkeit einen Platz bekam. Aber wichtiger für sie: ihr war es nie langweilig gewesen mit Stefan.

Stefan liebte Sabine, wie ein Mann liebt, der nicht von seinen Träumen lassen will. Irgendwie hatte Stefan immer noch die Hoffnung auf die "große Liebe". Es gab etwas, das in seiner Sehnsucht durch die Beziehung zu Sabine Ruth nicht befriedigt wurde. Auch konnte er sich mit dem Fehlenden noch nicht abfinden. Noch nicht wollte er diese Sehnsucht, die Ersatznahrung fand in seiner Musik, der Literatur, den Filmen, vollends zähmen, da er Angst hatte, damit auch seine Leidenschaften und Träume zu verlieren. Da war diese Angst, dass das Lebendige, das an sich nicht Zähmbare, dann in ihm sterben würde. Jedoch wusste Stefan auch, dass dies zwei unterschiedliche Dinge waren, das Leben und die Kunst. Und die Zeit fließt. Man kann die Jugend nicht festhalten. Zu deutlich spürte Stefan dies. Auch fragte er sich, ob er nicht das Recht, an seinen Träumen festzuhalten, schon verwirkt hatte.

Voller Elan, ohne anzuklopfen, stürmte Stefan Schubert in das Büro von Sabine Ruth. Mit einer Begeisterung, die Sabine so an ihm schätzte, die aber in den letzten Jahren an Glanz verloren hatte, erzählte er von seinem Auftrag. Obwohl sich Sabine Ruth freute, ihren Stefan wieder so begeistert wie früher zu erleben, reagierte sie nüchtern: „Sag mal, findest du 20 000 DM nicht ein bisschen viel Knete für solch einen Job. Autos zu überführen, das ist doch noch unter dem Niveau des Taxifahrers."
Stefan kam sich vor, als wäre er gegen Beton gerannt.
„Du bist nur neidisch, dass ich nach Paris fahren kann, während du hier in deinem Büro sitzen mußt. Und du hast Angst vor meiner Freiheit, die ich mir von dem Geld erlauben kann. Außerdem ist es typisch, wie du mich in meiner Begeisterung auflaufen läßt. Das geht dir einfach ab, auch mal begeistert zu sein!"
„Gut, ich kann dich ja verstehen, Sten, dass du dich freust, aber du solltest nicht dabei den Kopf verlieren."
„Außerdem muß ich kein Auto überführen, sondern wichtige Geschäftsunterlagen nach Paris bringen. Auch Fremdsprachenkenntnisse sind erforderlich. Und repräsentieren soll ich auch."
„Also gut, das ist kein gewöhnlicher Autoüberführungsjob. Aber kennst du die Firma, wie sind sie auf dich gekommen?"

„Immer mußt du alles problematisieren, alles hinterfragen. Du kannst nicht einfach nur den Dingen ihren Lauf lassen und dich treiben lassen."

„Mensch Stefan, jetzt verwechselst du aber unsere Beziehung mit deinem Job. Du bist zu alt für so was."

„Ich habe Bock auf diesen Job und ich finde, ich habe dieses Geld auch verdient. Fertig aus." Verletzt und wütend stürmte Stefan aus ihrem Büro. Sabine zögerte, lief dann doch hinter ihm her, doch Stefan hatte das Gebäude schon verlassen.

Die Begegnung mit Sabine schmerzte Stefan. Sicher hatte sie recht mit ihren Einwänden, aber sah sie denn nicht, wie wichtig diese Chance für ihn war? Außerdem wusste sie, wie sehr ihn sein Job nervte. Er hatte einfach eine Chance bekommen und die wollte er nutzen, mit all seiner Kraft.

In seiner Wohnung nahm Stefan eine kalte Dusche. Nicht andere sollten ihm den Kopf waschen, er selbst wollte auf den Boden der Wirklichkeit kommen. Nackt legte er sich auf sein Bett und schloss die Augen. Sicher, das Honorar war verdammt hoch. Aber in diesen international tätigen Konzernen fließen einfach andere Geldmengen. Er würde mit Vor- und Nachbereitungen immerhin zwei Wochen mit diesem Auftrag beschäftigt sein und mußte auch alle Versicherungen selbst tragen. Außerdem floss seine ganze Bildung in diesen Job ein, nicht nur seine Fremdsprachenkenntnisse. Nein, Stefan wollte den Preis für seine Arbeitskraft als nicht zu hoch bemessen ansehen. Ja, er empfand, dass nun endlich jemand seinen wahren Wert erkannt hatte. Außerdem, er verscheuchte all diese Gedanken, er hatte eine Chance bekommen, seine Chance, und er würde sie nutzen.

Am frühen Nachmittag rief Schubert seinen Taxiunternehmer an und bat um einen Urlaub von zwei Wochen. Der Chef schätzte an Schubert nicht nur die Zuverlässigkeit über all die Jahre hinweg, er mochte auch seine Ehrlichkeit und Offenheit. So war es denn auch kein Problem, den kurzfristig beantragten Urlaub bewilligt zu bekommen. Selbst eine interessierte Nachfrage verkniff sich der Taxiunternehmer. Ja, irgendwie freute er sich sogar, dass Stefan - sie siezten sich, aber der Chef benutzte den Vornamen - mal wieder eine längere Zeit am Stück Urlaub machte, denn sein letzter lag schon mehrere Jahre zurück.

„Stefan, ich wünsche Ihnen von ganzem Herzen eine schöne Zeit."

Seine Wohnung putzte Stefan gründlicher als gewöhnlich. Er wollte sie in geordnetem Zustand, ja sogar in liebevoller Weise verlassen, um nach seiner Reise in diese Aura wieder eintreten zu können. Nachdem um ihn herum alles sauber und geordnet war, legte er „You can´t always get what you want" von den Rolling Stones auf den Schallplattenspieler. An ihm vorbei zogen seine letzten Jahre ...

Es gab drei Pausen in Stefan Schuberts Tagesablauf. Die Zeit nach der Schicht, die Zeit nach dem Schlaf und die Halbzeit beim Taxifahren. Der Gang im Morgengrauen von der Nachtschicht zu seiner Wohnung erfüllte ihn mit einer gewissen Befriedigung über seine Dienstleistung. Er fühlte sich wie ein Arbeiter, der nun seinen Feierabend genießen durfte. In einer Bäckerei unterwegs kaufte Schubert sich frische Schrippen, von denen er eine, noch warm, im Gehen aß. Zu Hause war sein erster Gang zur Musikanlage, dann wurde der Wasserkessel für den Tee aufgesetzt. Anschließend duschte er die Mischung aus Verkehrsdreck und schlechten Gerüchen weg. Den Kräutertee brühte Schubert so stark auf, dass der Geruch von Salbei, Pfefferminze oder Kamille seine Wohnung erfüllte. Im Bett las er aus einem Buch ein paar Zeilen, mit denen er einschlafen wollte.
Kurz vor 12 Uhr stand Schubert auf und bereitete sich mit den restlichen Brötchen ein üppiges Frühstück. Er ließ sich dabei Zeit. Mit der Pflege seiner Wohnung und kleinen Erledigungen verging der Tag schnell.
Seine Schicht begann um 18.00 Uhr.

Die dritte Pause machte er kurz nach Mitternacht. Schubert fuhr mit dem Taxi zu seiner Wohnung und genoss die Stille der Nacht. Die anderen in seinem Haus hatten sich schon schlafen gelegt. Manchmal, als Bonbon für den Tag, nahm er um die Ecke des Savignyplatzes einen Milchkaffee im *Café Bleibtreu* oder sah sich einen Nachtfilm in der *Filmkunst 66* an.

All dies machte er schon Jahre so. Das Dumme war nur, dass es ihm seit fünf Jahren immer weniger Spaß machte. All dies funktionierte nicht mehr so richtig. All dies fügte sich nicht mehr. Wie sehr er sich mit seinem Leben und seiner Kultur auch bemühte, er hatte das Gefühl, dass die Bruchstücke sich mehrten.

Frühmorgens, ungewohnt für den Spätaufsteher, machte sich Stefan auf den Weg zum Herrenausstatter auf dem Kurfürstendamm. Schon lange nicht mehr hatte er einen Anzug getragen. Er fürchtete, dass die Herren, die ihn berieten, seine Unsicherheit spüren würden. Aber sie ließen sich nichts anmerken und bedienten ihn mit einer feinen Höflichkeit, so als ob Herr Schubert ein alter Kunde wäre, der sich wöchentlich einen exquisiten Anzug kaufen würde. Nach der Anprobe eines Anzugs dachte Stefan, dass damit die Zeremonie vorüber sei.

„Wir sollen Sie einkleiden, mein Herr. Wir haben die Order, Sie beim Kauf von drei Anzügen, zehn Hemden, mehrfacher Unterwäsche und Socken zu beraten, mein Herr. Im zweiten Stock werden Sie ein Sortiment von Schuhen vorfinden."

Die Geschäftsführerin bot Stefan an, den Coiffeur auf seine baldige Ankunft vorzubereiten, so dass Herr Schubert keine Wartezeiten habe. Vollgepackt verließ Stefan die feine Adresse am Ku´damm.

Beim Friseur war alles auf ihn vorbereitet. Schubert konnte sofort in einem bequemen Sessel Platz nehmen, der einem Friseurstuhl kaum mehr ähnelte. Hätte man gefragt „So wie immer, Herr Schubert?", er wäre nicht erstaunt gewesen.

Auch hätte es Schubert nicht verwundert, wenn der Barbier, der um ihn herumtänzelte und dessen Schere nie stillstand, eine Arie geschmettert hätte. Nach dem Haarschnitt wurde der Friseurstuhl in die Vertikale gefahren und sein Gesicht in feuchtwarme Tücher gehüllt. Sanfte Frauenhände massierten Haarboden, Schläfen und Nacken. Der Maestro ließ sich viel Zeit, mit dem Pinsel den Rasierschaum aufzutragen, den er in der Entspannungsphase des Kunden cremig geschlagen hatte. Die Rasur erfolgte mit Messer, und Schubert zweifelte nicht daran, dass er dabei nicht geschnitten werden würde. Ein Hauch von Puder besänftigte die Gesichtshaut.

„Nein, so bleiben Sie doch sitzen. Dürfen wir Ihnen einen Espresso und ein Glas Wasser anbieten?"

Ein Servierwagen rollte an die Seite von Schubert. Auf ihm standen diverse Fläschchen von Aftershave und Parfüm.

„Probieren Sie bitte, was Ihnen zusagt."

Der Maestro selbst trug das Aftershave mit leichten Kreisbewegungen auf und besprühte Nacken, Hals und Brustansatz mit Parfüm.

Maniküre und Pediküre waren wie selbstverständlich im Service enthalten.

In seinem neuen Anzug und dem Kurzhaarschnitt und dem Duft von Parfüm wirkte Stefan Schubert wie ein Erfolgsmensch. Und er fühlte sich auch so.

Zurück in seiner Wohnung kam sich Stefan Schubert fremd vor. Das Parfüm verdrängte ungewohnt den Geruch der Bücher. Auf dem Anrufbeantworter war die Stimme von Sabine, die ihn bat, nicht im Streit aus Berlin abzufahren. Stefan verabredete sich mit ihr zum Mittagessen am darauffolgenden Tag, dem Tag seiner Abreise, in ihrer gemeinsamen Lieblingspizzeria.

Die Zeit bis zum anderen Tag war Stefan lästig. Er wollte keine Musik hören, kein Buch lesen und keinen Tee trinken. Er wünschte sich, schon unterwegs zu sein.

Freitagmorgens Punkt 10.00 Uhr fand Stefan Schubert sich bei der Mercedesgarage am Potsdamer Platz ein. Am Eingang Marlene-Dietrich-Platz 5 empfing ihn der Geschäftsführer, bot ihm einen Capuccino an und überreichte ihm Schlüssel und Wagenpapiere.

„Einer unserer Meister wird Sie mit dem Wagen vertraut machen. Sollten Sie Probleme haben, so rufen Sie mich persönlich an. Hier, meine Karte. Ich werde dann sofort die Ihnen nächstliegende Mercedeswerkstatt beauftragen, Ihnen einen Servicewagen zu schicken. Wo immer Sie in Europa sein werden. Das ist unsere Mobilitätsgarantie, die der S-Klasse eingebaut ist." Der Geschäftsführer lächelte: „Aber Sie werden keine Probleme haben. Gute Fahrt, Herr Schubert", wünschte der fein gekleidete Herr mit einem leichten Händedruck.

Schubert hatte einiges erwartet, aber dies überstieg sein Vorstellungsvermögen. Ein Mercedes 600 mit V 12 Motor wurde ihm übergeben. Es dauerte eine Stunde, bis der Meister ihm all die Möglichkeiten dieses Autos erklärt hatte. „Wenn Sie sich fragen, welche Extras der Wagen hat? Er hat sie alle. Das ist bei der S-Klasse serienmäßig."

Beim ersten Halt an einer Ampel musste Schubert auf die Armaturentafel schauen, um sich zu vergewissern ob der Motor noch lief, so leise war er. Wäre ihm das alte Modell lieber gewesen? Als es damals neu auf den Markt kam, mochte er es nicht. Es erschien ihm wie ein Dinosaurier, wirkte das Auto doch noch größer, als es in Wirklichkeit war. Das Nachfolgemodell erschien ihm dagegen fast übertrieben auf kompakt und zierlich gestylt. Das alte Modell hatte für ihn jetzt fast etwas Nostalgisches, etwas von dem verschwenderischen Charme eines amerikanischen Straßenkreuzers aus den 60er Jahren.

Stefan holte Sabine mit dem Mercedes ab. Ein Erkennen war Sabine erst auf den dritten Blick möglich.

„Wie du dich verwandelt hast. Es steht dir gut, aber es macht mir Angst."

Stefan antwortete sachlich, dass er mal eine Sache professionell durchziehen müsse. Kurz sperrte sich Sabine noch, dann zeigte sie Verständnis.

„Ja, das musst du, Sten, aber ob dies die richtige Sache ist?"

„Erstens, wer weiß das schon im Vorhinein, und zweitens, so viele Chancen werden mir nicht mehr geboten."

Es entstand eine Pause. Stefan äußerte, dass er eigentlich keine Lust zum Essen hatte. Obwohl man es Sabine ansah, dass sie zu aufgewühlt war, um ein Essen genießen zu können, bestand sie jedoch darauf.

„Lass uns doch diese kleine Gemeinsamkeit noch zusammen erleben", sagte sie und schämte sich über ihre Einfallslosigkeit.

„Ich mag deine Schwächen, Sten, da brauche ich selbst nicht nur schwach zu sein. Du bist mit deinen Macken interessanter für mich als ohne. Mich interessiert, was du denkst. Ich weiß wohl, Sten, dass ich an deine Projektionen nicht hinreiche."

„Träume wäre ein schöneres Wort", entgegnete Stefan.

Nach dem Essen, bei dem die Gesprächspausen den größten Anteil hatten, drehte Stefan mit Sabine noch eine Runde auf der Avus, der alten Rennstrecke Berlins, am Funkturm vorbei. Seine unbekümmerte Lust dabei war Sabine unheimlich, obwohl sie sich an der Kindlichkeit von Stefan erfreute. Zum Abschiedskuss wollte Stefan ihr nur die Wange hinhalten, doch sie suchte seinen Mund. Sie drückte Stefan an sich und flüsterte ihm ins Ohr:

„Sten, ich wünsche dir Glück, und komm gut zurück. Ich liebe dich."

Im Kommissariat Berlin-Mitte der Kriminalpolizei hatte Hauptkommissar Emil Stock seine Mitarbeiter um sich versammelt.

„Sie wissen, dass wir befürchten müssen, dass sich in Berlin die zwei mächtigsten Drogenbanden einen Krieg liefern. Die Kollegen vom Rauschgiftdezernat haben Grund zu der Annahme, dass die Gewalt eskaliert und haben die Mordkommission um Mithilfe gebeten. Vieles deutet darauf hin, dass die Organisation von Gregor - wir kennen nur diesen Decknamen - sich größere

Marktanteile auf Kosten von Falcone verschaffen will. Klar, dass das Falcone nicht kampflos schlucken wird."

„Aber Chef", warf Inspektor Sobinski ein, „wenn die sich gegenseitig liquidieren ..."

Stock schnitt hart den Einwurf seines Mitarbeiters ab: „Ich will das nicht gehört haben, Sobinski, wir leben hier nicht im Dschungel. Wo kommen wir da hin, wenn wir akzeptieren, dass auf der Straße das Recht des Stärkeren regiert."

Oberinspektorin Tanja Müller meldete sich zu Wort. Das Auge von Kommissar Stock blickte milder, als er seine Assistentin mit einem Kopfnicken zum Reden aufforderte.

„Wir sehen einen Unterschied im kriminellen Verhalten von Falcone und Gregor. Falcone hielt sich noch an bestimmte Regeln. Er blieb für uns berechenbar. Seine Organisation schickte keine Dealer in Schulhöfe oder in Jugendhäuser. Falcone bewegte sich nur in bestimmten Grenzen, die wir ihm nicht nur mit Gewalt setzen mussten. Gregor setzt sich über alle Spielregeln hinweg. Es ist natürlich nicht so, dass wir Falcone als das kleinere Übel ansehen. Sie wissen, dass wir ihn schon über Jahrzehnte hinweg mit allen uns zur Verfügung stehenden Mitteln bekämpfen. Aber die Unterschiede innerhalb der organisierten Kriminalität müssen auch unsere Strategie und Taktik bestimmen. Unsere Hauptaufgabe von der Mordkommission ist, die Gewalt in dieser Stadt einzuschränken. Obwohl es die Organisation von Gregor nur seit wenigen Jahren gibt, gehen auf ihr Konto mehr Morde, als sich dies Falcone über all seine Jahre hinweg geleistet hatte. Solange es Menschen gibt, die Drogen konsumieren wollen, so lange wird es einen Markt dafür geben. Daran können wir nichts ändern. Aber wir können Grenzen setzen."

„Danke, Tanja", kommentierte der Hauptkommissar in einem Ton, der nicht nur Akzeptanz zeigte, sondern auch Sympathie verriet.

„Jetzt soll uns Kaller von den neuesten Entwicklungen in dieser Sache berichten."

Oberinspektor Kaller stand auf, ging zur Wandtafel, die aus einem Schulzimmer stammen könnte, und schrieb mit Kreide in großen Druckbuchstaben die Namen Falcone und Luis Branco.

„Also Luis Branco, die rechte Hand von Falcone, hat einen großen Geschäftswagen für die Dauer von zwei Wochen gemietet. Das Auto wurde von einem Mann abgeholt, der uns bislang noch nie in Falcones Nähe aufgefallen ist. Eine Observation hat erbracht, dass dieser Mann unter dem Namen Stefan Schubert eine Wohnung am Savignyplatz bewohnt und als Taxifahrer arbeitet."

Die Kreide quietschte schrill über die Schiefertafel, als der Oberinspektor den Namen Stefan Schubert hinzeichnete.

„Unter diesem Namen existieren keine Einträge in unseren Polizeiakten. Wir gehen davon aus, dass er in Falcones Organisation die Rolle eines `schlafenden Agenten´ spielt, den man nur mit besonderen Aufgaben betraut. Wir vermuten, dass dieser Schubert eine größere Lieferung von Drogen nach Berlin schleusen soll."

„Und deshalb sollen Sie und Sobinski sich an die Fersen dieses Schubert heften", mischte sich Emil Stock in die Ausführungen seines Oberinspektors.

Währenddessen hatten in einem noblen Büro am Potsdamer Platz Falcone und Branco eine Unterredung. Branco berichtete seinem Boss, dass jene gescheiterte Existenz, dieser Schubert, sich voller Stolz auf den Weg machen würde, naiv meinend, er hätte die Chance seines Lebens bekommen. Ein lautes Lachen, das Branco und Falcone an ihre gemeinsame Jugendzeit in den Straßen der Vorortslums erinnerte, überflutete das Chefzimmer, so dass die Sekretärin anklopfte und fragte, ob man nach ihr gerufen hätte.

„Das ist die perfekte Tarnung. Wenn ich mir vorstelle, was sich nun Gregor, diese Ratte, dabei denkt."

Erneut lachten die beiden Männer schallend.

„Wir sollten den Schubert an der langen Leine lassen. Schicke zwei Jungs hinter ihm her, Luis. Ich habe an Hugo und Alfons gedacht."

Auch in einer alten Fabrikhalle in Berlin Marzahn war man nicht untätig. Gregor, ganz in schwarz, mit Rollkragenpulli und Jacke aus Nappaleder, hatte zwei seiner Leute zu sich kommen lassen. Beide waren Mitte zwanzig. Alex trug einen italienischen Designeranzug und hätte auch als Businessman durchgehen können. Mickey trug Blouson über seinen Muskeln und Baseballmütze über seinem kahlrasierten Schädel.

„Falcone hat einen seiner Jungs losgeschickt, um eine große Ladung von Drogen nach Berlin zu holen. Falcone dachte wohl, dass wir den Coup nicht spitzkriegen, weil er einen Burschen von außerhalb damit beauftragte. Es ist gut, dass wir alle seine Schritte überwacht haben. Wir werden ihm den Stoff abjagen."

„Das wird sich aber Falcone nicht einfach gefallen lassen", gab Mickey zu bedenken.

Gregor sah ihn scharf an.

„Falcone hat keinen Biss mehr. Auch will er keine Drecksarbeit mehr machen. Also machen wir sie. Der Bessere ist der, der sich durchsetzt. Wir werden es der Szene in Berlin zeigen, dass wir heute die Stärkeren sind."

„Wann sollen wir zuschlagen, Boss?"

„So gefällt mir das, Mickey. Wir gehen kein Risiko ein. Wir stellen die Falle, wenn der Kurier sich wieder Berlin nähert. Ihr sollt euch nur an seine Fersen heften. Ihr nehmt den BMW."

Alex streckte seine offene Handfläche aus und Mickey schlug ein.

Die Szene am Kreisverkehr an der Siegessäule ähnelte einem Slapstickfilm. Dem schwarzen Mercedes 600 folgte in Sichtweite ein dunkelblauer alter Opel Diplomat, in dem Hugo und Alfons saßen, die von einem schwarzen BMW M 5 verfolgt wurden, dem wiederum ein beigefarbener VW Passat folgte.

„Schätze, wir brauchen Verstärkung", telefonierte Oberinspektor Kaller mit Hauptkommissar Stock.

„Unternehmen Sie nichts, Kaller, beobachten Sie nur. Wir schreiten erst ein, wenn dieser Schubert wieder zurückkommt. Ich informiere die Kollegen aus den jeweiligen Zuständigkeitsgebieten, so dass Sie Amtshilfe erhalten können."

4

Der Aufbruch

Freitag, 21. Mai 1999, 15.30 Uhr: Stefan Schubert ließ an der ehemaligen deutschdeutschen Grenzstation Dreilinden die Stadtgrenze von Berlin hinter sich.

Kurz überlegte Schubert, ob er nicht über Südwestdeutschland fahren solle, wo er seine Kindheit verbracht hatte. Er verwarf den Gedanken schnell. Er wollte seine Pflicht tun. Nichts anderes sollte ihn ablenken. So entschied sich Schubert, die Autobahn nach München über Leipzig zu nehmen. Im zähflüssigen Verkehr war es ihm möglich, sich in die elektronischen Finessen des Luxusautos einzuarbeiten.

Zuerst empfand Schubert Enttäuschung darüber, dass das Auto keine Gangschaltung hatte, weil er den starken Motor gerne sportlich gefahren hätte. Aber die Durchzugskraft des Motors überzeugte auch mit automatischem Getriebe. Auch erhoffte er sich, nicht abgelenkt durch Schaltvorgänge, eher zu einem entspannten Fahren finden zu können. Wie in einem amerikanischen Straßenkreuzer auf einem US-Highway wollte er unterwegs sein. Nicht nur auf ein Ziel zurasen. Von dem Verkehr wollte er sich nicht die Geschwindigkeit aufzwingen zu lassen, sondern zu einem eigenen Rhythmus finden. Seine Hände lagen auf dem Holzlenkrad und fühlten dessen natürliche Wärme.

Jedoch sollte ihn das nicht von seiner Aufgabe abbringen. Und wie um sich dieses klar zu machen, gestattete es sich Schubert nicht, die Krawatte zu lockern oder die Jacke seines dunkelblauen Anzugs auszuziehen. Die äußeren Attribute eines Geschäftsmannes sah er als Symbole, deren Wirkung er spüren wollte. In die Haut eines erfolgreichen Mannes zu schlüpfen empfand er als eine Erfüllung unterdrückter Wünsche. Ja, er kam sich wie befreit vor durch diesen Maßanzug, als ob er bisher von irgendetwas gefesselt gewesen wäre, das ihn davon abhielt, gesellschaftlichen Erfolg zu bekommen. Schubert wollte als ein Anderer auf die Reise gehen, um anders anzukommen.

Der schwere Wagen rollte mühelos über die Autobahn. Nur für kurze Etappen unterbrach Stefan seine Reisegeschwindigkeit von 130 km/h, die er dem Tempomat eingegeben hatte, und ließ den Motor durchziehen. Auch bei einer Geschwindigkeit über 200 km/h lag das große Auto wie ein Brett auf der Straße. Kaum erhöhten sich dabei die Fahrgeräusche. Gespenstisch empfand Schubert dieses Dahingleiten, bei dem die Landschaft an ihm vorbeiraste, als würde sie im Schnellsuchlauf abgespult werden.

Und der Abstand zu seiner alltäglichen Welt wurde immer größer. Ja, Stefan Schubert wünschte sich Distanz und neue Eindrücke. Wie ein Sog wirkte der Name Paris auf ihn. Schon spürte er, wie alte Träume und Sehnsüchte in ihm wieder aufkeimten. Mit solchen Gefühlen war er früher immer in den Süden gefahren, mit diesem Herzflimmern, mit dieser Mischung aus Angst und Lust.

Schubert dachte an die vor ihm liegenden Tage. Eine Woche Zeit bis Paris. Unglaublich, dieses Glück. Seit mehr als zehn Jahre war er nicht mehr in Paris gewesen. Frankreich war früher das Land seiner Träume gewesen. Es tat ihm wohl, nun Berlin in seinem Rücken zu wissen. Es kam ihm so vor, als ob er seine eigene Geschichte, die zu einem Teufelskreis geworden war, verlassen würde. In Berlin konnte Schubert diesen Kreis nicht verlassen. Schon rein räumlich wollte er eine Strecke zurücklegen zwischen dem, was war und dem, was sein könnte. Es tat so gut, nach vorne zu schauen, dorthin, wo die Straße in der Ferne den Horizont, den Himmel zu berühren schien. Die Sonne strahlte aus einem wolkenlosen, weiten, blauen Himmel und wärmte schnell das

Wageninnere auf. Schubert schaltete die Klimaanlage von Heizung auf Umluft und hielt die Fenster geschlossen. Weder die Autoauspuffgase auf der Autobahn, noch der Lärm sollten ihn stören. Das Leder der Sitze, die Holzverkleidung, die Fußboden-teppiche aus Wolle strömten einen angenehmen, gediegenen Geruch aus. So glitt er wie auf einem fliegenden Teppich dahin. Ungestört konnte er auf seine Gefühle und Gedanken achten.

Auch die Sorge um den Auftrag meldete sich. Wo sollte er die erste Nacht Halt machen? Seine Anweisungen waren, dass er nur in erstklassigen Hotels, die über beste Sicherheitseinrichtungen verfügten, übernachten sollte. Solche Hotels waren nur in größeren Städten zu finden. Kurz vor dem Schkeuditzer Kreuz wurde auf die Abzweigung nach Dresden hingewiesen. Wäre das Elbflorenz nicht eine stilvolle erste Station auf seiner Geschäfts-reise? Diese für ihn noch unbekannte Stadt könnte ihm einen Vorgeschmack auf Italien vermitteln. Freunde hatten ihm auch den Stadtteil Neustadt als beste Kneipenszene Deutschlands geschildert. Klar, er würde nicht sumpfen. Nein, er würde auch nicht einen Tropfen Alkohol anrühren. Aber er musste wegen der fortgeschrittenen Tageszeit sowieso einen baldigen Halt planen. Okay, Dresden lag nicht direkt auf seiner Strecke, aber mit dem schnellen Mercedes würde der Umweg kaum eine zeitliche Ein-buße bedeuten. Außerdem hatte er sieben Tage Zeit.

Die Fahrt, die nun in Richtung Osten weiterführte, ließ die Sonne in seinen Rück- und Seitenspiegel leuchten.

5

Die verbrannte Stadt

Am späten Nachmittag näherte sich Schubert Dresden. Auf einem Wegweiser sah er Radebeul angeschrieben. Sollte er der Villa Bärenfett einen Besuch abstatten? Hatte er doch im Alter zwischen zehn und vierzehn Jahren fast alle der siebzig Karl-May-Bände durchgeschmökert. Mit dem Schatz im Silbersee hatte er angefangen. Zu jedem Geburtstag, zu Weihnachten, zu Ostern hatte er sich weitere Bände von Eltern, Onkeln und Tanten, Omas und Opas schenken lassen. Stefan verwarf den Gedanken an Winnetou und Old Shatterhand schnell wieder, denn er hatte ja einen Auftrag und war nicht zu seinem Spaß unterwegs. Nur einen Abend in Dresden, den wollte er sich gönnen. Keinen Kneipenbummel wollte er machen, sondern sich nur vor dem Schlafengehen noch mal die Füße vertreten. „Ich habe einen Job, fertig aus", bläute Stefan sich ein.

Die Strahlung der Sonne war übergegangen in ein kräftiges Rot, als der schwarze Mercedes an dem Stadtschild von Dresden vorbeifuhr. Schubert fuhr langsam die Uferstraße der Elbe entlang und bewunderte die Breite und Ursprünglichkeit der Elbauen. Der schwere Wagen glitt dahin wie ein Geisterschiff, so geräuschlos. Das ist heute Luxus, dachte Schubert, so abgepuffert von der Außenwelt zu fahren. Der Luxus der frühen Moderne lag darin, gerade den starken Motor fauchen zu hören und die Außenwelt durch harte Federung zu spüren. In der Postmoderne ist Luxus, wenn man von der Umwelt abgeschirmt wird. An den geschlossenen Panzerglasfenstern des S-Guard Modells mit Hochschutz glitt die Außenwelt wie in einem Stummfilm vorbei.

Ein Knopfdruck und die Seitenfenster des Mercedes glitten leise nach unten. Ein Hauch von Vorfrühlingsluft wehte in das Wageninnere. Der Motor schnurrte leise, der schwere Wagen rollte auf dem Kopfsteinpflaster dahin wie auf einem Perserteppich. Die breiten Reifen wummerten satt, durchsetzt mit einem wohligen Abrollgeräusch.

Stefan checkte sich im Ramada-Hotel ein, das ihm günstig für seine Zwecke zu liegen schien. Nur zwei Minuten lag das Elbufer mit Blick auf die berühmte Altstadt entfernt und in zehn Minuten war man zu Fuß in der Neustadt, einem der angesagtesten Szeneorte der Republik. Die Rechnung für eine Nacht bezahlte Schubert im voraus, so dass er ohne Verzögerungen frühmorgens die Fahrt würde fortsetzen können. Ohne auszupacken und Bad und Schränke einzuräumen warf er die Reisetasche auf das Bett. Auch zog er keine legereren Sachen an. Er war auf Geschäftsreise.

Das Carré, in dem das Hotel lag, war von Grund auf erneuert. Die Deutsche Bank hatte hier ihren Hauptsitz, flankiert von einem Nobelrestaurant und einem Coiffeur. Nur der Name des Ortes erinnerte an früher: *Rosa-Luxemburg-Platz*.

In zwei Minuten hatte Schubert die *Albertbrücke* erreicht. Die Sonne versank inmitten einer Kulisse von Elbauen und historischen Bauten in der Elbe. Wie leicht und verspielt diese Bauten wirkten, so italienisch.

Auf der anderen Seite der Albertbrücke stieg Stefan in die Straßenbahnlinie 13 ein. Um eine Stadt kennenzulernen, fuhr er gerne mit öffentlichen Verkehrsmitteln einfach kreuz und quer. Gegenden, die ihm reizvoll erschienen, erkundete Schubert dann weiter zu Fuß. Viele Kilometer konnte er dabei abschreiten, ohne dass es ihm langweilig wurde. Die Fahrt der Linie 13 von Mickten nach Prohlis führte zuerst an Plattenbauten vorbei. Ihnen folgte der *Große Garten*, die grüne Lunge Dresdens. Vor dem

Rudolf-Harbig-Stadion befand sich das Vereinslokal von *Dynamo Dresden*. Schöne alte Häuser säumten die Wasastraße und den Wasaplatz. Ihr Alter war den farbverwitterten Hausfassaden anzusehen, aber Schubert mochte das. Er war fasziniert von den humanen Maßen, die diese kleinen Villen mit ihren kleinen Parks hatten. Die Proportionen waren in sich stimmig, gediegen, ohne protzig zu wirken, und zeugten von einem soliden, gebildeten Bürgertum aus vergangenen Tagen.

Die Straßenbahn bog in die August-Bebel-Straße ein und fuhr weiter zur Caspar-David-Friedrich-Straße. Schubert stieg in eine andere Linie um, die ihn in die Altstadt bringen sollte. An der *Akademie der Künste* stieg er aus. An ihr prangte in großen Lettern: "Schönheit ist ewig nur das Eine. Doch Mannigfach wechselt das Schöne." Er ging weiter über den *Altmarkt* zum Schauspielhaus, in dem CLOCKWORK ORANGE auf dem Spielplan stand. Unterwegs fielen Stefan Zigarettenautomaten auf, in denen immer noch, oder schon wieder, "klassische" Marken der ehemaligen DDR im Angebot waren: *F 6, Cabinet, Club*. Im *Café Schinkelwache* am Theaterplatz trank Stefan mit Blick auf die *Semperoper* ein Mineralwasser.

Auf der Augustusbrücke, die die Altstadt mit der Neustadt verband, blieb Schubert stehen und betrachtete noch einmal die berühmten Bauten von dieser Perspektive aus. Wieder wunderte er sich darüber, wie viele der weißen Bausteine mit einer schwarzen Rußschicht überzogen waren. Zuerst hatte Schubert gedacht, dass dies die Auspuffgase der Zweitakter aus DDR-Zeiten verursacht hätten. Er errötete und schämte sich. Gut, dass man nicht versucht hatte, die Steine vom Mal der Brandbomben zu säubern.

An einem Kiosk am Albertplatz kaufte sich Schubert die Stadtzeitung SAX. Es sei ein Muss, so Freunde von ihm, die Kinos *Casablanca* und *Schauburg* zu besuchen. In der *Schauburg* lief in der Spätvorstellung FLUCHTPUNKT SAN FRANCISCO.

Er hatte dieses Roadmovie zum ersten Mal Ende der 70er Jahre gesehen.

Beim Überqueren des Albertplatzes erblickte Schubert das *Café Kästner*. Nein, er dachte nicht an den berühmten Kinderbuchautoren, da er nicht wusste, dass jener in Dresden geboren worden war. Aber auf die Kartoffelsuppe, die auf der Schiefertafel mit Kreide als Tagesessen angeboten wurde, darauf hatte er Lust.

An einem Tisch, der so aussah wie all die anderen Tische vor dem Café, saß ein Mann, der gerade etwas in ein kleines Notizbuch schrieb. Vor dem Mann türmte sich ein Stapel Bücher, von denen das oberste den Titel "Als ich ein kleiner Junge war" trug. Neben dem Notizbuch standen Kaffeetasse und Wasserglas. Schubert blickte dem Mann über die Schultern und las den letzten Eintrag: „Und ich selber bin, was ich auch sonst werde, immer eins geblieben; ein Kind der Königsbrückerstraße." Mann, Tisch, Kaffeetasse waren aus Gusseisen.

Am Nebentisch von Erich Kästner löffelte Schubert seine Kartoffelsuppe. Und wie der Mann neben ihm machte er sich ein paar Notizen. *„Für andere sichtbar habe ich nichts erreicht in meinem Leben. Früher in meiner Jugend genügten mir meine Entwicklungsschritte in meiner eigenen Welt. Doch dieses Gefüge ist nicht mehr stimmig, auch nicht mehr für mich selbst. Ideale verlieren ihren Glanz, wenn man nicht mit all seiner Kraft versucht, sie zu verwirklichen. Der Spaß und die Lust an den kleinen Dingen im Alltag, die mich, einem geheimen inneren Antrieb folgend, immer herauslockten, wo sind sie geblieben? Die Begeisterung ist hin."* Stefan Schubert mußte noch einmal lesen: „Und ich selber bin, was ich auch sonst werde, immer eins geblieben; ein Kind der Königsbrückerstraße."

Schubert suchte das Geburtshaus in der Königsbrücker Straße, aber er fand es nicht. Er fand etwas anderes. Aus der Ferne schon zog ihn ein dunkelrotes Bauwerk im Stil der Neuen Sachlichkeit wie magisch an. Wie er sich näherte, hoffte er, dass dieser Bau, der keine Fenster hatte, ein Kino sei. Es war die *Schauburg*.

Natürlich musste Schubert in das Foyer eintreten. Nie hätte er dieser Anziehung widerstehen können. Es war eine Liebe auf den ersten Blick. Schubert schätzte, dass das Gebäude am Ende der 20er Jahre gebaut worden war, also in der großen Ära des deutschen Films. Hier hatten wohl die Filme von Fritz Lang und Friedrich Wilhelm Murnau ihre Premiere gehabt. An der kleinen Kinobar verschaffte er sich mit einem Kaffee einen Vorwand, um in aller Ruhe das Kino erkunden zu können. Im Foyer waren vier Logen angebracht. Vermutlich hatten sie früher dazu gedient, die besten Plätze mit einer Glasscheibe vom Kinosaal abzutrennen, so dass die Logengäste während des Films Getränke zu sich nehmen konnten. Nun hatte man den Kinosaal durch eine Wand abgetrennt und die Logen hin zum Foyer geöffnet. Sie dienten jetzt als Sitzecken. Jede Loge war einem Regisseur gewidmet und ihre Wände waren aufwendig und liebevoll mit einer Filmszene bemalt.

Die Alfred-Hitchcock-Loge schmückte eine Szene aus *DIE VÖGEL*. In der nächsten Loge sah man, wie ein Affe einen Knochen hochwirft. Im Film *ODYSSEE 2001 IM WELTRAUM* ging die Kreisbewegung des Knochens in die Kreisbewegung des Raumschiffs über, die Regisseur Stanley Kubrick mit dem Walzer `An der schönen blauen Donau´ von Johann Strauß unterlegt hatte. Die dritte Loge zeigte ein Holzhaus, vor dem sich weit das Monument Valley öffnete. Diese Szene entstammte John Fords *THE SEARCHERS*, der von der Grenze zwischen Zivilisation und Wildnis erzählt. Die vierte Loge zeigte ein Liebespaar in einem Bilderrahmen. Vielleicht eine Szene aus Tarkowskijs *SPIEGEL*, vermutete Stefan.

Die junge Bedienung, am Anfang etwas reserviert wegen Schuberts äußerer Erscheinung, sah den Glanz in seinen Augen und spürte seine Begeisterung.

„Wollen Sie noch einen Kaffee?"

„Das ist es", strahlte Schubert.

„Ich mach einen frischen Kaffee. Ist es okay, wenn es dauert?"

„Kein Problem", lächelte Schubert, der sich freute, einen Grund geliefert zu bekommen, sich in diesem so liebevoll gestalteten Foyer aufhalten zu können.

„Tja, unser Chef ist ein Filmbesessener. Nach der Wende erstand er dieses Kino und das Programmkino Ost. Die Wandbilder hat ein Freund von ihm gemalt. Auch die Wände der drei Kinosäle sind bemalt. Soll ich sie Ihnen zeigen? Es laufen gerade keine Filme."

„Klar, wahnsinnig gern."

Lena setzte sich auf die Stufen der Treppe und ließ ihrem Gast Zeit sich umzuschauen. Im größten Saal waren auf der linken Seite in Großeinstellungen die Hauptdarsteller aus den Filmen von Sergio Leone angeordnet. Clint Eastwood aus den Filmen *FÜR EINE HANDVOLL DOLLAR* und *FÜR EIN PAAR DOLLAR MEHR*. Charles Bronson, Henry Fonda und Claudia Cardinale aus *SPIEL MIR DAS LIED VOM TOD*. Die rechte Wand zeigte die Manhattan Bridge. Vor einem ihrer riesigen Betonsockel, auf denen ihr Stahlskelett emporragte, sah man eine Gang von Jugendlichen, die vom Alter her eigentlich noch Kinder waren. Der Kleinste von ihnen wird an dieser Stelle bei der Auseinandersetzung mit einer konkurrierenden Gang getötet werden. In den Armen von `Noodles´ wird er sterben mit den Worten: „Noodles, ich kann nicht mehr. Jetzt müsst ihr ohne mich weiter machen." Es war eine Szene aus Leones *Meisterwerk ES WAR EINMAL IN AMERIKA*. Und es war abgemalt jenem Filmplakat, das Stefan Schubert bei sich zu Hause an der Tür hängen hatte. Rechts von dieser Szene prangte, hervorgehoben in Großaufnahme, Robert De Niro als Noodles.

Die zwei Nebensäle waren den Regisseuren Fritz Lang und Andreij Tarkowskij gewidmet, die von den Wänden auf die

Zuschauer herab blickten. Szenen aus *M - EINE STADT SUCHT EINEN MÖRDER* und *STALKER* ergänzten die Huldigung.

Schubert kaufte sich für die Spätvorstellung um 22.00 Uhr eine Karte. Dies sollte ihn aber nicht hindern, sein Vorhaben, am anderen Tag früh aufzustehen, umzusetzen. Der Kaffee war durchgelaufen und Schubert zog aus dem Automaten eine Packung Gauloises Blondes Rouges. Er bot Lena eine Zigarette an und sie rauchten zusammen. Die junge Frau übersah dunkelblauen Anzug und Krawatte und verfiel in ein vertrauliches „Du":
„Weeßte, die Wende wäre so oder so gekommen. Wir hatten Rias und Bayern 3 gehört. Wir fanden dieselbe Musik wie ihr im Westen dufte und tauschten untereinander Tonbandaufnahmen. 1988 gab Joe Cocker hier ein Open-Air Konzert vor dem Hygienemuseum. Mann war das eene dufte Stimmung. 60 000 Leute. Auch viele Filme aus dem Westen liefen hier. Kowalski war für uns een dufter Typ. *FLUCHTPUNKT SAN FRANCISCO*, der bei uns unter dem Titel *GRENZPUNKT NULL* lief, war ein Kultfilm."

Schubert fragte Lena noch, ob sie Dienst bis zur Spätvorstellung haben würde, und sie verabredeten sich zu einer Gauloise Blonde eine viertel Stunde vor Kowalski in der Kubrick-Loge.

Im Programmkino *Casablanca* lief *CASABLANCA* im zweiten Jahr ohne Unterbrechung. Von überall her schaute Humphrey Bogart auf Stefan Schubert. Die Wände waren lückenlos behängt mit Plakaten und Standfotos aus dem Kultfilm. Der Besitzer, ein Fotograf, setzte sich zu ihm an einen der drei kleinen Tische im Foyer und beteuerte, dass es kein Plakat und kein Bild über diesen Film gäbe, das er nicht habe.

Die Alaunstraße entlangzugehen empfand Schubert so, wie wenn er in einer Szenengegend in einer anderen Großstadt in Deutschland oder in Europa entlanggehen würde. Ja, es erschien ihm noch pfiffiger, noch origineller, was er hier sah. Auch noch amerikanischer. An vielen Geschäften hing: „Come in, you`re welcome" oder „Sorry we´re closed". Schnellimbisse von Türken boten ihre Spezialitäten neben Griechen und Italienern an, dazwischen ein „DDR-Schnellimbiss" mit Broiler und Knacker. Eine Esskneipe hieß *Kohldampf*, eine andere *Kraftwerk*.

An der *Kulturscheune* in der Alaunstraße lud ein Plakat ein: „Heute Abend große Ostalgie Party". Stefan blieb stehen, zündete sich eine Zigarette an, lehnte sich auf einen Fenstersims und schaute dem Treiben zu. Drinnen wurde zu den Liedern von Karat und den Puhdys geschwoft. Der Song „Über sieben Brücken musst du gehen, sieben dunkle Jahre überstehen" von der Rockband Karat wurde wiederholt in der Fassung von Peter Maffay. „Dat mit den sieben Jahren, det hatte wohl für einige der DDR-Bürger nischt hinjehaut", murmelte Schubert sächselnd vor sich hin.

An den Namen der Kneipen zeigte sich eine Mischung aus Ost- und Westkultur: *Acki´s Breistube, Kalaschnikov, Planwirtschaft, Queens, Raskolnikov, Pentacon, Downtown, Harlem, Flower Power*. Das *Leonardo* schmückte ein großes Wandfresko nach einer Zeichnung von Leonardo daVinci. Im *Blue Note* gab es Budweiser, das echte aus dem böhmischen Budweis.

Viele Boutiquen und Geschäfte hatten noch nach 20.00 Uhr geöffnet. Ihre Betreiber, oft Jugendliche, standen mit Käufern, auch Jugendliche, locker und offensichtlich lustvoll im Gespräch auf der Straße.

Das Geburtshaus von Kästner kam Schubert wieder in den Sinn. In einer Kneipe in der Königsbrücker Straße wollte er beim Zahlen eines alkoholfreien Bieres die Kellnerin um genauere Hinweise bitten.

Ein alter Mann saß alleine vor einem Bier am Nebentisch und schaute immer wieder freundlich zu Schubert hin. Es war ein kleiner Mann, keine 1,60. Das Alter war schwierig zu schätzen. Die Hände deuteten auf ein hohes Alter hin, aber die Augen waren jung und voller Energie. Der alte Mann hatte einen einfachen Anzug an, der Kragen seines weißen Hemdes war frisch gestärkt und die Krawatte war tadellos gebunden. Die Augen des alten Mannes wirkten wie ein Sog auf ihn. So lebendig und lustig sie ihn einerseits ermutigten, so dunkel, bodenlos wirkten sie andererseits. Wie magisch angezogen ging Schubert an den Tisch des alten Mannes und fragte, ob es erlaubt wäre, sich zu setzen.

Der alte Mann rückte einen der Stühle neben ihm zurecht. Die tiefen dunklen Augen ruhten auf ihm, und Schubert fühlte sich unfähig, das zu sagen was normal gewesen wäre.

„Wissen Sie, ich habe das Schwarz auf den weißen Steinen der Altbauten für Ruß aus den Zweitaktern gehalten, wie dumm von mir."

Das Dunkel in den Augen des Mannes wurde für Schubert noch unheimlicher.

„Es sind doch die Spuren des Feuersturms über Dresden. Haben Sie diesen miterlebt?"

Der alte Mann nickte.

„Ich stand vor der Frauenkirche."

„Sie verbrannte. Das katholische Kloster nebenan hatte vorgesorgt und seine Orgel schon bei Anfang des Krieges zerlegen und in ein Dorf außerhalb von Dresden bringen lassen."

„Eine Silbermannorgel?"

Der alte Mann schien über die Kenntnisse von Schubert nicht erstaunt zu sein.

„Ja, beide Orgeln waren von Silbermann, der in Freiberg, in der Nähe Dresdens, die meisten seiner Orgeln gebaut hat."

„Wissen Sie, ich habe die Autobiografie von Albert Schweitzer gelesen."

Wieder erschien es Schubert, als ob der alte Mann dies von ihm erwartet hätte, und es verwirrte ihn noch mehr.

Der Sog der Augen ließ nach und Schubert sah nun einfach nur einen freundlichen alten Mann vor sich.

„Ich war Klavierbauer. Ja, ich habe diese Nacht vom 13.2.1945 erlebt. Drei Tage lang hatte danach die Stadt gebrannt. Dresden wurde dabei in seiner historischen Substanz fast vollkommen zerstört. 100 000 Menschen fanden im Feuer den Tod."

„Wieso solch ein Exempel?"

„Es hieß, dass es eine Vergeltung für die massiven deutschen Bombardierungen von Guernica und Coventry war, bei denen diese Städte in Schutt und Asche gelegt wurden."

Der alte Mann wechselte plötzlich das Thema. „Sie haben nicht immer Anzüge getragen?"

„Ja, habe einen gut bezahlten Auftrag bekommen. Glück gehabt. Bin froh darüber."

„Ja, ja, Berufe wandeln sich heute zu Jobs und Aufträgen." Der alte Mann blickte traurig und ernst in das Gesicht von Schubert.

„Sie wissen, was Sie verkaufen können und was nicht?" Und nach einer Pause, in der er Stefan Schubert musterte, ohne dass dies Schubert unangenehm wurde, fügte er hinzu: „Sie wissen, dass Wissen alleine nicht genügt, die Grenzen zu wahren?"

„Ich weiß."

„Wissen alleine genügt nicht", entgegnete der alte Mann mit einer Schärfe, die Schubert dazu brachte, halb aufzustehen. Als ob er sich entschuldigen müsse, fügte er hinzu: „Ich habe diesen Auftrag auch verdient."

„Wie verdient, nach welchen Maßstäben. Nach den Ihrigen?" Es folgten Sekunden des Schweigens, die Schubert wie eine Ewigkeit vorkamen und in denen er lernte, dem Blick des alten Mannes standzuhalten.

„Sie haben Recht, ich habe zu lange nur nach meinen Maßstäben gelebt."

„Es ist nicht schlecht, nach eigenen Maßstäben zu leben, aber man muss sich dies hart verdient haben. Es ist gefährlich, sich eine eigene, kleine Umgebung zu schnell einzurichten."

„Dann wird es zur Nische", vervollständigte Schubert den Gedankengang seines Gegenübers.

Der alte Mann nickte. „Zuerst müssen wir aus dem sicheren Hafen aufbrechen und Abenteuer bestehen, dem Drachen ins Auge blicken und den Bösen besiegen ..."

„Das klingt wie im Märchen."

Die Augen des alten Mannes bejahten. Sie leuchteten sanft wie die Augen eines Erzählers in der Runde von Kindern.

„Es ist gut, mal wieder unterwegs zu sein. Lust und Neugier wieder in sich zu empfinden. Es sind die Augen des Kindes, die wir so wieder zurückerlangen. Und wir sollten diesen Blick nie verlieren. Dazu müssen wir ihn im Laufe unseres Lebens immer mehr schützen. Man schützt das Kindliche in sich gerade dadurch, dass man den Herausforderungen als Mann nicht aus dem Weg geht. Ach wissen Sie übrigens, dass der Kinderbuchautor Erich Kästner nur wenige Häuser von hier geboren wurde?"

Schubert nickte: „Ich habe schon danach gesucht, aber nichts gefunden."

„Es ist auch nicht leicht zu finden. Die Tafel, die auf Kästner hinweist, ist in einem Durchgang angebracht, der zum Hinterhaus führt, in dem der kleine Erich mit seiner Mutter lebte. Die Tafel ist aus demselben Stein wie die Torwölbung. Suchen Sie nach der Hausnummer 66."

Der alte Mann drückte zum Abschied fest die Hand von Stefan Schubert.

„Wussten Sie, dass Albert Schweitzer im Alter von 43 Jahren seinen zweiten Beruf, den eines Arztes, begonnen hatte? Es ist nie zu spät, noch einmal neu anzufangen, junger Mann."

Der alte Mann war aufgestanden. Schubert fühlte, dass nun das Gespräch beendet sei. Nah standen sie sich gegenüber. Der junge Mann wollte nicht mehr die Augen von den Augen den alten Mannes abwenden .

„Vergessen Sie nicht die Grenzen. Sie sind hart gezogen. Man sollte nicht meinen, dass man sie einfach überspringen kann."

Der alte Mann umfasste mit beiden Händen die rechte Hand von Schubert und als ob er einen Gruß an einen alten Freund aufgeben würde, sagte er: „Grüßen Sie mir das Meer."

Schräg gegenüber der Königsbrücker Straße 66 lag die Schauburg. Es war kurz vor 22.00 Uhr. Lena war erfreut, Stefan wiederzusehen, und sie tauschten ihr Wissen über Filme aus und zeigten sich gegenseitig ihre Begeisterung, während im Kinosaal noch die Werbung lief.

FLUCHTPUNKT SAN FRANCISCO wurde im Sergio-Leone-Saal, der mit der größten Leinwand ausgestattet war, gespielt. Schubert erzählte Lena von dem ersten Mal, diesen Film gesehen zu haben. Als sei es gestern gewesen, erinnerte Stefan ein Gespräch vor zwanzig Jahren mit einem Freund über diesen Film. Der Freund hatte in dem Protagonisten jemanden gesehen, der versuchte, sich seine eigene Welt zu bewahren. Der Kreis um ihn herum wurde immer enger. Der Mann versuchte auszubrechen, aber er konnte dem Kreis nicht entkommen. Er konnte sich seine moralische und ästhetische Integrität letztendlich erhalten, jedoch um einen hohen Preis, den höchsten.
Der Protagonist, Kowalski, übernahm Aufträge, Autos zu überführen. Für diesen Auftrag hatte er nur 24 Stunden Zeit, einen Dodge Charger, mit 400 PS eines der stärksten Serienautos, die jemals gebaut wurden, von Denver nach San Francisco zu fahren. Er selbst hatte sich durch eine Wette in diesen Zeitdruck gebracht. Es war eine Wette aus spielerischer Lust heraus. Lust am männlich-sportlichen Wettkampf prägte noch das erste Kräftemessen mit Polizisten und anderen Männern in starken Autos. Aus Spiel wurde immer mehr tödlicher Ernst, so als ob ein erwachsener Mann bestraft werden müsste, wenn er sich zu wenig nach den Realitäten richtet. Motorenstärke und Fahrkünste des Mannes reichten schließlich nicht mehr aus, um den äußeren Kräften zu entkommen. Natürlich hätte Kowalski aus diesem Kreis aussteigen können, wenn die Fahrt auf der Realebene geblieben wäre. Mehr als eine Anzeige wegen Überschreitens der

zulässigen Höchstgeschwindigkeit auf Highways wäre nicht auf ihn zugekommen. Jedoch sahen ihn andere in seiner Regelverletzung als einen Menschen, der seine eigenen Werte lebt, und richteten ihre eigenen Sehnsüchte auf ihn. Die Medien stilisierten ihn zu einem „Freiheitskämpfer" und machten ihn zu ihrem Helden. Kowalski blieb von außen und innen kein Handlungsspielraum mehr.

Zurück im Hotel empfand es Schubert nicht nur als vorteilhaft, dass alles neu war. Mit dem Geruch von Wandfarbe und Lack der Einrichtungsmöbel kam sich Schubert vor, als würde er in der Schlafabteilung eines Einrichtungshauses übernachten. Zur Grundausstattung gehörten TV-Gerät und Hausbar. Neben den üblichen Programmen konnten mit Pay-TV auch Pornofilme bestellt werden. Nichts von dem breiten Angebot nutzte Schubert.

6

In den Bergen

Samstag, der 22. Mai. Stefan Schubert wurde wach noch bevor sein Wecker, den er auf sechs Uhr gestellt hatte, klingelte. Obwohl der Kragen keine Fettspuren aufwies, zog sich Schubert ein frisches Hemd an. Die Krawatte zu binden bereitete ihm noch etwas Schwierigkeiten. Seine schwarzen Halbschuhe standen frisch geputzt vor seinem Hotelzimmer. Im Frühstücksraum des Hotels nahm Schubert nur eine Tasse Kaffee zu sich, er wollte schnell auf die Straße. Sein Auto wurde ihm durch einen Angestellten aus der Tiefgarage vor die Eingangstür gefahren. Stefan Schubert genoss die Annehmlichkeiten des guten Service nicht, weil er den Boss spielen wollte, sondern weil dies alles für ihn neu war. Er wollte diese Rolle eines Geschäftsmannes, der einen Auftrag hat, spielen, und er wollte sie gut spielen.

Die Stadt schlief noch. Schubert fand den Weg zur Autobahn, ohne sich in der Stadt zu verfahren. Unterwegs in einer Raststätte wollte er sein Frühstück einnehmen. Er dachte dabei an das Hermsdorfer Kreuz, an dem er früher auf der Transitstrecke oft Halt gemacht hatte. Er erinnerte sich, dass man zu DDR-Zeiten dort ein Essen für 3.47 Mark bekommen konnte. Dass man noch mit Pfennigen rechnete, empfand er als ob die Zeit hier stehen geblieben sei, als ob er wieder in seine Kindheit in den 60er Jahren eintreten würde. Auch erinnerte Schubert, wie man bei der Bestellung von alkoholischen Getränken von der Bedienung gefragt wurde, ob man ein Auto steuere. Der tolerierte Promille-wert lag in der DDR bei 0,00. Er grinste. Auch irgendwie schade, dass es nicht mehr dieses geteilte Deutschland mit den so unterschiedlichen Seiten gab.

Politische Gedanken verscheuchte er und erinnerte sich lieber an den Rotkäppchen-Sekt, den vier von fünf Personen aus dem VW-Käfer getrunken hatten, an den Wodka Wyborowa aus dem Intershop, den mit dem Bisongras in der Flasche, auf den die Freunde in Westberlin schon warteten. Auch das Spiel, nach Polizisten Ausschau zu halten, die die Kilometerbegrenzung von 100 km/h überwachten, brachte Kurzweil in die Fahrt, die nur an ausgewiesenen Stellen unterbrochen werden durfte. Die Polizisten hatten sich für ihre Jagd auf Devisen alles Erdenkliche zu ihrer Tarnung einfallen lassen.

Auf halber Strecke erblickte Stefan einen jener fahrenden Kioske, die Rastplätze in Ostdeutschland in Filmorte eines poetischen Realismus verwandelten. Hinter seiner fahrenden Theke staunte der Wirt nicht schlecht, als vor ihm ein Mercedes 600 anhielt und ein junger Managertyp in feinem Zwirn bei ihm einkehrte. Ein Geruch von billigem Fett, Senf und verschüttetem Bier wehte Schubert entgegen. Er mochte diese Szenerie. Einige Male im Jahr musste er eine Grillwurst essen, obwohl er wusste, wie ungesund dies war.

„Bitte eine Currywurst."

„Und eine Molle", fragte der wohlbeleibte Wirt.

„Nur einen Kaffee, bitte."

„Ich dachte, weil die drei Sachen aus Berlin kommen", lachte der Wirt jovial.

„Ich bin keine Sache."

„Ich bitte Sie", kam es grinsend zurück, „ich meinte Ihren Untersatz."

Der Mann hinter dem Tresen legte seine Zigarette auf der hellgrauen Resopalplatte ab und schüttelte Curry und Ketchup über die grauen Wurststücke.

Bei der Wurst überdeckte das Curry den billigen Ketchup aus der Plastikflasche. Den Kaffee trank Schubert schwarz und ohne Zucker.

Am Hermsdorfer Kreuz gibt´s dann nur einen zweiten Kaffee, entschuldigte sich Schubert vor sich selbst. Aber er mochte Pausen an guten Orten unterwegs, er mochte es, den Wagen auszuscheren aus dem Verkehr und ihn langsam zu solch einem Halt rollen zu lassen. Er mochte das Ambiete von Stehimbissen, so wie er Bahnhofskneipen mochte. Schubert sah in diesen Orten, direkt an den Schaltstellen der Geleise und Straßen gelegen, Symbole der Moderne. Vielleicht zu romantisierend sah er sie als Nischen einer kleinen proletarischen Poesie.

Ein Kontinentalhoch lag über Ostdeutschland. Der Himmel wölbte sich hoch und einige wenige Fetzen Zirruswolken malten ein paar weiße Striche in ein weites Blau.

Am Hermsdorfer Kreuz parkte Schubert die große schwarze Limousine auf dem Parkplatz der Raststätte und ging in das Restaurant. Während auf der Autobahnseite Richtung Berlin sich alles verändert hatte, kündete ein Mitropa-Schild in Orange vom Konservieren der Vergangenheit auf der Gegenfahrbahn. Soljanka war noch auf der Speisekarte, „original mit Zitrone und Sahne". Die Autobahnen wurden am schnellsten erneuert und mit ihnen ihre Raststätten. Eben nur jene fahrenden Kioske atmeten noch den Geist eines frühen Kleinunternehmertums mit Pioniergeist, wie ihn die kleinen Leute der ehemaligen DDR fünfzig Jahre zu spät träumten.

Bei einem Kaffee seinen Gedanken nachhängend bemerkte Schubert nicht, wie ein klappriger Lada mit polnischem Kennzeichen mehrere Male langsam an dem Mercedes vorbeifuhr. Drei Männer saßen in dem Auto und gaben sich den Anschein, als würden sie einen Parkplatz suchen. Auch sah Schubert nicht, wie ein großer dunkelblauer Opel Diplomat mit zwei Männern mit schwarzen Hüten und schwarzen Sonnenbrillen sich an den Lada hängten. Und Schubert entging, wie in panikartiger Flucht, mit quietschenden Reifen, der Lada vom Parkplatz zur Autobahn hin das Weite suchte.

Ohne weitere Rast fuhr Schubert über München Richtung Alpen. Der Himmel verdunkelte sich. Ein heftiger Wind kam auf und aus schweren Wolken goss es wie aus Kübeln. Der massigen Limousine war keine Fahrbeeinträchtigung anzumerken. Der Sound der eingebauten High End Stereoanlage entsprach der S-Klasse. Bayern 3 spielte den Soundtrack von Wim Wenders neuem Film. Sein Freund Ry Cooder spielte mit kubanischen Musikern, den Buena Vista Social Club.

Die Alpen rückten näher. Die Luft wurde klar und rein, die hohen Berge zeigten stolz ihre weißen, in der Sonne glitzernden Kronen. Im Radio lief ein altes Lied von Hannes Wader, das Schubert kannte und das er laut mitsang:

> *„Heute hier, morgen dort, bin kaum da, muß ich fort.*
> *Hab mich niemals deswegen beklagt,*
> *hab es selbst so gewählt, nie die Jahre gezählt,*
> *nie nach gestern und morgen gefragt.*
> *Manchmal träume ich schwer, und dann denk ich es wär*
> *Zeit zu bleiben und nun was ganz andres zu tun.*
> *So vergeht Jahr um Jahr und es ist mir längst klar,*
> *dass nichts bleibt wie es war.“*

Das Telefon im Polizeikommissariat Berlin klingelte.
„Hallo Chef, hier Sobinski. Wir stehen an der Schweizer Grenze, was sollen wir tun?"
„Kommt zurück. Wir haben die Telefongespräche von Falcone abhören lassen. Die nächste Station ist Mailand."
Emil Stock lehnte sich in seinem alten, hölzernen Bürostuhl zurück. Ihm gegenüber saß Tanja Müller, deren Finger flink über die Tastatur ihres Laptops huschten.
„Gute Arbeit, Tanja."
„Das neue Gesetz zur organisierten Kriminalität und die digitalen Möglichkeiten haben mir die Ermittlung erleichtert", spielte sie ihre Leistung herunter.

Am Schreibtisch von Emil Stock schien die Modernisierung nicht stattgefunden zu haben. Auf seiner Arbeitsplatte stand ein Bild mit seiner Frau und seinen zwei Kindern. Kein Computer war zu sehen. Eine alte große Schreibmaschine stand auf einem kleinen Tischchen neben seinem alten Schreibtisch aus Eiche. Aus dem schräggestellten Fenster drang Straßenlärm ins Zimmer.

Schon lange hatte es Emil Stock zu seiner Sache gemacht, dem Treiben der Drogenkriminalität ein Ende zu setzen. Es traf den Nerv von Stock zutiefst, mitansehen zu müssen, wie Heroin, Kokain, Crack die Straßen von Berlin überschwemmten. Aber der Berliner Kripo und dem Rauschgiftdezernat war es bisher noch nie gelungen, Beweise zu finden, die den Drogenbossen selbst gefährlich werden konnten. Zu hart und zu clever wurde diese Organisation geführt. Ihre Geldquellen schienen unerschöpflich. Sie hatten gute Anwälte, die für dingfest gemachte Dealer Mindeststrafen und Hafterleichterungen heraushandelten. Auch hatten die kriminellen Organisationen schon bewiesen, dass ihr Einfluss selbst vor Gefängnismauern nicht halt macht. Seinen Kollegen war es bisher noch nicht gelungen, Dealer oder Gangster dieser Syndikate zu Geständnissen zu bringen, die einen Zugriff auf die Bosse ermöglicht hätten. Die Kripo bewegte sich so seit Jahren im Kreise und musste hilflos mit ansehen, wie die Zahl der Drogenabhängigen ständig wuchs. Dies ärgerte Hauptkommissar Stock zutiefst. Nun schien Bewegung in die Sache gekommen zu sein.

Während sich Emil Stock lange und sorgfältig die Hände im schlichten Waschbecken des Amtszimmers wusch und sie genauso sorgfältig wieder abtrocknete, murmelte er wiederholt: „Das mit dem Studenten begreife ich nicht. Das passt nicht ins Bild."
Zu Tanja gewandt sagte er dann mit einem Ruck. „Also gut, machen wir mit der Routinearbeit weiter. Gebe das Autokennzeichen an die Grenzpolizei in der Schweiz und in Italien durch. Auffällig genug ist ja der Mercedes. Sie sollen uns

Bescheid geben, wenn das Objekt passiert. Stelle ein Verbindung zur Kriminalpolizei in Mailand her. Und über diesen Schubert will ich alles wissen."

„Der Datenschutz", warf Tanja ein.

„Lass dir was einfallen, Mieter, Taxikollegen ... Die alte, klassische Recherchearbeit auf der Straße. Alles kann man nicht mit dem Computer machen", lachte der Kriminalhauptkommissar, und Tanja wusste, dass dieses Lachen nicht hämisch gemeint war.

Schubert hatte sich entschieden, die Alpen beim San Bernhardino zu überqueren. Bei der Durchfahrt der vielen Tunnels genoss der Reisende den Komfort der Luxuslimousine. Mit einem Griff konnte er die Außenluftzufuhr durch einen Aktivkohlefilter reinigen lassen und die Innenluftzirkulation erhöhen. Den acht Kilometer langen Haupttunnel wollte Schubert aber nicht nehmen. Es war dieselbe Angst in ihm, die er in großen Flugzeugen empfand, dieselbe Angst wie bei Operationen unter Vollnarkose. Es war ein Ohnmachtsgefühl, das ihn ängstigte, ein Ausgeliefertsein an die Technik. Aber auch weil es ihm Spaß machte, wählte Stefan Schubert die alte, kaum noch befahrene Passstraße zur Überquerung der Alpen. Dem V 12 war keine Mühe anzuspüren, die Serpentinen hochzuklettern.

Oben auf dem Pass lag Schnee. Die Luft fühlte sich kalt und klar an. Keine Wolke war am blauen Himmel. Es roch nach einem klaren Wintertag. Schubert sog die reine Luft tief in seine Lungen. Obwohl niemand außer ihm auf dem Parkplatz am Scheitel des Passes war, blieb er bei seinem Spaziergang in Sichtweite des Autos.

Es schien Schubert tröstend, dass die Bergmassive der Zivilisierung widerstehen. Der Stolz der aufragenden Berggipfel war ohne Dünkel. Schubert ließ sich Zeit. Er legte sich in den Schnee. Auf dem Rücken liegend wartete er, bis die Sonne sein Gesicht erhitzte. Auf dem Bauch liegend kühlte er es im Schnee.

Auf der anderen Seite des Passes ließ Schubert den Mercedes hinabrollen. Der großvolumige Motor bremste die Fahrt sanft ab. Alle Fenster waren heruntergelassen. Den eisigen Fahrtwind wollte Schubert aushalten und das Hinuntergleiten nach Italien spüren und riechen. Von Kurve zu Kurve schien die Luft milder zu werden. Es folgte eine Ahnung von südlichen Gerüchen, die einige Kurven tiefer sich im Duft der Kiefern und Pinien formte.

Ein weiteres Lied von Hannes Wader erinnerte Stefan und er sang vor sich hin:

> *„Ich bin unterwegs nach Süden*
> *und will weiter bis ans Meer.*
> *Will mich auf heiße Kiesel legen*
> *und dort brennt die Sonne mir*
> *die Narben aus dem Nacken,*
> *jeden Kratzer, jeden Fleck,*
> *dass von den Händen, die mich das ganze Jahr*
> *befingert und geschlagen haben,*
> *keine Spur mehr übrigbleibt.*
> *Und wenn der Wind mir fetzenweise*
> *meine alte, tote Haut*
> *vom Rücken fegt als weiße Asche,*
> *steh ich auf und bin gesund. "*

Bei der ersten Raststätte parkte Schubert den Mercedes vor dem Eingang, kaufte sich einen Capuccino und ein mit Prosciutto Cotto und Rucula belegtes Brötchen. Er verzehrte beides im Auto und war trotz des Pappbechers mit dem Geschmack des Capuccinos sehr zufrieden.

Dank des satellitengestützten GPS-Navigationssystems Comand konnte sich Schubert leicht in Mailand zurechtfinden. Samstag abend um 18.00 Uhr betrat er das Hotel La Scala, das in der Nähe der Oper lag und im Stil eines römischen Patrizierhauses eingerichtet war. Bei der Rezeption wurde ihm eine Visitenkarte überreicht. Der Signore würde in der Lobby auf ihn warten.

Schubert übernahm einen weiteren Koffer, den er sofort, wie der Signore es wünschte, im Kofferraum des Mercedes deponierte. Ein Page fuhr das Auto in die Tiefgarage des Hotels.

Im Hotelzimmer nahm Schubert eine Dusche, rasierte sich und wechselte den Anzug. Vor dem Abendessen wollte er sich noch etwas die Füße vertreten, in den Dom gehen, die Passage entlang flanieren.

Kriminalkommissar Stock hatte seiner Frau zum Abendessen abgesagt. Es war nicht das erste Mal, dass er eine Nacht in seinem Büro verbrachte. Zu diesen Zwecken lagerte er ein Feldbett in seinem Büroschrank neben seinem Mantel. Belegte Stullen und eine Thermoskanne mit Kaffee hatte er sich schon bringen lassen. „Spreche ich mit Signore Stock? Hier Commissario Canetti. Wir hatten Glück, aber das zu observierende Auto ist auch auffällig. Alore, ein gewisser Stefan Schubert hat sich im Hotel La Scala eingemietet und kurz nach seiner Ankunft einen Koffer von einem gewissen Bertone in Empfang genommen, den wir seit geraumer Zeit in Verdacht haben, mit Drogen zu handeln. Was sollen wir unternehmen?"
„Lieber Kollege, bitte schreiten Sie nicht ein. Wir wollen den Verdächtigen an der langen Leine lassen und ihn erst in Berlin wieder in Empfang nehmen. Wenn Sie Ihrer Grenzpolizei das Kennzeichen durchgeben würden und meine Telefonnummer. Danke für Ihre Mitarbeit, Herr Kollege. Buona Notte Commissario." Es waren so ziemlich die einzigen italienischen Worte, die Emil Stock kannte.

7

Die Mailand Connection

Schubert hatte sich vorgenommen, diesen Abend ganz solide zu verbringen und früh schlafen zu gehen. Die lange Nacht in Dresden machte ihm weniger physisch zu schaffen, als dass sich ein schlechtes Gewissen meldete. Nur einen ganz kleinen Bummel unter den Arkaden neben dem Platz des Mailänder Doms hatte er sich gegönnt. Schubert genoss es, in der mondänen Einkaufspassage so schick gekleidet zu sein wie die Italiener. Der alte, gepflegte Marmor glänzte gediegen in den gedämpften Sonnenstrahlen, die durch die in altem Handwerk gefertigten farbigen Glasfenster der Verdachung schimmerten. Geschmackvoll in jedem Detail. Auf einem der alten, kunstvoll gefertigten Caféstühle aus runden, gebogenen Holzstäben wartete Schubert auf den Kellner in seiner weißen langen Schürze. Sein doppelter Espresso wurde so gekonnt auf die Marmorplatte gestellt, dass nur ein sanftes Klicken zu vernehmen war. Nur sein eigenes Gesicht empfand Stefan Schubert als unpassend.

Zurück von seinem Spaziergang genehmigte sich Schubert noch einen Apéritif in der Lobby des Hotels. Der Marmorboden, die alten Hölzer, die Lederbezüge - an ihnen konnte er einfach nicht vorbeigehen. Schubert setzte sich auf einen der Barhocker an der Theke, hinter der eine durchgehende Spiegelreihe keinen Fettfleck aufwies. Er studierte sein Spiegelbild und fragte sich, ob er schon ein anderer geworden sei. Er bestellte sich einen trockenen Martini mit Olive.

Ein Mann, etwas jünger als er, stellte sich neben ihn und bestellte einen Four Roses. Auch wenn der Mann keinen Whisky getrunken hätte, so hätte Schubert in ihm einen Amerikaner gesehen. Der junge Mann war in einen dunkelblauen Anzug gekleidet, welcher feine Streifen in einem dezenten, kaum erkennbaren helleren Blauton aufwies. Der Kragen seines weißen Hemdes war gestärkt und die dunkelblaue Krawatte mit dunkelroten kleinen Tupfen saß tadellos exakt zwischen den Kragenspitzen. Der Anzug war auf Taille geschnitten und betonte die breiten Schultern seines Nebenmannes. Überhaupt zeichnete sich unter dem korrekten Businessanzug eine sportliche, durchtrainierte Figur ab. Einen Fuß hatte der Mann, den Schubert auf Anfang dreißig schätzte, auf der Messingstange des Tresens stehen. Der Standfuß war leicht gebeugt, was der Gestalt noch mehr Spannung gab. Die linke Hand lag leicht auf dem Tresen, mit der rechten hielt der Mann das schwere Glas einige Zentimeter über der polierten Fläche aus weißem Carraramarmor. Schubert spürte eine starke physische Präsenz. Der Mann schaute in den Spiegel hinter der Bar. Stefan vermied einen Sichtkontakt, was ihm leicht fiel, da der Mann seinen Blick nicht auf die Reflexionsebene des Spiegel fokussierte, sondern auf eine Ebene hinter dem Spiegel zu schauen schien.

Der Nebenmann bestellte einen zweiten Four Roses, ohne Eis.

„Sind Sie auch auf Geschäftsreise?" hörte Schubert die Stimme neben ihm in Italienisch fragen. Für Schubert schien die Stimme aus einer anderen Welt zu kommen, und so verging eine Zeit bis er mit dem Kopf nickte. Die Stimme hatte einen metallischen Klang, war aber gleichzeitig freundlich und sympathisch. Sie wirkte auf Schubert, als ob zwei Metallstücke ineinander einrasten würden, die so präzise gearbeitet waren, dass dabei nur ein sattes Klicken zu hören war.

Eine Hand streckte sich Schubert entgegen: „Mi chiamo Mullner, Cliff Mullner."
Irritiert reichte Schubert ihm seine Hand. Der feste Händedruck traf ihn unvorbereitet, so dass er seine Hand zurückziehen wollte. Mullner gab die Hand erst nach einigen Sekunden frei,

währenddessen er Schubert mit blendend weißen Zähnen anstrahlte.

„Schubert", und nach einer Pause erst kam „Stefan. Di Berlino."
Mullner wiederholte wie selbstverständlich seine Frage auf deutsch. Wieder dieses Strahlen, wieder dieses Lachen.
Schubert wurde diese Situation zu schnell zu nah, und als ob Mullner dies erraten hätte, drehte er sich wieder dem Spiegel zu.
Mullner senkte seinen Blick auf sein Whiskyglas, umfasste es, als ob er den Whisky wärmen wollte, führte das Glas langsam an seinen Mund, roch daran, bevor er genüsslich einen kleinen Schluck daraus nahm.

„Ein Whisky ist immer noch der beste Apéritif."
Ohne ihn anzuschauen entgegnete Schubert: „Oder ein trockener Martini mit einer Olive drin." Der Nebenmann suchte den Blickkontakt über den Spiegel und grinste: „Besonders wenn man Bond heißt, James Bond." Schubert grinste zurück: „Oder wenn man Bunuel heißt, Luis Bunuel."
Der Nebenmann lachte laut und das Lachen gefiel Schubert. Gelockerter nahm er wieder Kontakt auf: „Wie ist das Essen hier?"
Ebenfalls einen Blickkontakt vermeidend entgegnete Mullner: „Ganz vorzüglich; ich bin schon drei Tage hier und glaube ich habe schon zwei Kilo zugenommen. Es wird Zeit, dass ich meine Geschäftsreise fortsetze." Wieder dieses laute Lachen, und zwei Reihen strahlend weißer Zähne glänzten Schubert entgegen.

„Nicht der schlechteste Ort für einen Geschäftstermin. Mailand ist wunderschön. Waren Sie schon in der Scala? Über das Hotel hier ist leicht an Karten zu kommen. Das gehört zum Service."
Schubert bedauerte, dass er dazu leider keine Zeit hätte, da er in Mailand nur diese Nacht bleiben könne.

„Ja, ja die Termine. Es fehlt die Zeit, ach die Zeit", grinste verständnisvoll sein Gegenüber.

„Sie sprechen viele Sprachen."

„Ja, ja."

„Harvard oder so."

„Oder so."

Schubert hatte sich zu seinem Gegenüber gedreht und sah nun in das Gesicht von Mullner. Kurze Haare, so kurz, dass sie nach oben standen, brachten die Konturen des Gesichts noch prägnanter zum Ausdruck. Das Kinn war kantig, Backenknochen traten hervor, wenn Mullner die Zähne fest schloss, die scharf geschnittene Nase bildete einen leichten Knick nach unten.

Mullner spürte den taxierenden Blick auf sich, hielt inne, um seinem Gegenüber Zeit zu geben und wendete den Blick wieder zum Spiegel.

Stefan zog eine Gauloise aus der vor ihm liegenden blauen Packung. Im Spiegel beobachtete Mullner, wie diese wieder vorsichtig in die Packung zurückgesteckt wurde.
„Rauchen Sie nur, das stört mich nicht."
„Ich bin ein Genuss- und Gelegenheitsraucher", entgegnete Stefan und ärgerte sich darüber, dass es entschuldigend klang.
„In einer Business-Stellung kann man es sich ja heute nicht mehr leisten zu rauchen, zumindest nicht in den Staaten", sagte Mullner.
„Ist ja auch ungesund", bestätigte Schubert. Beide Männer lachten.
„Ich finde manchmal das Rauchen schön", sagte Schubert wie zu sich selbst.
„Ich verstehe, aber solch ein Moment ist jetzt nicht gegeben. Das ist wenig schmeichelhaft für mich."
Wieder fühlte sich Schubert unter der Präsenz von Mullner beengt. Mullner schien die Verstimmung zu spüren, drehte sich wieder zum Spiegel hin und nahm genießerisch kleine Züge aus seinem Whiskyglas.

Schubert war dankbar für die Pause, und es erstaunte ihn, dass er sie nicht als peinlich empfand. Sein Gegenüber ließ ihm nun

Raum und Zeit, und es war klar, dass Mullner wartete, bis Schubert seinerseits die Unterhaltung weiterführen würde.

Der Gong zum Abendessen hallte durch das Foyer des Hotels. Mullner stand unbewegt vor seinem Whisky. Da die Initiative bei Schubert blieb, konnte er Mullner den Vorschlag machen, gemeinsam zu Abend zu essen. Mullner nahm die Einladung freudig an: „Ich esse ungern alleine, da schmeckt es mir nur halb." Die beiden Männer ließen sich einen Tisch zuweisen.

„Raucher oder Nichtraucher?"

„Wir nehmen Raucher, Signorina", kam Mullner Stefan Schubert zuvor.

Einer Gemüseantipasta mit vorzüglichem Olivenöl zubereitet, folgte als Hauptgang Polenta mit frischen Steinpilzen. Mandel-gebäck mit Likör bildeten den Nachtisch.

Wieder überließ Mullner die Initiative zur Unterhaltung Stefan Schubert.

„Sind Sie von der West- oder der Eastcoast?"

„Auf was tippen Sie?"

„Eastcoast."

„Zur Hälfte richtig geraten." Mullner grinste breit in das erstaunte Gesicht von Schubert. Doch bevor ein Gefühl von Verletzung in seinem Gegenüber sich regen konnte, fügte Mullner ernst hinzu: „Als Kind Westcoast, als Mann Eastcoast."

Und, als ob er erahnen würde, dass es nun an ihm sei, Distanz zu wahren, schaute sich Schubert nach dem Kellner um.

„Und Sie machen nicht Europa in fünf Tagen?"

Mullner zeigte keine Kränkung und lächelte: „Nein, aber ich habe in fünf Tagen einen Geschäftstermin in Paris."

„Auch ich muss in fünf Tagen in Paris sein", musste Schubert spontan sagen und ärgerte sich über seine Unkontrolliertheit. Mullner hakte nicht nach, was Schubert sichtlich erleichterte.

„Waren Sie schon mal in den Staaten?"

„Ja, und es war really great for me, die Weite des mittleren Westens, die Nationalparks." Wieder regte sich in Schubert ein unangenehmes Gefühl über seine Naivität. Doch Mullner zeigte sich sehr erfreut und schlug seinem Tischnachbarn auf die Schulter. „Entschuldigen Sie meine Gefühlsregung, aber wir Amerikaner fühlen uns geehrt, wenn man unser Land liebt. Ich bin im Südwesten, in Arizona, aufgewachsen, wissen Sie, Stefan. Darf ich Sie Stefan nennen? Meine Mutter ist eine Deutsche. Deshalb freue ich mich, dass ich mich mit Ihnen in unserer gemeinsamen Muttersprache unterhalten kann."

Schubert verlor immer mehr die Scheu vor seinem Gegenüber und wieder schwärmte er von seiner Reise in Arizona und Colorado. Cliff Mullner hörte ihm aufmerksam zu. In seiner Begeisterung lebte Schubert merklich auf.

„Ich hätte noch einen Platz im Auto frei."

„Sie fliegen nicht?"

„Ich führe eine Menge an Geschäftsunterlagen mit mir."

„Schade, ich habe meinen Flug nach Paris schon gebucht."

Schubert gab seinem Bedauern Ausdruck, stand vom Tisch auf und entschuldigte seinen plötzlichen Aufbruch mit seiner frühzeitigen Abreise aus Mailand. Die beiden Männer drückten sich zum Abschied fest die Hand. Kaum war Schubert in seinem Appartement angekommen, läutete das Telefon. „Ach wissen Sie, der Abend hat mir gefallen. Ich glaube, ich nehme doch Ihr Angebot an. Ich wollte schon immer mal mit dem Auto durch Frankreich fahren."

„Freut mich. Also dann bis morgen früh. Ist sechs Uhr für Sie okay?"

„No problem."

Kaum hatte er den Hörer aufgelegt, kamen Schubert Zweifel, ob er mit dieser Einladung nicht zu voreilig war. Hatte er das Recht, jemanden bei sich mitfahren zu lassen? Konnte er selbst dies mit seinem Auftrag vereinbaren? Würde ihn das nicht ablenken? Andererseits konnte er jetzt die Einladung auch nicht mehr zurücknehmen. Wenn er sich für eine Sache begeisterte, dann war es für Schubert schwierig, im Rahmen zu bleiben.

Als am frühen Sonntagmorgen Schubert mit frischem Anzug den Speisesaal des Hotels betrat, saß Cliff Mullner schon bei seinem Frühstück mit Capuccino und Dolcetti und einem Glas Orangensaft. Wieder saßen Anzug und Krawatte perfekt. Keine Spur von Morgenmuffelei. Ja, man mochte meinen, Mullner sei schon seit zwei Stunden auf den Beinen.

Koffer und Tasche, beides aus dickem, schwarzem Nylon, sowie ein Aktenkoffer aus schwarz eloxiertem Aluminium fanden leicht Platz im Kofferraum der großvolumigen Limousine. Die beiden Männer nahmen die Autobahn nach Genua. Sonntags um diese Zeit gab es kaum Verkehr und so kamen sie zügig voran. Nebel lag über der Landschaft, und die Sonne war im matten Glanz nur zu erahnen. Fünfzig Kilometer vor Genua bogen sie auf die Autobahn nach Ventimiglia ab. Die beiden Männer sprachen nicht viel. Sie genossen den Blick auf die Berge zu ihrer Rechten und auf das Meer zu ihrer Linken. Stefan bemerkte zu seiner Verwunderung, dass ihm die Anwesenheit von Cliff Mullner angenehm war. Ohne viel Reden stellte sich bei ihm ein Gefühl von Nähe, Vertrautheit, ja Vertrauen her. Und so war es natürlich, dass beide Männer sich nach 200 km Fahrt duzten. Die Kilometerangaben der Riviera entlang nach Ventimiglia schrumpften schnell. Einige Kilometer vor der französischen Grenze äußerte Schubert, zunächst etwas stockend, eine Idee. Es war ihm peinlich, aber er konnte es nicht unterlassen, seine aufkommenden Gefühle Mullner mitzuteilen. Schubert erzählte seinem Beifahrer von einer Jugendreise vor vielen Jahren an die Côte d'Azur. Es war das letzte Jahr vor dem Abitur gewesen, als er sich alleine mit Rucksack und Schlafsack auf eine für ihn sehr abenteuerliche Reise gemacht hatte und ohne viel Geld in den Süden getrampt war. In Menton hatte er damals ein paar Tage auf dem Campingplatz übernachtet und Bilder davon, so Schubert, hätte er immer noch mit großer Frische in sich. Zu gerne würde er nun diesen Campingplatz mal wieder aufsuchen, denn seit damals sei er nie wieder an der Côte d'Azur gewesen. Zu Schuberts Überraschung reagierte Cliff locker und erzählte, dass er in seinen Jugendjahren auch viele Trekkingtouren mit großer Begeisterung gemacht hatte.

Schubert konnte sich nicht mehr halten: „Sollen wir nicht eine Nacht auf dem Campingplatz in Menton verbringen?"
Mullner zögerte. „Es ist Ihre Zeit, ich bin Ihr Gast. Wenn Sie das mit Ihrem Auftrag vereinbaren können. Ein bisschen seltsam würde das auch aussehen, oder. Wir sind ja keine Jugendlichen mehr, meinen Sie nicht."
Schubert entging nicht, dass Cliff dies in einem kühlen Ton gesagt hatte und dass er ihn wieder siezte. Er siezte zurück: „Haben Sie nicht doch ein Problem damit?"
„Entschuldigen Sie, es ist Ihr Auto und ich bin Ihr Gast."

Doch Stefan Schubert war schon zu stark seiner Begeisterung verfallen, als dass er sich durch den ernsten Unterton in der Stimme von Cliff Mullner hätte umstimmen lassen wollen.

Die beiden Männer passierten ohne Zollkontrolle die italienisch-französische Grenze und nahmen die Autobahnausfahrt Menton. Im nächsten Sportladen kaufte Stefan zwei Schlafsäcke.

Seit zwei Tagen nahm Emil Stock alle Anrufe selbst ab. Die Grenzpolizei in Ventimiglia vermeldete, dass ein Mercedes S 600 mit Berliner Kennzeichen soeben die Grenze nach Frankreich passiert hatte. Der Kommissar war nicht schlecht erstaunt, als er erfuhr, dass Schubert einen Beifahrer bekommen hatte.
Die Nacht hätte für den Kriminalhauptkommissar besser verlaufen können. Manchmal dachte er, dass er zu alt für solch einen Job sei. Tanja Müller kam gut gelaunt mit einem Tablett voll duftendem Kaffee und frischen Schrippen in sein Büro.

„So, und jetzt rufe ich meinen Freund und Kollegen Charles Bonnet vom Quai d'Orsay an." Emil Stock grinste über das ganze Gesicht und rieb sich die Hände.

„Cher Émile, très bien, dich zu hören. Was machen Frau und Kinder? Alle gesund, très bien. Was, du rufst nicht wegen unseres Sommerurlaubs in Narbonne an?"

„Non, Charles, geschäftlich. Wir observieren einen Stefan Schubert, der mit einem schwarzen Mercedes vor kurzem die Grenze bei Menton passiert hat. Da es sich um Drogen handelt, nehmen wir an, dass er nach Marseille will. Mich würde interessieren, unter welchem Namen sein Pass läuft und der seines Beifahrers. Vielleicht könnt ihr eine Routinekontrolle arrangieren. Aber unternehmt nichts."

„D'accord, Émile, du hörst von mir. Gruß an deine Frau."

8

Auf dem Campingplatz in Menton

Schubert mußte an den Strand fahren. In den letzten Jahren waren
seine Reisen in den Süden seltener geworden. Ursache hierfür
war nicht nur seine finanzielle Situation. Er erinnerte sich an die
Frage eines alten Korsen, als er im Alter von dreißig Jahren zum
letzten Mal mit Rucksack unterwegs war: „Haben Sie keine
Kinder?"
So abenteuerlich es Schubert früher fand, wenn er alleine, "wild"
wie man stolz sagte, im Schlafsack am Strand übernachtete, so
würde er sich doch heute schämen, wenn ihn dabei die Polizei
überraschte und ihn nach seinen Ausweisen fragen würde. Ein
Enddreißiger durfte sich nicht mehr auf der Straße durchschlagen.
Zu schnell würde man in ihm einen Gescheiterten sehen. Aber
Schubert mochte in den letzten Jahren sowieso nicht mehr reisen.
Nicht nur als unverdient hätte er es empfunden, sondern auch als
weitere Flucht zu seinen vielen alltäglichen Ausflüchten.

Nun war Stefan Schubert also wieder im Süden. Und er hatte
dafür einen guten Grund, den besten Grund, er war im
geschäftlichen Auftrag unterwegs. Schubert hatte den Auftrag,
hier zu sein. Er musste die Côte d'Azur entlang fahren, um den
Auftrag erledigen zu können. Menton war eine Station auf seinem
Weg hin zum Zielpunkt seines Auftrags. Und wenn man
gearbeitet hat, dann darf man auch mal eine Pause machen, sagte
sich Stefan. Ein Tag Meer und Sonne, das würde doch niemand
stören und das hatte er sich doch verdient. Zu lange hatte
Schubert auf dieses südliche Meer verzichten müssen. Zu lange
war es ihm vorenthalten worden, ihm, der es doch so sehr
brauchte, dieses Licht, diese Strahlung, diese Gerüche.

Schubert hatte die Anziehungskraft des Südens schon in Berlin gespürt. Je mehr er sich dem Süden näherte, um so magischer wurde diese Kraft. Beim ersten Kontakt nach Genua mit dem Meer war ihm, als müssten sich seine Augen vollsaugen an dem Streifen, in dem sich Meer und Himmel berührten. Er konnte den Wagen nicht mehr halten, der immer schneller fuhr, der erst jetzt am Rande des Meers zum Halten kam.

Am Strand ging Schubert geradewegs ins Meer. Die Anzugshose hatte er ausgezogen, und so stand er mit seinen weißen Boxershorts in den Wellen. Anschließend warf er sich schwer auf die heißen Kieselsteine und lauschte dem Meer. Bilderfetzen von Nachtfahrten in Berlin, Tonfetzen aggressiv hupender Autos, Polizeisirenen und schrille Schreie von jungen Frauen auf dem Straßenstrich zogen an ihm vorüber. Schubert vergaß Mullner, der ihm gefolgt war und sich neben ihm auf den Kieselstrand gesetzt hatte. Er öffnete die Augen. Totale, blaues Meer. Als er den Blick langsam nach oben richtete, nahm ihm das den Atem. Kleine vereinzelte Schäfchenwolken ließen den Himmel noch tiefblauer wirken. Es war ihm, als ob durch diesen Vertikalschwenk nach oben seine geistige Sicht freier wurde. Ihm schien, als löse sich sein Denken von dem, was ihn die letzten Monate umgeben hatte. Schubert mußte an den Film denken, den er zuletzt in Berlin gesehen hatte. In jenem Film verwendete der Regisseur immer wieder diese Vertikalschwenks von unten nach oben. Unten, da tobte der Krieg, unten da war diese Hierarchie von dem General zu den Privates. Oben, da waren die Blätter der tropischen Urwaldriesen, die Vögel, der blaue Himmel über dem Südpazifik. Oben, da waren die inneren Stimmen der Soldaten, die zu den Zuschauern so sprachen, als ob sie zu sich selbst sprechen würden. Ehrlich, ohne Angst, ohne Zensur und Selbstzensur. Schubert empfand den Titel des Films, *DER SCHMALE GRAT*, als Metapher für sein eigenes Leben. War sein Leben nicht zu einer Gratwanderung geworden, bedroht durch einen Absturz, nach beiden Seiten hin? Waren nicht nur seine materielle Existenz, sondern auch seine Träume bedroht?

Die Minuten auf den Steinen wenige Meter von dem Wellenschlag des Meeres entfernt kamen Schubert wie eine Ewigkeit vor. Seit langem stellte sich wieder das Gefühl ein, Zeit zu haben. Ach wie schnell war sie in den letzten fünf Jahren dahingegangen!

Der *Camping Municipal St. Michel* lag auf dem *Plateau Saint Michel*, das sich inmitten Mentons erhob. Die Straße hinauf war schmal und Schubert mußte den breiten Mercedes mehrere Male anhalten, um entgegenkommende Autos vorbeizulassen. Die Wächter des Campingplatzes an der *Route des Ciappes* staunten nicht schlecht, als die Luxuslimousine vorfuhr, deren schwarzer Lack strahlte, als ob der Wagen direkt aus einer Verkaufshalle kommen würde. Da es Vorsaison war, konnten die beiden Männer einen Platz ihrer Wahl aussuchen. Schubert parkte den Wagen direkt neben dem Häuschen der Verwaltung, das Tag und Nacht besetzt war. Ihre Schlafsäcke rollten die Männer an einem Platz aus, von dem man eine freie Sicht auf die Altstadt von Menton hatte. Hinter ihren roten Ziegeldächern erstrahlte das Meer in tiefem Azurblau. Olivenbäume, die viele hundert Jahre alt waren, mit Blättern, auf denen ein altsilberner Glanz lag, sowie majestätisch hohe Eukalyptusbäume, deren spröde Blätter im Wind klapperten, spendeten Schatten.

Nach der Essenszeit, die mit einem Geklapper von Geschirr und Gläsern vor den Spülbecken ihren Abschluss fand, wurde es ruhig auf dem Campingplatz. Auch Schubert und Mullner legten sich zur Siesta auf ihre Schlafsäcke. Das gefilterte Licht unter den Oliven- und Eukalyptusbäumen fühlte sich so milde an wie der leise Wind, der vom Meer her wehte. Schubert genoss diese Zeit der verordneten Muße, wie sie im Mittelmeerraum üblich war, und dämmerte ein.

Als Schubert nach einer Stunde erwachte, lag ein Zettel neben seinem Kopf. „See you at 4 o´clock p.m. im Strandcafé, vor dem wir das Auto geparkt hatten. Gruß Cliff." Schubert nahm den steilen Fußweg hinab.

Unterdessen besuchte Cliff Mullner das *Musée Jean Cocteau*. Mullner, so korrekt angezogen wie immer, erregte mit dem dunklen Anzug und der einwandfrei sitzenden Krawatte Aufsehen. Das Museum war in einer Festungsanlage am Hafen von Menton untergebracht. Cocteau, Stammgast in Menton, hatte sich das kleine Fort gekauft und nach seiner Vorstellung gestaltet. In der alten Festung mit ihren meterdicken Mauern war es kühl. Mullner saß unbeweglich in einem Sessel und wirkte so kühl und unnahbar wie Jean Cocteau, der auf fast allen Fotos in dunklem Anzug und Krawatte abgebildet war. Nach seinem Museumsbesuch schlenderte Mullner dreihundert Meter auf der Hafenmauer hinaus zu einem kleinen Leuchtturm. Die Mittagssonne schien dem schlanken Mann in seinem dunklen Anzug nichts anhaben zu können. Nur die Spiegelung der Sonnenstrahlen im Wellengang verwischten seine Silhouette zu einem Flimmern aus Hell und Dunkel.

An der Eingangstür des Restaurants vom Camping Municipal hing ein großes Poster von James Dean. Es war keines der üblichen Poster, sondern ein vergrößertes Foto, das während der Drehbarbeiten zu *GIGANTEN* gemacht wurde. Grund genug für Schubert vorzuschlagen, hier essen zu gehen. Durch den Anblick der adretten Wirtin, Yvonne, fühlte er sich in seiner Entscheidung bestätigt. Yvonne ließ sich durch die dunklen Anzüge der beiden jungen Männer nicht irritieren und sagte, ohne ihre Weiblichkeit zu verstecken, dass sie ihren Tisch selbst wählen könnten. À la terrasse war noch ein Tisch mit Meeresblick frei. Zwei Meter hinter dem Tisch ging es steil den Berg hinab. Vor ihnen lag die Bucht von Menton, deren Blau sich mit dem Rot der untergehenden Sonne mischte. Der Wind wehte vom Meer, strich den Berg entlang und bescherte eine Kühle, die bei der Stärke der

Strahlung, die die Sonne in Menton schon im Mai hatte, von den beiden Männern in ihren dunklen Anzügen als angenehm empfunden wurde .

Yvonne schmiss den Laden alleine. In der Küche stand ein freundlicher Mann, der, wenn er gerade mal kein Steak überwachen mußte, Bier für Yvonne zapfte und Vin Rouge eingoss. Im Garten waren viele Tische zum Abendessen belegt. An der Theke standen einige Gäste vor ihrem Apéritif. Kinder und Jugendliche spielten Poolbillard. Trotz der vielen Arbeit verfiel Yvonne nicht in Hektik. Sie flitzte von einem Tisch zum anderen, zur Theke und wieder zurück, in einer Leidenschaftlichkeit, die die Beanspruchung durch die Gäste nicht zur Hektik werden ließ. Ihr gelang eine Mischung aus freundlicher und exakter Dienstleistung, die weder einen Zweifel daran aufkommen ließ, dass sie die Chefin, noch dass sie eine Frau war. Auch bei der Wahl ihres Parfüms war sie nicht zimperlich. Es wehte über die Gartenwirtschaft und vermischte sich mit einer Brise Meerluft. Das Salz in der Luft erinnerte an das Salz, das bei ihrer Aktivität wohl auch auf ihrer Haut liegen musste.

Yvonne trug einen knappen schwarzen Lederrock, der ihre wohlgeformten, kräftigen Beine wenig verdeckte, und ein knallrotes enges T-Shirt. Das Rot auf ihren Lippen war genau so leuchtend. Ihre kräftigen, schwarzen Haare trug sie halblang, offen. Als sie an den Tisch von Schubert und Mullner herantänzelte, hielt sie kurz vor ihnen abrupt inne, grinste breit und zeigte ihre weißen Zähne.
„Haben die Messieurs sich nicht im Hotel geirrt?"
Die beiden Männer standen noch unter dem Eindruck der kräftigen Schenkel und der wogenden Brust. Yvonne kam ihnen zuvor.
„Mais oui, unsere cuisine ist über den Campingplatz hinaus bekannt. Hier ist die Karte, ich kann ihnen unsere plat du jour empfehlen."

„Würden Sie uns die Ehre geben, mit uns einen Apéritif einzunehmen."

Cliff stand höflich auf, streckte ihr die Hand hin.

„Cliff Mullner aus San Francisco."

„Danke Messieurs, ich muss hier noch arbeiten. Was darf ich Ihnen bringen?"

Schubert bewunderte Mullner, wie er diesen Korb überspielen und sich mit einem „Entschuldigen Sie unsere Frechheit" wieder setzen konnte.

„Also zwei Mal das Tagesessen", notierte Yvonne auf ihren Block in für den kleinen Block zu großen Buchstaben. Die beiden Männer nickten nur.

„Eine Karaffe Wein und Wasser, rouge, rosé oder blanc?"

Schubert räusperte sich, Yvonne schaute ihn an und wartete. Unter ihrem Blick wurde es ihm heiß und er stammelte: „Haben Sie auch Flaschen?"

„Wir sind nicht das Carlton. Côte du Rhone oder Provence?"

„Provence", entschied Stefan und spürte in sich eine Angst, dies zu langsam gesagt zu haben.

Erwartungsvoll schaute ihn Yvonne an.

„Äh, blanc, Madame."

„D´accord, messieurs. Très bien."

„Und Perrier", fügte Stefan hinzu.

„Also gut, Badoit, mit oder ohne Gaz?"

„Sans Gaz", fuhr es aus dem Mund von Stefan und er wagte nicht zu bemängeln, dass Yvonne wie selbstverständlich die Marke Perrier durch Badoit ersetzt hatte.

Yvonne warf sich herum, als ob sie keinen engen Rock tragen würde und wirbelte zur Theke.

Erleichtert atmete Schubert durch.

„Quelle femme", grinste Mullner ihr nach.

Das Meer widerspiegelte in unendlicher Vielfalt die untergehende Sonne. Schubert war froh, dass er sich durch die Betrachtung dieses Schauspiels aus dem Bann von Yvonne lösen konnte.

Ihr Getränk kam sofort und wurde von Yvonne im Vorbeigehen auf den Tisch gestellt, ohne dass sie dabei die zwei Männer eines Blickes würdigte.

Auf dem Weg zur Toilette schaute sich Stefan im Restaurant *L'Embuscade* um, das in seinem Signet den Kopf eines Wildschweins hatte. Ein Filmplakat mit John Wayne in RINGO füllte die Tür zum Klo aus. Auf dem Weg zurück betrachtete Stefan Indianerporträts von Edward Sheriff Curtis. Die Fotogalerie setzte sich fort mit den mexikanischen Revolutionären Pancho Villa, Ciudal Juarez und Agustin Carola. Ein Foto zeigte Guernica im Jahre 1914 vor seiner Zerstörung.

Bei dem Poulet à la basquaise in Weißweinsoße mit Knoblauch und Rosmarin löste sich das weichgekochte Fleisch wie von alleine von den Knochen. Schubert trank dazu einen trockenen Weißwein, der so kalt serviert wurde, dass sich das Glas beschlagen hatte. Mullner begnügte sich mit Wasser. Aus den Lautsprechern, die zwischen farbigen Lichterketten aufgehängt waren, tönten Rocksongs der Hippiezeit wie „Good Morning America" von Arlo Guthrie, „Hotel California" von den Eagles, „Going up the Country" von Canned Heat. Dazu passend erschien eine Gruppe von Harleyfahrern mit Fransenjacken. Die Harleys glänzten im Restlicht der Dämmerung als kämen sie aus einer Verkaufshalle. Die Motorradfahrer grinsten über die beiden Männer mit ihren dunklen Anzügen. „Schaut mal, da sitzen die MIBs." Ihr lautes Lachen war ohne Aggression. Nur an Mullner gewandt sagte Schubert, dass *MEN IN BLACK* der Kultfilm der letzten Saison war, passend zu den Rockern, deren Kult auch von gestern sei.

„Oh, du kannst ja auch witzig sein", grinste Mullner.

„In dieser Bucht landete Lino Ventura im Film *DER PANTHER WIRD GEHETZT* nach seiner Flucht aus Italien", nahm Stefan die Unterhaltung wieder auf. Mit übertrieben gespieltem Erstaunen drückte Mullner aus, dass er nur darauf gewartet hatte, bis Stefan wieder zu seinem Lieblingsthema griff. Ernst erwiderte er jedoch: „Eine gute Fortsetzung der amerikanischen Schwarzen Serie, mit einem noch ganz jungen Belmondo. Lino Ventura als Abel wendet Gewalt gegen alte Freunde, die ihm nicht mehr helfen wollen, weil sie sich in ihrer erworbenen bürgerlichen Existenz nicht von ihm gefährden lassen wollen. Abel hätte dies ja akzeptiert, wenn die alten Freunde ehrlich zu ihm gewesen wären. Aber sie heucheln, stricken Intrigen, um ihn loszuwerden. Die Geradlinigkeit von Abel reibt sich mit der bürgerlichen Saturiertheit und dem Sicherheitsstreben seiner alten Kameraden. Abel rächt den Verrat an den alten Werten, es fließt Blut. Abel wird darüber müde und er flieht nicht mehr vor der Polizei. Die Wirklichkeit hatte sich als stärker erwiesen als die Werte der Jugend und der Freundschaft. Abel wäre bereit gewesen, die Wirklichkeit zu akzeptieren, wenn ihm ein Brückenschlag zu seinen früheren Werten gelungen wäre. So aber, indem Abel fühlt, dass er kein Stück seiner Träume mehr verwirklichen kann, fühlt er sich am Ende angelangt."

Schubert fühlte sich wieder vertrauter mit Cliff Mullner, und das „Du" kam ihm wieder leichter von den Lippen: „Du kennst dich in der Filmgeschichte gut aus."

„Ach, das ist für einen Amerikaner nichts Besonderes. Wir haben ja sonst nichts an Kultur außer Kino."

Trotz des Witzes blieb Mullner ernst. Zu schnell war ihm Schubert wieder entgegengekommen.

„Bist du verheiratet, Cliff?"

„Nein."

„Single?"

„Hast du mir mal ´nen Groschen für die Parkuhr?"

„Du willst nicht darüber reden?"

Mullner schaute Nicole hinterher. Schubert blickte auf das Meer hinaus, das sich im Schein von Laternen, Sternen und Mond wiegte. Das kleine Restaurant des Camping-Platzes von Menton hatte sich geleert.

„Kennst du den Film *DER SCHMALE GRAT*, Cliff?" Mullner nickte mit dem Kopf und schien bereit, nicht alles von sich abprallen zu lassen.

„Warst du in Vietnam?"

Schlagartig rasteten Mullners Stimme und Gesichtszüge wieder ein.

„Junge, rechne mal die Jahre nach! Und stelle diese Frage keinem Amerikaner, hörst du! Nie! Nicht du! Ich hau mich hin."

Cliff stand auf. Im gleichen Moment trat Yvonne an den Tisch heran.

„Jetzt nehme ich Ihre Einladung an."

Yvonne stellte eine Flasche Pastis 51 und drei Gläser auf den Tisch.

„Den trinken wir hier nicht nur zum Apéritif."

Ohne eine Antwort abzuwarten, übergoss die Frau die Eiswürfel mit dem Anisschnaps aus Marseille und füllte den Rest mit Wasser aus einer Karaffe auf. Eiswürfel platschten hinterher.

„Sie passen nicht zusammen", Yvonne schaute beiden Männern ins Gesicht.

„Nein, doch, sie passen zusammen."

„Wollen Sie mir aus der Hand lesen", Cliff streckte seine Hand Yvonne entgegen und grinste breit.

Yvonne zögerte nicht, umschloss die Hand von Cliff, zog sie weiter zu sich hin und schaute ihm ernst ins Gesicht.

„Der, den Sie vorgeben zu sein, sind Sie nicht. Wie gewohnt, werden Sie Ihren Auftrag erfolgreich abschließen, aber Sie werden Entscheidungen treffen, die für Sie neu sind."

Cliff schaute Yvonne in die Augen, und Yvonne ließ ihn gewähren.

„Geben Sie mir auch Ihre Hand?"

Ein Lächeln missglückte Schubert.

„Keine Angst, ich bin nur eine Wirtin." Keiner der Männer sah darin einen Witz, über den sie lachen konnten.

„Auch Sie sind nicht der, den Sie vorgeben zu sein. Auch Sie werden Ihre Reise mit Erfolg beenden, aber nicht so, wie Sie es planten."

Yvonne führte Schuberts Hand vorsichtig zurück. Sie hob ihr Glas und bot es den Männern zum Prosit an.

„Ich wünsche Ihnen eine gute Reise, dass Sie beide finden mögen, was Sie suchen." Yvonne streckte ihre Füße weit aus, streifte ihre Sandalen von den nackten Füßen und ließ ihre Arme baumeln. Ihre Brüste schienen keine Schwerkraft zu kennen.

„Riechen Sie den Eukalyptus? Es ist, als ob die Gerüche der Natur, die von der Sonne bei Tag niedergehalten werden, in der ersten Hälfte der Nacht sich ausdehnen. Man kann jetzt die Kraft der Sonne riechen. Das bei Tag Angesammelte offenbart in der Nacht seinen Reichtum."

So ist es auch mit dieser Frau, dachten die zwei Männer. Und es war zu spät in der Nacht, als dass sie ihre Gefühle verbargen. Ohne Scham genossen sie die Aura von Yvonne und öffneten sich für ihre Farben, ihre Lippen, ihr Parfüm, das sich mit Meerluft, dem Geruch der Eukalyptusbäume und der wilden Kräuter mischte. Yvonne schien dies für natürlich zu halten und nahm sich nicht zurück. Sie füllte die Gläser nach und nahm selbst große Schlucke des Anisgetränks.

Yvonne verabschiedete sich mit jeweils drei Küssen auf die Wangen von Stefan und Cliff.

„Wie soll man jetzt schlafen können?"

Stefan nickte Cliff zu.

9

An der Côte d´Azur

Die beiden Männer hatten unter freiem Himmel geschlafen. Beide erwachten im Morgengrauen. Obwohl es erst 5.00 Uhr war, fühlten sich beide ausgeruht. Ihre Anzüge hatten sie mit Sorgfalt über den Zaun gehängt, der den *Camping St. Michel* an der *Route de Ciappes* eingrenzte. Bezahlt hatten sie ihre Übernachtung schon am Vortag und so marschierten Schubert und Mullner mit ihren Schlafsäcken unter dem Arm zum Mercedes neben dem Häuschen der Verwaltung. Der Nachtwächter staunte nicht schlecht, als die beiden Männer nur mit einem Schlafsack unter dem Arm in das Luxusauto stiegen. Er öffnete ihnen die Schranke und vergaß zu fragen, ob sie schon bezahlt hätten.

In der Altstadt von Menton bestellten die beiden Männer ein Petit Déjeuner im *Café de Paris*. Es bestand aus knackig frischem Pain Beurre, Croissants au Beurre, Marmelade und einem Grand Café Crème. Mullner fand sich schnell im Navigationssystem *Comand* der Luxuslimousine zurecht, und so fanden sie ohne Umwege die *Route Nationale 7*, die über weite Strecken direkt am Meer entlang führte und in Paris endete. Mit einem Blick auf die Karte bemerkte Mullner, dass ihn die Straße an den *Highway Number One* in den USA erinnere.

Im Hafen von Monte Carlo ankerten hochseetüchtige weiße Jachten. „Hier ankert das Geld der Reichsten der Welt", bemerkte Mullner sachlich.
„Ankern im doppelten Sinne", ergänzte Schubert.
Die Verzierungen der Boutiquen in der Einkaufsstraße wirkten wie aus echtem Gold. Dem *Casino von Monte Carlo* sah man

seine Legende an. Das *Loews* ruhte weit in das Meer hinaus gebaut auf Betonstützen. Die vorderen Hotelappartements bestanden nur aus Glas. Beim Vorbeigleiten fiel der Mercedes 600 nicht besonders auf.

„Man muss sich dort fühlen, als übernachte man auf einem Schiff."

„Für den Herrn scheint das Beste gerade gut genug", bemerkte Cliff Mullner spöttisch.

Die beiden Männer erreichten Nizza um 10.00 Uhr. Als Schubert die Palmenallee an der *Baie des anges* im großen Mercedes langsam entlang fuhr und die Augen attraktiver Frauen und die neidischen Blicke junger Männer wahrnahm, erinnerte er sich an Bilder der früheren Reise. Es war im Jahre 1979, als er zum ersten Mal in Nizza war. Von seinen Jobs in den Sommerferien hatte sich Stefan Schubert ein Interrail Ticket gekauft. Manche Strecken war er auch getrampt, weil er die Prüfungen des Ungesicherten bestehen wollte und weil er hoffte, auf der Straße Land und Leute besser kennen zu lernen. Auch war es eine Reminiszenz an die Ära der Hippiebewegung, die er als Schuljunge noch miterlebte. Aus dieser Zeit hatte er den Traum, mal wie ein Vagabund, without a home, like a rolling stone, nur mit Rucksack und Schlafsack und Wasserflasche durch Südfrankreich zu ziehen. Doch die Strecke an der Côte d`Azur entlang, besonders ab Saint Tropez bis Nizza, wurde für ihn zum Alptraum. Niemand nahm ihn mit, nirgends konnte er ans Meer, überall warnte das Schild: *Propriété Privé*. Wie er dieses Schild hasste, das ihm auf Schritt und Tritt begegnete. Und wie er es hasste, dass ihm dadurch der Weg zum offenen Meer hin verwehrt wurde. Seit dieser Zeit war Schubert nie mehr an der Côte d´Azur gewesen. Und nun saß er in einem italienischen Designeranzug und mit Seidenkrawatte am Steuer eines Luxusautos, das selbst auf dieser mondänen Promenade für Beachtung sorgte. Stefan Schubert wusste nicht, ob er Gefühle des Triumphes genießen sollte. Ein bisschen Rache schadet nichts, sagte er sich, und gedachte, im ersten Haus am Platze, dem *Negresco*, abzusteigen.

„Ich lade Dich ein, Cliff?"

„Nicht nötig. Ich kann selbst für mich aufkommen."

„Ich hätte Lust auf eine Spritztour nach Cannes."

„Okay", stimmte Mullner kurz zu. Der kühle Unterton in beiden Entgegnungen entging Schubert.

Am Ortsausgang auf der *Route Nationale 7* stand eine junge Frau und streckte ihre Hand mit dem Daumen nach oben in die Fahrbahn hinein. Auch daran konnte Stefan Schubert nicht vorbeifahren. „Ich kann an einem Tramper einfach nicht vorbeifahren, das ist meine Erinnerung an alte Zeiten, als ich selbst am Straßenrand gestanden und gewartet habe", entschuldigte er sich bei Mullner, der stumm vor sich hin stierte.

Schubert arretierte die Bremse, stieg aus und öffnete der Tramperin mit übertriebener Höflichkeit die hintere Tür.

„Julie Bertaux", stellte sich die junge Frau, irritiert durch Karosse und Höflichkeit, vor, bevor sie nach dem Fahrtziel fragte. Auch Schubert fühlte sich zum Spiel herausgefordert:

„Stefan Schubert, wir fahren in Richtung Marseille, Mademoiselle." Zuvorkommend schloß er wieder die Wagentür.

Verwundert ließ sich das Mädchen auf dem schwarzen, breiten Ledersitz nieder und legte ihren Rucksack aus schwarzer Baumwolle neben sich. Schubert schätzte das Mädchen auf unter zwanzig Jahre. Sie trug eine verwaschene Blue Jeans, ein weißes T-Shirt mit ockerfarbigen Streifen und eine schwarze Cordsamtjacke. Ihre weißen Segeltuchschuhe trug sie ohne Socken. Im Schwarz ihrer kurzen Haare funkelte in der Sonne ein rötlicher Ton.

„Für gewöhnlich wird man von solchen Autos nicht mitgenommen."

Weder für Schubert noch für Mullner war es ein Problem, die Unterhaltung in Französisch zu führen.

„Ich habe meinen Chauffeur angewiesen", meldete sich Mullner. Er reichte seine Hand nach hinten:

„Gestatten, Cliff Mullner aus Texas. Sie können Cliff zu mir sagen."

Schubert wusste nicht ob er lachen oder sich ärgern sollte.

„Sie sind auf Geschäftsreise in Europa."

„Yeah, ich mache in Steaks."

„Sie haben eine Rinderfarm in Texas?"

„Sure, ich bin Cowboy."

„Das sieht man ihnen nicht an."

„Ich habe meinen Hut im Kofferraum."

Julie Bertaux, ahnend, dass mit ihr ein Spiel getrieben wurde, schwieg. Mullner war zufrieden, dass er der Unternehmungslust von Schubert einen Dämpfer versetzt hatte.

In einem Vorort von Cannes war Flohmarkt. Auch daran konnte Schubert nicht vorbeifahren. Julie strahlte, als sie eine alte Vinylplatte, `Strange Days´, von den Doors sah. Doch ihr Preis, 300 Francs, war für sie unbezahlbar.

„Die ist original und kaum bespielt, Mademoiselle."

Ersatzweise erstand sie ein Porträtfoto von Jim Morrisson.

Schubert kaufte sich einen Cusinier Ambassadeur, noch aus Keramik, dessen äußerer dunkelgrüner Rand die ockerfarbene Mulde zum Leuchten brachte.

„Rauchen ist ungesund für ältere Männer", gab Julie mit gespielt sorgenvoller Miene zu bedenken.

„Stimmt, das hatte ich ganz vergessen. Hier, Sie können ihn behalten."

Lachend umarmte ihn Julie.

Von beiden unbemerkt war Cliff zum Stand mit den Platten zurückgegangen, reichte 300 Francs über den Tisch und ließ sich `Strange Days´ in Packpapier einwickeln.

„Hey Mister, haben Sie auch einen Plattenspieler auf Ihrer Farm?" ärgerte Julie Mullner, als sie ihn vom Verkaufsstand kommen sah.

„Ich steh auf Country, brauch das, bin schon zu lange weg from my home."

„Was denn sonst. Dabei würden Sie mit längeren Haaren wie Jim Morrisson aussehen."

„Ich bin clean", Mullner öffnete sein Jacket und stülpte seine Hosentaschen nach außen. „Kein dope, Mademoiselle."

„Merde." Julie wendete sich verletzt ab.

„People are strange, when you're a stranger", sang ihr Cliff gekonnt in der Stimmlage von Morrisson hinterher. Julies wegeilende Schritte kamen außer Takt, sie stolperte.

Schubert fuhr den Mercedes in das Parkhaus der *Croisette*. Es war in vier Zonen eingeteilt, die mit großen Porträtfotos von Filmstars und Regisseuren gekennzeichnet waren. Die Zone eins war Alfred Hitchcock gewidmet. In der Zone 2 hing James Dean. John Wayne wies den Weg in Zone 3 und in Zone 4 lächelte Charlie Chaplin.

Schon auf der Fahrt in Richtung Cannes wurde in Schubert der Wunsch spürbar, einmal in das Premierenkino zu gehen, in das die Stars zur Auftaktveranstaltung der Filmfestspiele auf dem roten Teppich stolzieren. Nun hatte auch er einen repräsentativen Anzug an, und er hatte das Auto, um entsprechend vorzufahren. Aber hier vor Ort kam er sich affig vor, diesen Wunsch umzusetzen. Stefan ging in das Foyer des *Palais du Festival* und schritt die Ahnengalerie ab. Die Fotos mit Lino Ventura, Jean-Paul Belmondo, Jean Seberg, Anna Karina, Alain Delon, Jean Gabin waren in Schwarzweiß, wie in den Filmen der 50er und 60er Jahre, in denen diese Schauspieler ihre großen Rollen hatten in bemerkenswerten europäischen Filmgeschichten. Die Schwarzweißbilder betrachtend überlegte Schubert, ob der Genuss, den er dabei empfand, aus dem Überdruss der vielen Farben ringsum kam oder ob es eine Nostalgie an das französische Kino jener Jahre war. Es war dies eine Frage, die er sich in der letzten Zeit häufiger stellte. War es wirklich so, dass es früher besser war als heute, oder war er selbst ein Fossil geworden, ein Typus, der seine Blütezeit in einer Epoche hatte, auf die man heute zurückschauen konnte als auf eine vergangene? War er nicht ein Fossil der Moderne, out oft time so wie yesterday papers? War seine Sehnsucht nach Geschichten, die einen Anfang und ein Ende hatten, nicht antiquiert? Oder war es einfach ein Zeichen von Alter, dass er sich nach einem Schluss von Geschichten sehnte, der Sinn machte und einen Kreis von in Bewegung Gekommenem wieder schließen konnte? Oder fehlten der Postmoderne doch Mythen, die durch den schnellen Wechsel der Moden gar nicht erst entstehen können? Aber vielleicht ist die Postmoderne einfach noch zu jung, um zu wissen, was aufhebenswert und was wert war zu vergehen.

In der ersten Reihe standen Nobelhotels, deren Namen man aus Filmen und der Berichterstattung über die Filmfestspiele kannte: *Carlton*, *Majestic*. Zwischen den Hotels löste eine Nobelboutique die andere ab. Schubert, dem sein dunkler Anzug lästig wurde, kaufte sich eine Hose von Brax aus heller Baumwolle, ein gelbes Polohemd von Ralph Lauren und Bootsschuhe von Timberland. Eine Wayfarer Sonnenbrille mit braunem Gestell von Ray Ban komplettierte sein lockeres Outfit. Mullner, den das Shopping sichtlich nervte, lud Julie in ein Straßencafé ein. Das Mädchen bestellte sich einen diabolo menthe, Mullner, wie üblich, ein Mineralwasser.

Schubert trat hinzu und scherzte: „Ein bißchen Lockerheit könnte Dir nicht schaden, Cliff."
„Das muss der deutsche Sauertropf mir sagen", griente Mullner in amerikanischem Ghettoslang. „Ach vergessen Sie es", winkte er ab. „Ich habe Geschäfte zu erledigen und dies ist meine normale Arbeitskleidung."
Daraufhin siezte Stefan ihn erneut: „Aber Sie haben doch noch vier Tage Zeit bis zu Ihrem nächsten Termin in Paris."
„Auch diese Woche wird mir bezahlt."
Schubert bestellte sich statt des ins Auge gefassten Pastis einen Perrier.

Julie Bertaux spürte, dass irgendwas zwischen den beiden Männern nicht stimmte und versuchte, die Situation zu entkrampfen.

„Haben Sie in Marseille geschäftlich zu tun?"

„Ja, wir kaufen Koks in größeren Mengen ein. Mein Geschäftspartner hält wenig davon, sein Geld mit ehrlicher Arbeit zu verdienen."

Das sass, Stefan Schubert konnte nicht lachen und setzte sich aufrecht in den Fahrersitz.

„Können Sie auch mal ernst sein, Mister Mullner?"

„Nein, dafür ist Herr Schubert zuständig."

Weder Stefan noch Julie entging der zynische Unterton in Mullners Stimme.

„Stefan, Sie haben Geschäfte in Marseille zu erledigen?"

Schubert, der einen lauten Knacks in sich gespürt hatte, griff die Frage von Julie gerne auf, um seine Niedergeschlagenheit zu überspielen.

„Wir haben Geschäftstermine in Paris. Wir haben uns zufällig in Mailand getroffen und uns zusammengetan, weil wir dasselbe Ziel hatten."

Mullner stierte vor sich hin. Die Geschwätzigkeit von Schubert nervte ihn augenfällig.

„Sie fahren nach Paris, echt, ist ja irre. Ich will auch nach Paris. Ich will mir dort die Universitäten anschauen. Ich will studieren, weiß aber noch nicht, was das Richtige für mich ist."

„Sie können gerne bis nach Paris mitfahren."

Mullner schaute in die Luft und pfiff den Yankee Doodle.

„Wir übernachten in Nizza. Ich lade Sie ein. Einzelzimmer natürlich. Sie brauchen sich dabei nichts zu denken, das kann ich mit den Spesen abrechnen."

Julie Bertaux zögerte und schaute Mullner fragend an. Dieser zuckte mit den Schultern: „Wir alle fahren nach Paris, no problem."

Das Mädchen willigte ein, denn so sehr ihr auch die Situation verworren erschien, so interessant und sympathisch fand sie doch die beiden Männer.

Auf der Rückfahrt nach Nizza erzählte Julie Bertaux beim Hinweisschild auf Vence die Geschichte dieses Dorfes. Dort hätten sich in den 50er und 60er Jahren die Maler Frankreichs getroffen, und jeder der großen Künstler hätte hier auch ein Atelier gehabt. Schubert nahm ohne zu fragen, die Ausfahrt nach Vence. Sie ließen den Mercedes am *Café de la Place* stehen, vor dem Männer Boule spielten. Das Dorf war auf einem Berg gebaut, von dem aus die Sicht weit über die Provence ging.

Es dämmerte, als die schwarze Limousine mit heruntergelassenen Seitenfenstern auf der Straße nach Nizza langsam dahinglitt. Die Lavendelfelder glühten violettfarben und ihr Duft schwebte satt über der Landschaft. Stefan fragte sich, ob er die harmonisch abgestufte Palette von Cézanne oder die intensiv kontrastreiche von van Gogh bevorzugen solle.

„Da vorne ist eine Straßenkontrolle", sagte Mullner und man merkte seiner Stimme nicht an, wie beunruhigt er darüber war. Viele Autos wurden vorbeigewunken, nicht jedoch der große Mercedes.

„Entschuldigen Sie die Kontrolle, Mademoiselle, Messieurs, aber an der Côte d'Azur gibt es Autoschieberbanden, die es gerade auf solche Autos wie das Ihrige abgesehen haben. Bitte geben Sie uns Ihre Identitätskarten und Ihre Wagenpapiere."

Während ein Gendarm zur elektronischen Überprüfung in den Polizeiwagen ging, fragte ein anderer nach Zweck und Ziel der Reise. Arglos antwortete Schubert, dass er in Paris einen Geschäftstermin wahrnehmen müsse.

Schon nach kurzer Zeit kam der Gendarm wieder. „In Ordnung. Bonne Route. Merci."

Schubert schöpfte keinen Verdacht. Ihm entging auch, wie Mullner ihn während der Kontrolle genau beobachtete, und er bemerkte auch nicht, wie dessen Kinn noch schärfer wurde und aus seinen Augen Anerkennung leuchtete über die gekonnt gespielte Naivität von Schubert.

Kurz nach der Ortseinfahrt von Nizza verwies ein Schild auf das *Musée Henri Matisse* und Schubert sah darin einen wunderbaren Zufall, den man gebührend beachten sollte. Auf der *Allée Miles Davis* näherten sie sich der Villa, in der Henri Matisse die eine Hälfte im Jahr gelebt und gearbeitet hatte. Die andere Hälfte, wie kann es anders sein, hatte er in Paris verbracht. Im Museum zog ein Foto Stefan schon von der Ferne an. Als er nähertrat, sah er, dass es Matisse in seinem Atelier zeigte. Das Foto hatte Henri Cartier-Bresson gemacht. Weitere ausdrucksstarke Fotos waren von Brassai.

Schubert bewunderte Sessel, Sofas und Stühle, die mit rostrotem Leder bezogen waren. Er setzte sich immer wieder auf diese Möbel, um ihre Schönheit zu genießen.

„Es gibt so schöne Dinge; wieso bekommt man so was kaum zu kaufen?" fragte sich Stefan so laut, dass Julie und Mullner dies hören mussten. Während Mullner in die Luft blickte, antwortete Julie: „Richtig gute und schöne Dinge haben ihren Preis. Man kann sie meist nicht günstig herstellen. Schon ihre Zutaten, das Leder und das Holz, sind teuer. Ein normaler Sterblicher kann sich nur ein, zwei solcher Dinge in seinem Leben leisten. Diejenigen, die das Geld haben, pflegen diese schöne Dinge meist nicht selbst. Dazu haben sie ihre Angestellten. So bleibt es nur wenigen Menschen vorbehalten, solche Dinge sich wirklich anzueignen. Es sind meist Menschen, denen es vergönnt war, in glücklicher Weise ihre Profession mit ihrer Konfession verbinden zu können. So wie Matisse. Für uns einfache Menschen bleiben nur die Museen. Aber auch hier lebt die Aura der Dinge nur beschränkt. Die wirklich guten und schönen Dinge wollen geliebt und gepflegt werden. Nur so bleibt ihnen ihre Aura. Ja, sie entsteht erst durch den Gebrauch. Als Matisse noch lebte und seinen Kollegen Picasso hier empfing, hatten die Möbel sicher eine noch wunderbarere Ausstrahlung."

Schubert vergaß, während dieser unerwarteten Ausführungen Julies seinen Mund zu schließen.

„Ich könnte euch noch das Hafenstädtchen Villefranche zeigen und dort das Hotel *Welcome*, in dem Henry Miller und Ernest Hemingway übernachtet haben. Ist auch ganz in der Nähe."

Mullner kam Schubert zuvor und sagte entschieden: „Ich will jetzt in mein Hotel. Ich habe noch Anrufe zu tätigen."

Im Polizeikommissariat in Berlin ging ein Anruf aus Paris ein.

„Cher Émile, alors, wir haben den Mercedes mit Berliner Kennzeichen kontrolliert. Es waren drei Personen."

„Drei! Teufel, das werden ja immer mehr!" Emil Stock konnte einen Ausruf der Überraschung nicht unterdrücken.

„Also die Namen in den Pässen lauten auf Stefan Schubert, Cliff Mullner und Julie Bertaux. Wir haben sie in unseren Polizeicomputer eingegeben. Keine Einträge. Auch bei Interpol nicht. Dann haben wir uns an die Präfektur in Grasse gewendet, weil Mademoiselle Bertaux laut Ausweis dort gemeldet ist. Die Angaben stimmen. Das junge Mädchen hat sich bisher nichts zu Schulden kommen lassen. Sie kommt aus angesehener Familie. Ich glaube nicht, dass sie in kriminelle Angelegenheiten verstrickt ist. Aber ich lasse dir ihre Personalien zufaxen, die Ausweiskopien der beiden Männer auch. Der Mullner hat einen Wohnsitz in San Francisco. Ich habe einen Freund beim FBI, Felix Brown in New York. Ich gebe dir auch seine Privatnummer, falls du wegen der Zeitverschiebung nicht bis morgen warten möchtest. Ich werde ihn sofort von deiner Sache in Kenntnis setzen, so dass du weitere Auskünfte über Mullner bekommen kannst."

„Je te remercie, Charles."

„Pas de problème, Émile. Ruf an, wenn wir weiteres für dich tun können. Ansonsten bis spätestens Narbonne."

„So wie jedes Jahr."

„Gehen die Kinder mit?"

„Nein, denen ist es zu langweilig mit uns."
Beide Männer lachten.

Zwei Stunden später telefonierte Emil Stock mit New York. Eine rauhe Stimme meldete sich.
„Hallo Mister Stock, how are you? Yeah, my dear friend Charly hat mit mir gesprochen. Ich habe auch schon einen Research in den FBI-Computer eingegeben. Es ist alles so, wie die Kollegen es im Pass von Mullner gelesen haben. Als Beruf ist Unternehmensberater angegeben. Selbstständig. Aber ich werde noch weiter recherchieren, denn es gab einen Verweis auf einen Datenpool des FBI in Langley, der nur speziell autorisierten Personen zur Verfügung steht. I call you back, dear Emil. Bye."

Am späten Montag abend betraten Stefan, Cliff und Julie das *Negresco* an der *baie des anges* in Nizza. Ein Prachtbau alter Strandpromenaden-Architektur. Julie Bertaux war es peinlich, dass für sie so viel Geld ausgegeben wurde.
Schubert sprach eine Einladung zum Diner aus, zu dem Julie in ihrem besten Kleid aus dem Rucksack erschien. Es wurde akzeptiert, weil die Anzüge der beiden Männer zu dem großen Mercedes passten - und weil Julie jung und hübsch war.

Die Kronleuchter des Speisesaals spiegelten sich auf dem polierten Parkett und auf den Holzintarsien. Der Küchenchef empfahl „La Ronde de Tapas", ein Menü, das aus zehn kleinen Leckereien bestand. Ein Chateau-Chalon war die Empfehlung des Sommeliers. Man einigte sich auf eine Bouillabaisse. Auch dies war für diesen exquisiten Ort etwas unpassend, aber sowohl Schubert als auch Mullner wollten schon immer einmal in einer guten Gastronomie dieses südfranzösische Nationalgericht essen.
Die Farben der Früchte des Desserts leuchteten im Glanz der Kronleuchter. Nach einem Café Exprès in strahlendweißem Porzellan mit geätztem Goldrand und Silberlöffelchen traten sie auf die *Promenade des Anglais*.

Breit und hell im Schein der Laternen lag die berühmte Strand-promenade zu ihren Füßen. Der zunehmende Mond, der sein volles Rund in zwei Tagen erreicht haben würde, spiegelte sich in der Bucht der Engel. Die *Promenade des Anglais* ging über in den *Quai des Etats Unis*, von dem aus die Drei den Aufzug zu dem Berg nahmen, der Nizza überragte. Als sie oben ausstiegen, war ihnen, als nähme ein Sog sie weit übers Meer hinaus. Sie wussten in diesem Moment nicht, ob sie die Arme zum Fliegen weit ausbreiten oder sich am Geländer festhalten sollten. Eine Lichterkette rahmte die Bucht der Engel ein.

„Über den Dächern von Nizza, wie schön!" murmelte Schubert.

„Ja, ja, Alfred Hitchcock", echote Mullner zurück.

Julie schaute verwundert auf die beiden Männer, zwischen denen ein Konflikt stand, den sie nicht durchschaute. Sie schwang sich auf eine Mauer empor und begann mit leichten, graziösen Bewegungen auf dieser entlang zu tanzen. Das Licht des Mondes betonte den rötlichen Schimmer ihres Haars und ihr sportlich schlanker Körper in ihren hellblauen engen Blue Jeans und ihrem weißen T-Shirt hob sich gegen das Dunkel des Himmels deutlich ab.

Ein Fußweg brachte sie zum höchstgelegenen Platz der Stadt, der den Namen *Place Frédéric Nietzsche* trug. Schubert gab seiner Verwunderung Ausdruck und Julie versuchte eine Erklärung: „Vielleicht hatte der deutsche Philosoph Erholung von seinem auszehrenden Schreiben hier gesucht. Nizza hat ein besonderes Mikroklima. Man spürt hier Afrika. Die Regentage im Jahr sind äußerst gering."

Mullner schaute Julie erstaunt von der Seite an. Auf einer Plakette stand in deutscher Sprache: „Angebot und Nachfrage, das ist es, worauf ihr Menschen des nächsten Jahrhunderts stolz sein werdet. Aus Morgenröte, 1881."

Wieder auf Meereshöhe lud Schubert Julie zu einem Spaziergang den Damm hinaus zum Leuchtturm ein.

„Das hier ist die Schlusseinstellung in *BAIE DES ANGES*."
Wie selbstverständlich nahm Julie die Szene auf: „Jeanne Moreau wandelt am Ende des Films, so wie wir jetzt, zu diesem Leuchtturm hinaus. Sie spielt eine Frau, die süchtig nach dem Roulette ist. In ihrem Gang ähnelt sie einer Schlafwandlerin. Und so wie jetzt kräuselt sich die Gischt auf dem Kamm der Wellen. In dieser letzten Kameraeinstellung spürt der Zuschauer, dass hinter der Spielsucht von Jeanne Moreau eine unbefriedigte Sehnsucht nach dem Leben sich verbirgt."

„Merde, alles Filmkenner hier, oder was", lachte Schubert.

„Na endlich trägst du nicht immer deine l'air grave vor dir her." Julie lachte, boxte ihn in die Seite und zeigte ihre Zähne, die leuchteten wie die Gischt auf den Wellenkämmen.

Mitten in der Nacht klingelte das Telefon im Büro des Kriminalhauptkommissars. Als ob er damit gerechnet hätte, hatte Emil Stock das Telefon in Reichweite seines Feldbettes gestellt.

„Hallo Emil. Es gibt noch ein Dossier in unserer Geheimdatei über Cliff Mullner. Das heißt, über einen gewissen Jack Miller. Dieser Jack Miller war wohl einer unserer Spezialagenten und ist bei einem Auftrag im Dienst verstorben. Ich vermute, dass Jack Miller und Cliff Mullner ein und dieselbe Person sind. Hat von uns wohl eine zweite Identität bekommen. Warum, das geht aus den Akten nicht hervor. Das ist strange. Muss eine besondere Sache sein. Dear Emil, wenn Sie mal in New York sind, besuchen Sie mich. Bye."

Am anderen Morgen rollte der Mercedes weiter die *N 7* entlang.

„Also Stefan, Sie sind kein Chauffeur, und Sie, Cliff sind kein Rancher, richtig?"

„Richtig", lachte Schubert.

„Wer sind Sie dann?"

„Das müssen Sie rausfinden, das ist Ihr Fahrpreis", entgegnete Mullner schnoddrig.

„Oh merde", murmelte Julie leise.

„Wie bitte, ich habe Sie nicht verstanden", provozierte sie Cliff weiter.

Julie beachtete ihn nun nicht weiter, machte es sich auf der Lederbank bequem und schaute auf das Meer hinaus, das in der Sonne glitzerte.

Julie Bertaux hatte Kindheit und Jugend in Grasse, der Stadt des Parfüms, am Fuße der Alpen verbracht. Nach einer Kindheit, die mit Musik, Märchen und Malerei ausgefüllt war, träumte Julie von einer künstlerischen Zukunft.

Der erste Schicksalsschlag wog aber schwer. Ihr Vater war vor fünf Jahren gestorben. Der Handwerksbetrieb zur Herstellung von Parfüm musste verkauft werden, aber die Boutique für Parfüm und Kunsthandwerk aus der Region konnte die Mutter weiterführen. Julie und ihre drei Jahre jüngere Schwester halfen ihrer Mutter im Laden.

Vor drei Jahren hatte Julie ihr Abitur gemacht. Sie hatte damals noch nicht gewusst, was sie studieren sollte, und so hatte sie eine Ausbildung als Artistin und Seiltänzerin in einem Zirkus gemacht, der immer sein Winterlager in der Nähe von Grasse bezogen hatte. Wann immer früher ein kleiner Zirkus in der Nähe gastiert hatte, war die Mutter mit ihren Töchtern hingegangen, und so hatte der Zirkus auf Julie eine magische Anziehungskraft erlangt.

Es war schwer für Julie, sich von den Artisten zu trennen. Nun wollte sie in die große Stadt fahren und sich die Universitäten anschauen. Ihre Mutter, obwohl sie fühlte, dass ihr beim Abschied das Herz brechen würde, bestärkte Julie in ihrem Vorhaben, sich in Paris zu orientieren. Sie hatte ihrer Tochter eine Rückfahrkarte gekauft und sie mit Taschengeld versorgt.

Noch war Julie voller Träume. Irgendwie wollte sie Künstlerin werden. Ein Poster von Jim Morrisson hing in ihrem Mädchen-

zimmer und die Musik der Doors hatte besondere Bedeutung für
sie.

Die Mutter begleitete ihre Tochter zum Bus. In Nizza nahm Julie
nicht den Zug nach Paris und ließ sich das Geld für die Fahrkarte
ausbezahlen. Julie wollte ihre Mutter nicht hintergehen. Sie
wollte trampen, weil dies ihr erstes Abenteuer werden sollte.

Eine schwarze Luxuslimousine hielt an und ein Mann stieg aus
und hielt ihr die Wagentür auf.

10

Das Meer

Der schwarze Mercedes bog von der *N 7* auf die kleinere *N 98* ab, die auf die *Corniche d'Estérel* hinausführte. Unterwegs hatte Julie auf einem Straßenmarkt Käse, Tomaten, Gurken, Kirschen, Baguette und einen Rosé des pays de Maures eingekauft. Der wildzerklüftete rote Fels der Halbinsel Estérel badete den Fuß im azurblauen Meer. An einem Picknickplatz fuhr Schubert das Auto auf den Parkstreifen.

„Diese Rastplätze und die Treppen runter zum Meer sind unter der Präsidentschaft von Mitterrand angelegt worden", sagte Julie.
Schubert bestätigte: „Als ich vor zwanzig Jahren hier entlangtrampte, habe ich an kaum einer Stelle an das Meer kommen können."
„Seid vorsichtig, es gibt hier Seeigel."
„Die sind doch ein Anzeichen für sauberes Wasser?"
„Ja, das ist ein Vorteil vom Ausschluss des Massentourismus", antwortete Julie lachend auf die Frage Schuberts.

Es roch nach Pinien und Macchia, nach Rosmarin, Thymian und wildem Salbei. Schubert saß in der prallen Sonne, hinter sich den nackten roten Fels und vor sich das himmelblaue Meer. Wie schön es ist, dachte er, an sich wahrzunehmen, wie eine Härte in Hitze und Strahlung sich formt, wie die Härte der Stacheln der Macchia und die Härte des felsigen Bodens in einen eindringt. Die eigene Natur musste sich nun wehren. Der Kreislauf musste arbeiten. Die Haut musste ihr Immunsystem gegen die Strahlung mobilisieren. Hier empfand Schubert Härte als stimmig. Diese Härte richtete sich nicht gegen die Natur, sie war Teil der Natur.

Sie war einfach und klar. Um in solcher Umgebung zu überleben, musste die eigene Natur, der Körper, das Herz, sich `wehren´. In der Großstadt empfand Schubert Härte anders. Dort hatte er das Gefühl, dass sich Härte immer auch gegen Menschen richtete, dass Härte ein fester Bestandteil des Konkurrenzkampfes war, und dass diese Härte immer auch andere Menschen verletzte, tiefer, als dies die Stacheln der Macchia je würden tun können.

Es störte Schubert nicht, dass in der Mittagssonne der Schweiß an ihm herunterlief. Ihn störten nicht die Ameisen, die neugierig den Eindringling untersuchten. Ihn störten nicht die Stechmücken. Ja er dachte gar, gut, dass sie ihn stachen, gut, dass sein Blut ihnen noch schmeckte. Gut, dass sein Immunsystem dies verarbeiten mußte und daran wachsen konnte.

So saß Schubert eine halbe Stunde, bis er sich mit Sonne genügend angefüllt fühlte. Dann nahm er den steilen Pfad hinunter zu der Bucht. Er nahm dabei wahr, dass nicht nur seine Muskeln den beschwerlichen Abstieg übernahmen, sondern dass eine Kraft, geschaffen von der Strahlung, ihnen bei der Arbeit behilflich war. Ein kleines, schlichtes Haus war in den Fels der Bucht gebaut. Dafür würde es sich lohnen zu malochen, dachte Stefan. Er ging geradewegs ins Meer. Die Flut kam und die Wellen türmten sich hoch in der Verengung der Bucht. Gegen sie anzuschwimmen war eine Lust. Die drei waren gute Schwimmer, die keine Angst vor den hohen Wellen hatten. Sie ließen sich von den Wellen tragen und treiben. Sie vertrauten sich ihnen an.

Auf der Erde sitzend schmeckte ihnen das Picknick nach dem Schwimmen vorzüglich. „Baguette, Camembert und ein Schluck Rotwein, mehr braucht es nicht. Das ist perfekt", sagte Schubert und keiner widersprach.

Die kleine Uferstraße führte wieder auf die *N 7*. Es ging durch den *Forêt de l'Estérel* mit seinen Pinien, Olivenbäumen und Korkeichen. In Fréjus nahmen sie wieder, dem Meer entlang, die

N 98. Bei einem Café Exprès in Saint Tropez machte Julie den Vorschlag, in Port Miramar, einem kleinen Jachthafen mit hübschen Hotels, zu übernachten. Sie würde die Gegend kennen, weil ihre Eltern früher oft in La-Londe-Les-Maures auf dem Campingplatz gewesen seien. Er liege direkt am Meer, was für die Côte d′Azur eine Seltenheit sei.

Cliff betonte, dass er nur Beifahrer sei.

In einem Weingut zwischen La-Londe-Les-Maures und dem Hafen kauften sie nach einer Weinprobe vor Ort mehrere Flaschen Rosé. Abseits vom Hauptstrom des Tourismus war es nicht schwer, in einem Hotel in erster Reihe zum Meer drei Appartements zu bekommen. Ein heftiger Wind wehte mit der Stärke des Mistrals.

Cliff Mullner las in der Hotellobby in *Le Monde.* Der Anblick nervte Schubert.

„Immer was zu arbeiten."

„Ich bin nicht im Urlaub hier."

„Was arbeitest du jetzt?"

„Ich verbessere mein Französisch."

„Man muß sich auch mal gehen lassen können."

„Du läßt dich ja gleich für fünf gehen."

„Das Leben besteht nicht nur aus Arbeit."

„Für die Erwachsenen zum größten Teil, für die Kinder weniger."

„Was willst du damit sagen?"

Cliff Mullner schaute ihn nur ernst an.

„Ich habe den Auftrag, ein Auto nach Paris zu überführen und das tue ich auch. Ich liege gut in der Zeit."

„Wenn du meinst, es reicht aus, nur einen Wagen von A nach B zu bringen."

„Auf das Ergebnis kommt es an."

„Nein, auf die Haltung, auf den Stil. Deiner ist nicht professionell."

Julie störte die zunehmende Aggressivität in der Unterhaltung.

„Lasst uns doch wieder lustig sein."

„Du darfst ein Kind sein, noch", sagte Cliff hart.

„Na, wenn das so ist, dann würde ich gerne einen Ausflug auf den Spuren meiner Kindheit machen", sagte Julie spitzig. „Hat jemand Lust, mit mir barfuß am Meer entlang zum Campingplatz zu wandern?"

Mullner verneinte mit einer barschen Kopfbewegung und brummte, dass er einen Freiwilligen wisse.

Der Himmel über dem Meer breitete sich in einem makellosen tiefen Blau aus. Der starke Wind vom Meer her wehte die erhitzte Luft von der Haut weg. Es blieb nur die Strahlung. Schubert war es, als würde die Strahlung tiefer als in die tiefsten Haut- und Muskelschichten eindringen.

Auf dem Schild mit dem Tagesessen vor dem Restaurant des Campingplatzes *Le Pansard* stand Pavé de Sanglier. Der Wirt betonte stolz, dass er selbst das Wildschwein geschossen habe.

Stefan leerte mit Julie zwei Flaschen Rouges des Pays Maures.

„Was ist zwischen euch beiden?"

„Mullner nervt mich. Immer hat er diesen Anzug an, immer sitzt seine Krawatte korrekt, immer steht er um sechs auf und immer geht er um zweiundzwanzig Uhr schlafen. Er trinkt nur Mineralwasser und joggt bei jeder Gelegenheit. Nichts lässt er an sich heran. Er kennt keine Spontaneität. Keine Lust kann er leben. Immer hat er sich unter Kontrolle. Wir reisen schon drei Tage zusammen und ich weiß nichts über ihn. So ein verdammter Leistungsbolzen."

„Aber wenn er doch sagt, dass er nicht in Urlaub ist."

„Er hat doch erst einen Termin in Paris."

Julie versuchte das Thema zu wechseln.

„Und du Stefan, du lebst in Berlin, das finde ich echt geil. Ne spannende Stadt, was machst du dort?"

„Habe studiert und bin freischaffend."

„Toll."

„Na ja. Ich brauche viel Zeit für mich, mit Kultursachen und so."

„Mensch, finde ich doch spannend."

„Naja, geht so."

„Was meinst du damit?"

„Ach, manchmal frage ich mich auch, ob ich nicht zu faul war."

„Vielleicht nervt dich deshalb Cliff?"

„Möglich. Es war so, dass ich lange, vielleicht zu lange, glaubte, dass das Leben zu wichtig sei, als dass man es mit Arbeit verbringen sollte."

„Aber das finde ich toll, Stefan, ich finde das auch."

„Ja, aber du bist zwanzig Jahre jung."

„Einundzwanzig", verbesserte Julie.

Mit Einbruch der Nacht wurde der Wind noch stärker. Die Wellen wurden an den Strand gepeitscht. Stefan und Julie wateten knie-hoch im Wasser und sie mussten sich gegen den Wind stemmen, um nicht von ihrem Weg abgebracht zu werden. Je dunkler sich die Nacht hereinsenkte um so heller strahlten die Sterne über ihnen.

Der Aufbruch am Mittwoch morgen verzögerte sich. Zuerst schwammen die beiden Männer jeder für sich ins Meer hinaus. Während Mullner seine Jogging Tour machte, spazierte Schubert einen Pfad am Meer entlang. Ein verrosteter Zaun schützte das Gebiet eines Unternehmens zur Meersalzgewinnung. Die Becken waren schon lange nicht mehr in Betrieb und waren von der Natur zurückerobert worden, wovon rosarote Flamingos zeugten. Eine sanfte Brise vom Meer her, die auf der Zunge von Schubert den Geschmack von Salz hinterließ, wehte dunkle Gedanken von seiner Stirn weg. Stefan fühlte sich erholt, seit Jahren hatte er dieses Gefühl nicht mehr gekannt.

In La Londe tranken sie im *Café de Paris* ihren Grand Café Crème. Bei der Frage nach Croissants verwies sie der Patron auf eine Boulangerie die Straße gegenüber. Stefan übernahm gerne den Einkauf und erfreute sich am Geruch der frisch gebackenen Baguettes. Die Qualität des Cafés war so, dass sie das Schild "Café Brasserie de Qualité 1997" als noch verdient beurteilten.

Weiter die *N 7* über Hyères nach Toulon. Das Restaurant *Constantinoise*, mit Spécialités Algériennes und einer Patisserie Orientales in der *Rue Pierre Semard*, unweit des Hafens von Toulon, erschien ihnen einladend. Nur Männer waren in dem kleinen algerischen Restaurant, aber sie warfen keinen despektierlichen Blick auf Julie. Eisgekühltes Wasser wurde ihnen, sobald sie sich niederließen, sofort auf den Tisch gestellt. Zweiunddreißig Francs kostete das Cous Cous inklusive Wasser und Café. Hammelfleisch, Kotelett, Karotten, Kohlrabi, Kichererbsen in reichlich scharfer Soße serviert, mundeten vorzüglich. Einige Männer kamen in das Restaurant, ohne etwas zu essen oder zu trinken zu bestellen. Sie saßen einfach nur so da und erfreuten sich der Gemeinschaft der Essenden.

Das Restaurant lag im Rotlichtviertel des Hafens. Aus einer Disco dröhnte Rockmusik, und Julie wollte mit den beiden Männern tanzen gehen. Zu dem Musikstück `Just my imagination´ von den Stones tanzte Schubert so exaltiert, dass er die Aufmerksamkeit auf sich zog. Mullner trank Perrier an der Theke.

Am Place Puget, der mit den schönsten Plätze in Paris mithalten konnte, tranken sie einen zweiten Café Exprès. Obwohl das Café nur eine quartième licence hatte, war es sehr sauber, der Service sehr freundlich und der Café stark.

Ab Toulon verließen sie die *N 7*, die über Aix en Provence bis Avignon führt. Der Mercedes rollte auf die *A 8*, die bis Aix en Provence *La Provençale* und anschließend *L`Autoroute du soleil* hieß.

Schubert wunderte sich, dass die Alpenvorläufer bis in die Rhone-Ebene hinein reichten. Kurz vor Aix ein Provence ragte der *Mont Sainte Victoire* mit seinem nackten Fels aus der Ebene heraus. An der Autobahn erinnerte ein Schild "Les paysages de Cézanne" daran, dass dieser, für die Einheimischen heilige, Berg von Cézanne oft gemalt worden war.

11

Marseille - die Auftraggeber melden sich

Kurz vor Marseille musste Schubert pinkeln. Er nahm die Ausfahrt zu einer Raststätte. Wie Schubert erleichtert dem Druck seiner Blase nachgab, traten zwei Männer in schwarzen Anzügen rechts und links an ihn heran. Noch bevor Stefan seine Notdurft beendet hatte, wurde er von den Männern roh gepackt und nach hinten gerissen. Ein Faustschlag in den Bauch nahm ihm die Luft. Ein weiterer ins Gesicht machte seine Knie weich. Wie Schraubstöcke fassten Hände zu und drückten seinen Kopf nach unten in das Pissbecken. Die Pisse schmeckte säuerlich. Nach einigen Sekunden, die ihm wie eine Ewigkeit erschienen, fühlte Stefan Schubert sich wieder hochgerissen. Urin rann ihm über Haare, Gesicht und aus dem Mund. Zu seiner Linken hörte er in seiner Heimatsprache: „Na amüsierste dich gut auf deener Spazierfahrt? Schön, ick hoffe nur, dass du noch Zeit hast, dich an deenen Auftrag zu erinnern ... du erinnerst dich doch?" Eine ausbleibende Antwort wurde sofort mit einem Schlag in die Nieren quittiert. Stefan nickte gequält.
Eine Stimme zu seiner Rechten äußerte Zufriedenheit: „Sehr gut, unser Boss ist aber der Meinung, du solltest die Sache etwas ernster nehmen. Okay? Oder hat er dich etwa schlecht bezahlt?"
Schubert schüttelte zaghaft den Kopf.
In scharfem Ton zischte es in Schuberts linkes Ohr: „Dann paß auf, du Warmduscher, was du von jetzt ab tust, verstanden?"
Wieder von rechts, nah an seiner Ohrmuschel: „Ich glaube, der Penner schläft noch, der braucht 'ne Dusche."
Schubert spürte ein Knie in seinem Bauch und sackte in sich zusammen. Kurz darauf verspürte er warmes Wasser auf sich

herabstrahlen. Bei dem Versuch, sich aufzurichten, wurde ihm ein Revolver an das Genick gesetzt.

„Bleib unten, du Dödel, ist gut für deinen Haarwuchs."

Die andere Stimme: „Und wenn du dich jetzt fragst, ob du in einem Film bist ...?" Es folgten als Dreingabe noch zwei saftige Ohrfeigen mit der flachen Hand.

Die zwei Männer lachten lauthals und machten sich ohne Eile daran, sich ihre Hände zu reinigen, währenddessen Stefan Schubert zusammengekrümmt auf dem schmutzigen, harten, kalten Betonboden des Toilettenraums lag. Nach wenigen Minuten der Todesangst fühlte sich Stefan um Jahrzehnte gealtert. Endlich, endlich wurden die Stimmen leiser und leiser. Unendlich weit entfernt schien ein Stimme zu sagen: „Wetten, jetzt ruft er seine Mama an und heult ihr was vor?"

Stefan Schubert rappelte sich auf und wankte ans Waschbecken. Verstört blickte ihn sein Spiegelbild an. Aus seiner linken Ohrmuschel rann Blut. Mit hektischen Bewegungen versuchte er, sich zu säubern. Dann kam Lähmung über ihn. Er wusste nicht, ob er aus Wut schreien oder aus Verletzung weinen sollte. Mit aller Wucht schlug seine Faust gegen den Spiegel. Stefan Schuberts Spiegelbild ging in die Brüche.

Die zwei Männer in ihren schwarzen Anzügen stiegen gutgelaunt in einen dunkelblauen Opel Diplomat ein.

„Sag mal Hugo, hast du ′nen Schimmer, wieso sie solch eine Null ausgesucht haben?"

„Um die Polizei und den Pisser von Gregor zu täuschen."

„So eine Arschgeige soll die Koffer transportieren. Das hätten wir doch besser erledigen können."

„Der Boss weiß, was er tut. Halt den Rand, Alfons."

Alfons schob eine Kassette von Peter Maffay in den Kassettenrecorder. „Wenn die durchgelaufen ist, möchte ich aber meine mit Frankie Boy hören", sagte Hugo mit Nachdruck.

Mit wirren nassen Haaren und mit tropfender Kleidung erreichte Stefan Schubert den schwarzen Mercedes. Julie schlug die Hände vor das Gesicht und stammelte: „Stefan, was ist denn mit dir passiert?"

Vor Wut und Scham liefen Schubert die Tränen übers Gesicht.

„Ich bin an meinen Auftrag erinnert worden."

Julie öffnete die hintere Wagentür und zog den hilflos vor dem Auto Stehenden zu sich auf die Rückbank.

Mullner kalt und hart: „Wieviel hast du bekommen?"

„20 000."

„Aha."

„Gib mir den Schlüssel."

Ohne weitere Worte setzte sich Cliff Mullner an das Steuer des Mercedes und fuhr los.

Beim Anfahren blickte Mullner in den Rückspiegel und sah, wie ein alter Opel Diplomat ihnen folgte. Es war derselbe Opel Diplomat, der auf der Raststätte die Autodiebe verscheucht hatte. Es war dasselbe dunkelblaue Auto, das Cliff schon seit Nizza aufgefallen war. In dem Rückspiegel auf seiner Beifahrerseite hatte er den Wagen hinter ihnen immer wieder gesucht, bis er sich sicher war, dass es sich dabei um Verfolger handelte. Wohl verschwand der Wagen immer wieder für längere Zeit aus seinem Blickfeld, aber Cliff Mullner war geschult, auf Hinweise und Details zu achten. Er hatte einen Blick, der Bedrohliches herausfiltern konnte.

Apathisch saß Schubert auf dem Rücksitz. Ihm liefen die Tränen aus den Augen. Es war weniger der Schmerz durch die Fausthiebe, der ihn erschütterte, als die Demütigung. Schubert empfand eine Mischung aus Wut und Lähmung. Schon lange nicht mehr hatte er sich wehren können. Auch nicht mehr wollen. Das Lähmende, die Ohnmacht, sie dominierten in seiner Empfindung. Das Verrückte war, dass irgendwo ein Gefühl in ihm war, dass er diese Schläge verdient hatte. Die zuerst aufflammende Wut verebbte wieder schnell. Zurück blieb

Lähmung. Es war, als ob er die Hiebe einstecken wollte. Nein, er konnte nicht direkt zurückschlagen. Die Gewalt überraschte ihn. Stefan Schubert war Gewalt nicht mehr gewöhnt. Die Nischen, in die er sich geflüchtet hatte, konnte er weitgehend von Gewalt frei halten. Stefan Schubert staunte über seine Lähmung. Er kam sich lächerlich vor. Er kam sich so vor, als ob er das Leiden akzeptierte, als ob er die Demütigung einsteckte, so als ob er dies alles verdient hätte, so als ob er selbst Schuld hätte. Am liebsten wäre Schubert jetzt in seiner Wohnung in Berlin gewesen. Dann hätte er die Türe verrammelt, die Rolläden heruntergelassen, sich ins Bett gelegt und über sich die Decke gezogen. Und die Augen geschlossen. Einfach schlafen. Schubert fühlte sich unendlich müde. Auch seltsam, jetzt schämte er sich nicht mehr vor Julie und Cliff. Stefan stand neben sich, nahm wahr, dass das soziale Wesen Stefan Schubert zerstört war und es machte ihm nichts aus. Er fühlte sich neben sich, fühlte sich ver-rückt und akzeptierte es. Nein, er wollte sich nicht wehren. Die, die ihn geschlagen hatten, erschienen ihm nicht mehr als Gangster. Es waren andere Kräfte, geheimere. Jemand hatte ihn bestraft und er akzeptierte es, als sei es seine verdiente Strafe.

Vor Erschöpfung war Stefan auf die Seite gekippt und eingeschlafen. Jedoch war sein Schlaf so unruhig, wie er nur hätte sein können. Alpträume schüttelten ihn und von seiner Stirn perlten Schweißtropfen.
Julie betrachtete ihn besorgt. Mullner sagte rauh: „Der soll sich nicht so haben, die Mimose."
„Cliff, Sie werden an Ihrer Härte noch zu nagen haben."
„Na und, die Welt ist hart, das passt zusammen."
„Sie sind ja schon tot, Mister. Sie sind nicht cool, sondern kalt."
Julie wandte sich wütend ab und legte ihre Jacke über Stefan.

Obwohl die Autobahn jetzt voll wurde, versuchte Cliff die Verfolger mit waghalsigen Überholmanövern abzuhängen. Doch immer wieder erschien der dunkelblaue Opel Diplomat im Rückspiegel.

„Es stinkt hier verdammt nach Pisse, zieh Dich gefälligst um, damned."

Mullner erreichte Schubert nicht, der im Koma zu liegen schien. Er ließ die Seitenfenster nach unten gleiten. Julie schrie ihn an, dass er mehr Rücksicht auf Stefan nehmen solle. Mullner schloss wieder die Seitenfenster und ließ durch den Ventilator Außenluft hereinblasen. Julie regelte die Temperatur an der Klimaanlage hoch, so dass die Luft angewärmt wurde. Mullner nahm die Autobahnausfahrt Richtung Arles. Er fuhr die kurvenreiche Strecke auf der Landstraße schnell. Das Fahrwerk des S-Klasse Mercedes hatte er auf hart eingestellt und die 367 PS des V-12-Motors wurden voll ausgereizt.

„Fahren wir zur Polizei, Cliff?" fragte Julie und beugte sich vor, um die Antwort deutlicher zu hören.

„Ich glaube, das reicht nicht", antwortete Mullner.

„Das reicht nicht, ich glaube, ich höre nicht recht!" Die Stimme Julies war schrill und hysterisch.

Trotz der Geschwindigkeit, mit der der Mercedes auf der Landstraße entlangbrauste, wendete Mullner Kopf und Oberkörper nach hinten und sagte Kopf an Kopf zu ihr in gedämpftem Ton: „Du hast ja keine Ahnung, in welche Geschichte du geraten bist." Geste und Tonfall genügten, um Julies Hysterie in Depression zu verwandeln. Julie war, als stieße jemand ein glühendes Schwert in sie. Die Worte von Cliff wogen wie Blei und sie zogen sie hinab, so tief, dass sie nicht fähig war, nachzufragen. Sie wusste plötzlich mit einer Sicherheit und Klarheit, die sie zutiefst erschütterte, weil noch nie etwas in ihrem Leben derart klar und sicher gewesen war: Es ging um Leben und Tod. Und Julie spürte einen metallischen Geschmack in ihrem Mund. Und sie fragte nicht mehr nach der Polizei.

So fuhren die drei wortlos, jeder auf seinem Sitz eingefroren, allein mit sich selbst, weiter. Das Gangsterauto folgte ihnen auf Sichtabstand.

Das Gehirn von Stefan funktionerte nur noch in Fetzen, die ihm von Kurve zu Kurve an seine Hirnrinde stießen. Kaum bietet sich mir eine Chance, benutze ich sie für meine Lust. Kaum habe ich Geld, gebe ich es aus. Ich bringe einfach keine Linie in mein Leben. Es zerfasert alles so. Alles ist Stück-Werk. Die Stücke zerrinnen mir. Ich kann sie nicht halten. Dabei war ich kein schwächliches Kind. Und gerade Weichheit hielt ich für meine Stärke. Aber aus meiner Weichheit ist Weichlichkeit und Weicharschigkeit geworden. Ich komme mir so faul vor, als Schmarotzer an der Welt. Es ist doch abzusehen, dass ich zum Sozialfall werde. Dabei hatte ich gute Chancen mit dem Studium. Wenn ich wenigstens ein Gescheiterter wäre, aber nicht mal das bin ich. Denn das hätte zur Voraussetzung, dass ich einmal, wenigstens einmal, mit all meiner Kraft und mit Einsatz der Arbeit, ja der Arbeit, etwas versucht hätte. Aber nein, der Herr war sich zu schade dazu, sich die Hände schmutzig zu machen und im Schweiße seines Angesichts zu malochen. Ich bin nur ein Versager, der nie begonnen hat und nun schon am Ende ist. Mein Leben ist trostlos, ich bin trostlos, weil ich Trost gar nicht verdient habe. Durch was auch? Ich zerfalle, zerfalle in meine Atome. Diesen Knüppel der Wirklichkeit, ich habe ihn voll verdient, wie man etwas nur verdienen kann. Mit all seiner Härte, seinem Schmutz, seiner Erniedrigung, seiner Demütigung, seiner Gnadenlosigkeit. Denn das letzte, was ich verdiene, ist Gnade. Ich bin ein Flüchtender, nicht erst seit die Gangster auf meiner Fährte sind. Ich war ein Träumer, ohne zu merken, dass die Träume erst dann ihr Recht haben, wenn man in der Wirklichkeit etwas für sie tut. Ich jedoch habe mir die Wirklichkeit so gestaltet, dass sie mir möglichst angenehm ist, dass sie mich in Ruhe lässt. Nun schlägt sie zurück, und ihre Heftigkeit ist allzu berechtigt.

Unterdessen waren die zwei Männer im dunkelblauen Opel Diplomat bester Laune.

„Wat für ein Schnulli, wie der den Schwanz einzog, als ob er ins Eiswasser gefallen wäre."

„Null Gegenwehr."

„Lässt es sich auf unsere Kosten gut gehen, diniert in den besten Hotels, flaniert in Nizza, der Herr, und kleidet sich in Cannes ein."

„Während wir uns eenen reindönern müssen", vervollständigte Alfons den Gedanken von Hugo.

„Spielt den großen Herrn, der Versager."

„Sag mal, weeßt Du, wie der überhaupt ins Spiel kam, diese Null?"

„Der Boss hat ihn aufgegabelt, buchstäblich auf der Straße. Ist doch die perfekte Tarnung. Niemand vermutet hinter Schubert einen Kurier für Schwarzgeld aus Drogengeschäften. Er macht doch vollendet die Figur vom verwöhnten Jüngelchen eines reichen Vaters. Ist er zwar auch nicht, aber diese Rolle läge ihm."

„Aber dann hätte er es ja richtig gemacht, das mit der Angeberei", warf Alfons naiv ein.

„Und was ist mit seinem Auftrag?"

Hugo gab Gas und der alte Opel mit seinem legendären V 8 - 4,7 Liter Chevy-Motor klebte sich mit seinen 230 PS an den Mercedes. „Ich will denen Druck machen, die sollen jetzt ruhig mal Muffensausen haben. Das tut denen nach ihrer Spazierfahrt der Riviera entlang gut."

Hugo und Alfons sahen aus wie Gangster aus dem Märchenbuch der Moderne: Schwarze Anzüge, schwarze Krawatten, schwarze Hüte und schwarze Sonnenbrillen. Der erste Gangster war lang und dürr, der zweite kurz, untersetzt mit einem deutlichen Bauchansatz. Der Dünne hieß Hugo, der Dicke Alfons. Der Dünne machte sich einen Scherz daraus, den Namen seines Partners in Alf abzukürzen. Schon während der Fahrt, sie hingen schon seit Berlin an den Fersen von Schubert, lästerten sie über die laxe Einstellung und die Disziplinlosigkeit ihres Drogen-kuriers, den sie gerne als "Penner" und "Hippie" bezeichneten. Das Verhalten von Cliff Mullner verlangte ihnen dagegen Respekt ab. Sie sahen in ihm einen ebenbürtigen Profi. Doch wie

Stefan Schubert versüßten sie selbst sich gerne ihren Alltag. Jedoch waren ihre Mittel andere. Hugo war Kettenraucher und Alfons brauchte immer was zum Beißen und zum Schlucken. Auch ihr Leben war strukturiert von kleinen Lastern, die den Inhalt ihrer Unterhaltung bildeten. Sie brauchten den Kaffee am Morgen, die Frühstückszeitung, und das Bier am Abend. Sie redeten über die Qualität des Essens und sie stritten sich wie zwei Eheleute, die eifersüchtig darauf achten, dass der eine sich mit seinen kleinen Lastern nicht mehr Lust verschafft als der andere.

12

Arles, die Verletzung

In Arles lenkte Cliff Mullner den Wagen in eine Tiefgarage. Seit geraumer Zeit schon wunderte er sich darüber, dass er die Verfolger nicht abschütteln konnte. Immer wenn er gedacht hatte, es sei ihm aufgrund seiner nicht geringen Fahrkünste gelungen, tauchte der Opel in seinem Rückspiegel wieder auf. In der Tiefgarage, unbemerkt von Blicken, wollte er nach einem Sender suchen. Auch einen Blick in die Koffer wollte er werfen. Julie sollte davon nichts mitkriegen, und so postierte er sie am Eingang der Tiefgarage. Sie sollte auch die Verfolger von der Tiefgarage fernhalten, denn Mullner war sich sicher, dass diese eine direkte Konfrontation zum jetzigen Zeitpunkt noch nicht wollten.
Stefan Schubert lag auf dem Rücksitz und schlief.

Die Koffer waren fest verschlossen. Cliff entnahm seinem Aluminiumkoffer eine Taschenlampe, ein doppelter Boden des Koffers barg einen Revolver. Mit geübten Griffen schraubte Cliff den Schalldämpfer auf den Revolver und richtete ihn auf das nächstbeste Kofferschloss. Es machte zwei Mal plopp. Als der Koffer voller Bündel Banknoten vor ihm lag, konnte man an keiner Miene seines Gesichts erkennen, dass er sonderlich überrascht war. Mullner verstaute den Koffer an der Rückwand des Kofferraums, so dass die kaputten Schlösser nicht zu sehen waren. Mit einer Erfahrung, als habe er selbst schon viele Sender angebracht, leuchtete er die Stellen ab, die sich als Versteck anboten. Nach kurzer Zeit schon hatte Cliff ihn im Warnkreuz entdeckt. Den Gedanken, das Schulterhalfter anzulegen, verwarf Cliff. Es war noch zu früh. Das Katz-und-Maus Spiel hatte erst begonnen.

Julie zitterte, als sie wieder in den Wagen einstieg. Der Opel parkte auf Sichtweite.

„Laßt uns was zum essen suchen", sagte Mullner in einem Ton, als ob er gerade Mittagspause im Büro hätte.

Für Julie wurde Cliff Mullner immer unheimlicher.

Als Stefan erwachte, fühlte er sein verletztes Ohr. Im Rückspiegel des Autos sah es geschwollen und blutverkrustet aus. Er trottete wie ein Hund Julie und Mullner hinterher. Von der *Lices* bogen die drei in die *Rue Jean Jaurès*, überquerten den *Place de la République* und erreichten den *Place du Forum*. Vor ihnen tat sich die Szene Le Café, La Nuit auf. Genau so, wie auf dem berühmten Bild von van Gogh, nur dass noch nicht die Sterne gelb im Dunkelblau des Nachthimmels standen. Stefan murmelte: „Jetzt bin ich tot, wie angenehm, wie schön, ich bin im Himmel."
Die Baumwollüberzüge der Stühle, die Sonnenschirme, die Markise, die Hauswand waren in jenem Goldgelb von van Gogh gehalten, von dem man meinen konnte, dass es strahlender nie mehr gemalt werden kann. Die Tischdecken waren Blau, die Couverts Grün, die Türe Rot. Die unvermischten Grundfarben. Lange hatte sich Stefan über das kräftig strahlende Gelb in der Malerei van Goghs gewundert, bis ihm ein Freund, ein Maler, sagte, dass dies an der Umrahmung des Gelbs durch Blau, seiner Kontrastfarbe, liege.
Stefan ließ sich in einen der gelben Korbsessel fallen. Der Fäulnisduft der Platanen erschien ihm so passend wie ihr hohes, dichtes Blätterdach, das den Platz einhüllte. Er fühlte sich zugleich tot und lebendig, in einem Nachtcafé und in einer Kathedrale. Mit seinem blutigen Ohr kam er sich wie ein Schmierendarsteller in einem drittklassigen Film über das Leben und Werk des Holländers vor. „Le Café, La Nuit", dieses Bild hing schon seit vielen, vielen Jahren in seiner Küche. Nun saß Stefan in diesem Bild.

„Du kannst mit einem Hut hier die Runde machen", versuchte Julie Stefan aufzuheitern. Es gelang, Stefan lachte hysterisch.

„Jetzt ist er auch noch verrückt geworden", kommentierte Mullner kalt.

Julie wandte sich an Mullner.

„Ich höre immer was von Gangstern und Bedrohung, kann mich vielleicht jemand aufklären?"

„Frag doch den mal nach dem Auftrag, den er übernommen hat."

Stefan freute sich noch immer über den Klang seines Lachens, der ihm schräg und befreiend erschien. Auch im Wahnsinn liegt Befreiung, dachte er, in einer Ver-rückung gegenüber der Wirklichkeit.

„Jetzt geht er auf Tauchstation. Hat einen Auftrag angenommen und was macht er, er benutzt ihn, um sich an der Côte d´Azur eine gute Zeit zu machen."

„Aber er muss doch nur das Auto nach Paris fahren", hatte er mir gesagt.

„Frag ihn mal, wieviel Bucks er dafür bekommen hat."

„Was?"

„Ach vielleicht ist der Typ ja wirklich so naiv, dass er nicht dachte, dass ein hoher Preis seinen hohen Gegenwert hat. Ach, es ist unglaublich." Mullners Gesicht wurde kantig wie ein unbehauener Granitblock.

Für Julie reimte sich noch nichts.

„Und dann hat er auch dich da mit reingezogen, damned. Dass ich überhaupt solch einen Trottel begleiten und beschützen muss, ist unglaublich."

„Cliff, bitte erkläre mir doch."

„Ich will dich in die Sache nicht noch mehr reinziehen."

„Ich bin kein Kind mehr. Außerdem stecke ich schon drin, fürchte ich."

„Shit. Wir stecken jetzt alle ziemlich in der Scheiße."

Julie glaubte ihm aufs Wort und fing zu zittern an. Mit einem abermaligen Fluch legte Cliff kurz den Arm um sie. „Aber wir werden die Sache schon deichseln." Auch dies glaubte ihm Julie und sagte wie zur Bestätigung: „Merde!"

Stefan schien nicht mehr in der Wirklichkeit zu sein. Er erinnerte sich daran, dass Vincent van Gogh sein erster Lieblingsmaler war. Er musste 17 Jahre alt gewesen sein. Es war die Sonne des Südens. Es waren die einfachen, kräftigen, leuchtenden Farben. Aber auch die Kontraste, die aufeinanderstießen. Und es war vielleicht die Ahnung, dass der Mensch hinter diesen Bildern Widersprüche aushielt, trotz allem Leiden, um sich seine Gefühlsstärke nicht nehmen zu lassen. Es war keine Harmonie in diesen Bildern. Weit entfernt von der Harmonie in den Bildern Cézannes. Ja, die Faszination lag für ihn wohl gerade darin, dass er spürte, da will jemand sich seine ganze Leidenschaft erhalten, obwohl gerade diese ihn zerreißt. Dennoch will er dies aushalten, dagegen ankämpfen, sich nicht abschleifen lassen. Nein, in diesen Bildern steckte nicht der geringste Kompromiss. Die Farben, im prallen Licht der südlichen Mittagssonne, stießen aufeinander, und es war dies eine Metapher für die Konflikte eines Lebens in Leidenschaft.

Aber diese Intensität war jetzt Stefan Schubert zu viel. Er hasste in diesem Moment seinen Körper, seine Lust, seine Leidenschaften. Dieser Körper flatterte nicht nur, er zitterte, er kam ihm wie ein Haufen Müll vor. Und er machte seinen Körper dafür verantwortlich, dass er sich immer wieder vom Weg des Geistes hatte abbringen lassen. Immer diese Genusssüchtigkeit. Seine Sinnlichkeit, auf die er früher so stolz gewesen war, sie hatte ihn doch auch immer wieder verführt. Ob er zu wenig Disziplin hatte? Im Moment hasste Schubert all das Intensive in der Realität. Alles an äußeren Reizen war ihm zu viel. Apéritif, Wein wären ihm jetzt nicht in den Sinn gekommen. Selbst der geliebte schwarze Kaffee wäre ihm jetzt zu viel gewesen, und seit dem Vorfall auf der Raststätte hatte er keine Zigarette mehr geraucht. An Nahrung hatte Stefan seitdem nichts mehr zu sich genommen. Nur Wasser hatte er getrunken. Fasten und Schweigen. Ich will diesen Körper nicht mehr spüren, will körperlos sein, raste es durch seinen Geist. Eine rein geistige Existenz, wie sehr wünschte sich dies Stefan Schubert in diesem Moment. Er bestellte sich einen Tee, aber selbst dieser stimulierte zu sehr und Stefan mußte sich im Klo übergeben. Das Erbrechen über dem Klobecken erschien ihm dagegen als stimmig. Auf dem Rückweg zum Auto kaufte sich Stefan mehrere Flaschen Quellwasser und ein Baguette. Bei Wasser und Brot erschien sein Sein ihm angemessen.

Nur wenige Straßen entfernt vertrauten Alfons und Hugo ihrem Peilsender. An einer Imbissbude genehmigten sie sich einen Hamburger und ein kühles Blondes.

„Nur eins", bestimmte Hugo. Alfons handelte für sich zwei aus und freute sich kindlich, dass er nicht in ein Restaurant gehen musste. Beide genossen das kalte Bier aus der Dose. Ihnen mundete der Burger vorzüglich, den Alfons mit Massen von Ketchup und Mayo verfeinerte. „Es ist gut, dass es Schnellrestaurants auch in Frankreich gibt. Ein echter Kulturschub. Froschschenkel sind nichts für mich."

„Das ist der Weltmarkt, die Globalisierung", belehrte Hugo.
Den Gangstern fiel nicht auf, dass sie auf die Passanten in ihren schwarzen Anzügen, mit ihren Krawatten und ihren dunklen Sonnenbrillen absonderlich erschienen. Selbst ihre schwarzen Hüte hatten sie nicht im Auto gelassen.
Ein Jugendlicher rief laut: „Schaut mal, die Blues Brothers", und seine Freunde brachen in schallendes Gelächter aus.

„Alles Hippies und Penner, alles Arbeitsscheue", erwiderte Hugo ohne Humor.

„Soll ich denen mal Mores beibringen", machte sich Alfons stark.

„Wir sind nicht zu unserem Spaß hier, Alf."
Einer der Jugendlichen näherte sich Alfons: „Ich hätte gern auch so eine Sonnenbrille." Er nahm sie ihm von der Nase. Alfons stand fassungslos da. Hugo wusste, dass dieser Zustand nur kurz dauern würde und dass sein Kollege dann schwanken würde zwischen Zuschlagen und die Knarre zu ziehen. Schnell schoss seine Hand vor und packte die Hand des jungen Burschen an den Knöcheln. Die Sonnenbrille fiel nach unten, aber bevor sie den

Boden erreichte, fing Hugo sie gekonnt auf. Der junge Bursche, der die Brille entwendet hatte, musste einen Schritt nach hinten machen und schaute ungläubig erst auf seine Hand, dann auf Hugo. So schnell dieser Vorgang sich abgespielt hatte, so schnell änderte sich die Stimmung der Umstehenden. Sie schienen wie eingefroren. Hugo lächelte verbindlich: „Jungs, wir brauchen die Brillen, sonst stimmt das Bild nicht, das versteht ihr doch."

„Na klar Leute, nichts für ungut", entschuldigten sich die jungen Leute.

Zurück im Auto bemerkten Hugo und Alfons, dass ihr Peilsender sich bewegte.

Mullner hatte sich wieder an das Steuer der Limousine gesetzt, Julie bediente das Navigationssystem, Stefan lag auf dem Rücksitz. An einer Kreuzung kurz vor Ortsende warf Cliff den ausgebauten Sender einem LKW, der sich auf der Abbiegespur befand, auf die Ladefläche. Auf den fragenden Blick von Julie erklärte Cliff, dass er sich nur von einer Laus befreit hätte.

Wieder kam Stefan ein Lied von Hannes Wader in den Sinn, das er leise vor sich hinsummte:

„Ich bin unterwegs nach Süden
und will weiter bis ans Meer.
Doch ich bin längst nicht mehr sicher,
ob die Sonne diesmal hilft.
Sie brennt so heiß wie immer,
aber unter meinem Hemd spür ich,
wie die Kälte meine Haut zusammenzieht,
aber der Schweiß in meinen Stiefeln
kocht und frisst an meinen Zeh'n.
Und von dort, woher ich komme,
trägt mir der Wind den Geruch
von altvergessner alter Angst,
von Hass und Ekel wieder zu."

Der blaue Opel Diplomat war dem LKW gefolgt. Hugo brauchte eine halbe Stunde, bis er die Leimrute entdeckt hatte.

Hugo und Alfons machten dasselbe wie immer in solchen Fällen, sie riefen beim Boss an. Falcone wurde laut am Telefon. Alf sah wie Hugo das Handy immer weiter von seinem Ohr weghielt und Alf wurde in seinem Sitz immer kleiner.

„Ja Boss, sicher Boss", hörte er Hugo stammeln.

„Okay, werden wir machen, nicht von der Stelle rühren, auf weitere Instruktionen warten."

Alfons schaute seinen Kollegen mit einem Blick an, als hätte er selbst die Prügel bezogen.

„Der Boss sagt, wir sollen eine Pause machen, bis er uns weitere Befehle gibt."

„Was sollen wir hier tun?"

„Naja, zurück nach Arles und ein Hotel suchen."

„Ich mag diese Stadt nicht mit ihren Hippies und Pennern."

Hugo reichte das Handy rüber und forderte Alfons auf, dies Falcone direkt zu sagen.

„Schon gut, schon gut", gab Alfons schnell nach.

Auch ein schwarzer BMW M 5 nahm wieder die Straße nach Arles zurück.

Alex zog sein Handy heraus: „Mickey, ich geh mal ins Internet und schau mir meine Aktienkurse an."

„Findest du nicht, dass die Leute von Falcone zu alt und zu blöd sind?" Beide lachten schallend.

„Dabei ist ihr Boss wirklich clever, Mickey, nicht so borniert wie Gregor. Unsere Leute setzen immer noch auf Gewalt. Falcone macht es mit Köpfchen. Ich bin sicher, dass der auch an der Börse groß mitmischt."

„Alex, wir sollten die zwei Blödmänner wegputzen und uns bei Falcone bewerben."

„Ich glaube, deren Tage sind auch ohne unser Einwirken gezählt. Aber ich will sowieso nicht mehr lange den Lakaien machen. Im letzten Jahr habe ich an der Börse mehr verdient als bei Gregor."

Mickey schaute seinen Partner bewundernd an. „Kann ich nicht bei dir einsteigen?"

„Dann darfst du aber nicht mehr so viel Kohle für Klamotten und Weiber ausgeben!"

„Aber das macht doch Spaß, Alex."

„In ein paar Jahren kannst du das ja alles wieder haben und noch viel mehr. Aber bis dorthin heißt es: Kapital bilden."

Mißmutig blickte Mickey zur Seite auf die vorbeiziehende Landschaft. Aber er konnte das Schweigen nicht lange ertragen.

„Ich hasse es, von Berlin weg zu gehen. Warum musstest du dich freiwillig für diesen Auftrag melden Alex?"

„Man muss heute zeigen, dass man flexibel ist, dass man sich global bewegen kann. Nur so kann man zur Elite gehören."

Alex wunderte sich nicht, als Mickey nachfragte, was denn „Elite" sei?

„Das sind die Cleveren, die den Rahm abschöpfen. Man sollte es nicht der alten Elite überlassen, den Bankern und den Reichen. Neues boomt, die neuen Internetbranchen, da gilt es, auf den Zug aufzuspringen, mitzunehmen, was man mitnehmen kann, und das ist einiges."

„Hast du keine Angst, von dem schnellfahrenden Zug herabzufallen?" wagte Mickey einzuwerfen.

„Das läuft so noch einige Jahre. Der Zug ist erst am Anfahren."

„Ich mag Berlin, da ist vieles so spannend", gab Mickey wieder seiner Lust nach.

„In den Lebeszenen, wo du dich rumtreibst, da wird es viele Verlierer geben. Du mußt knallhart den Erfolg im Auge haben, sonst wirst du früher oder später auf das Abstellgleis manövriert werden. Schau dir doch die beiden Loosertypen Hugo und Alfons an. Es sind Prols, die rauchen, Bier saufen und Fastfood fressen. Fitness und Wellness kennen die nicht. So bleibt man nie leistungsfähig."

„Ich habe nun mal nicht deine Bildung."

„Papperlapapp, ich musste mir das auch erarbeiten. Man muß heute bereit sein, immer hinzu zu lernen."

„Sei nicht so hart", bettelte Mickey.

„Boy, nicht ich bin hart, der Markt ist es. Es reicht heute nicht mehr, treu und brav seinen Job zu tun. Schau dir doch mal die beiden alten Männer an, meinst du, sie werden von Falcone ein Gnadenbrot bekommen? Wenn sie keine Leistung mehr bringen sind sie weg. Nutz die Jahre deiner Jugend, sie sind dein Kapital. Man muss es heute bis Mitte Dreissig geschafft haben."

„Was machst Du dann Alex?"

„Wenn du mal oben bist, das trägt dich."

„Wird das nicht langweilig?" wagte Mickey zu fragen.

„Wird es dir nicht langweilig, dich in der Lebeszene rumzutreiben?"

„Aber da ist doch was los, tanzen, ficken, so lange man jung ist."

„Man kann heute bis siebzig jung bleiben und kann all das dann immer noch mitnehmen. Aber nur wenn man Geld hat. Sonst wirst du ein Penner werden und auf dem Müll landen."

„Nimmst du mich mit, Alex?"

„Okay, aber du musst machen, was ich sage. Achte auf dein Äußeres, trage gute Anzüge, und es reicht nicht, wenn du nur deine Muskeln im Studio trainierst. Du mußt cleverer werden."

„Ich mach alles, was du sagst."

Alex hatte keine einfache Kindheit gehabt. Was er damals als Angst empfunden hatte, nicht zu den Verlierern zu gehören, wurde in seiner Jugend zum festen Vorsatz. Schon früh hatte sich in ihm eine Intelligenz entwickelt, von anderen zu lernen was Erfolg bringt. Was immer er meinte, was ihm nützen könnte auf seinem Weg nach oben, versuchte er sich anzueignen. So entwickelte er einen scharfen Blick für die Erfolgsseite in Menschen. Jedoch wurden auch diese Menschen für Alex wieder uninteressant, sobald er das Gefühl hatte, dass er selbst auch diese Eigenschaften beherrschte oder wenn er fühlte, dass seine

Vorbilder ihren Zenit überschritten hatten. Gerne wäre Alex aus Rache reich geworden.

Die Wagentür wurde aufgerissen und der Lauf eines großkalibrigen Revolvers zeigte auf Alex und Mickey. Hinter dem Revolver war die rauchige Stimme von Hugo zu vernehmen: „Hallo Jungs, schön die Hände nach vorne, so dass ich sie sehen kann."
Alles war so schnell gegangen, dass Alex und Mickey nicht mal auf den Gedanken kamen, nach ihren Waffen zu greifen, und wie automatisch gingen ihre Hände nach vorne. Und wieder schnitt die rauchige Stimme von Hugo ihre Gedanken ab und lähmte sie.

„Brave Jungs. Ja was macht ihr denn so weit von Berlin weg?" Es war etwas in der Stimme von Hugo, das ihnen jeden Witz im Keim erstickte. Sie spürten einen Kloß in ihrer Kehle und konnten nur stammeln: „Geschäfte in Paris, Hugo." Sicher, Alex und Mickey kannten Hugo und Alfons. Es waren mal die besten Leute von Falcone, die sich in der kriminellen Szene in Berlin Respekt verschafft hatten.

„So so." Alfons lachte wiehernd, streckte seinen breiten Schädel ins Wageninnere und schaute Hugo an: „Geschäfte in Paris, da muss irgendwo ein Nest sein."
Hugo nahm den Ball auf und winkte mit dem Revolver. „Und wir sind vom Wirtschaftskontrolldienst; darf ich bitten, meine Herren."
Ein Zittern durchschauerte Gregors Männer.

„Na wird's bald, keinen Respekt vor Amtspersonen oder was?" fragte Alfons kichernd. Alfons nahm ihnen die Waffen ab, Hugo deutete auf das Handy. „Vielleicht kommt noch ein Auftrag herein, den wir dann für Euch übernehmen."
Hugo trat drei Schritte zurück und nickte grinsend seinem Partner zu. Alfons tat seine Arbeit und er machte sie, mit Spaß an der Arbeit, richtig gut. Anschließend ging Alfons mit den Wagenschlüsseln an dem schwarzen BMW entlang. Das Kratzen ging durch Mark und Bein, aber Alex und Mickey hörten es nicht mehr.

Es dauerte lange, bis die Gangster von Gregor wieder zu Bewusstsein kamen. Mit geschwollenen Augen und blutenden Lippen schleppten sie sich auf die Fahrersitze.

Mickey wagte leise zu sagen: „So alt sind Hugo und Alfons nun auch wieder nicht."

„Tiere", zischte Alex durch die Zähne, von denen zwei ausgeschlagen waren. „Hol den Zündschlüssel aus dem Gulli."

„Bodybuilding nutzt doch was", entgegnete Mickey nun selbstbewusster und stemmte den gusseisernen Gullideckel hoch. Der Maßanzug von Alex zeigte Risse, seine Krawatte hatte ihm Alfons abgeschnitten.

„Und was sagen wir dem Boss?"

„Nichts."

„Und die Knarren und das Handy, und die Knete haben sie uns auch weggenommen?"

„Schießeisen und Fäuste sind nicht alles, das werden diese Blödmänner auch noch erfahren. Wir fahren in die nächste Stadt und ich gehe über das Internet an mein Konto. No problem. Geld kann alles ersetzen."

Mickey dachte an die zwei Zähne von Alex und konnte sich ein Grinsen nicht verkneifen.

„Das zahle ich diesen Heinis zurück."

„Dann müssen wir aber schneller sein."

„Hugo und Alfons sind Auslaufmodelle ..."

„Nur wissen sie das noch nicht", ergänzte Mickey und musste wieder seinen Kopf nach rechts abwenden, damit Alex nicht sein Grinsen sah.

Nicht auf Anhieb fanden Alfons und Hugo ein Hotel, das ihnen schlicht genug war, um ihre Spesenabrechnung ohne Angst vorlegen zu können. Die zwei bezogen zusammen ein Doppelzimmer, dessen Fenster sich zur vielbefahrenen Nationalstraße öffneten. Sie schlossen die Vorhänge und legten sich auf das Bett.

„Darf ick Dich wat fragen, Hugo?"

„Wenn´s sein muss", brummte Hugo.

„Meinst Du, der Boss wirft uns raus, weil wir versagt haben?"

„Wir wissen zu viel."

„Dann liquidieren sie uns?"

„Vielleicht."

Alfons wurde noch nervöser und lief noch schneller in dem kleinen, schäbigen Hotelzimmer herum.

„Aber wir sind doch immer treu und zuverlässig gewesen."

„Heute muss man Erfolg haben. Das was rauskommt zählt, alles andere nicht", entgegnete Hugo trocken.

„Aber ick hab doch immer getan, wat mir gesagt wurde", stammelte Alfons und Tränen standen in seinen Augen.

„Die Bosse wollen aus dem Schmuddelimage der alten Gangsterorganisation weg. Sie würden am liebsten nur noch im noblen Büro ihrer Import-Export Firma sitzen und Aufträge erteilen, die völlig legal sind."

„Aber Dreckarbeit muss doch noch immer getan werden", gab Alfons zu bedenken.

„Ja, aber wie lange noch", brütete Hugo düster vor sich hin.

„Du hast es gut, du bist clever, Hugo, man wird dich eher noch brauchen können als mich."

„Ich glaube das nicht. Ich kann mich mit meinem Gesicht doch schon jetzt nicht mehr in der feinen Zentrale am Potsdamer Platz sehen lassen. Das Büro dort unterscheidet sich in nichts von den anderen feinen Adressen. Auch Falcone und Branco und die anderen aus unserer Führungsebene unterscheiden sich nicht mehr von Managertypen. Auch ihre Gespräche sind dieselben, um die neuesten Aktienkurse."

Über das gerötete Gesicht von Alfons liefen der Schweißperlen.

„Aber wenn wir diesen Job verlieren, wat können wir denn schon außer ..."

„Sag ruhig schlägern und ballern."

„Wir können nicht mal zum Arbeitsamt gehen. Wir werden ..."

„Sag ruhig Penner."

„Wie diese Hippies da unten", stöhnte Alfons. „Ich finde das ungerecht, wir haben doch immer det getan, wat uns gesagt wurde."

„Nun, nicht ganz", sagte Hugo, indem er zwischen jedem Wort eine längere Pause machte. Alfons erstarrte und schaute seinen Partner mit großen Augen an.

„Nun ja, wir hatten nur den Auftrag, Schubert zu beschatten. Nicht dass wir den Mercedes verloren haben, hat den Boss ausrasten lassen, sondern dass wir Kontakt zu Schubert aufgenommen hatten."

„Ehrlich?", fragte Alfons nach.

Hugo nickte.

„Scheiße, Scheiße, Scheiße", schrie Alfons hysterisch. „Dieser verdammte Pisser von Schubert. Wat musste dieser Schnulli uns auch so provozieren, verdammt, verdammt!"

Alfons hatte das Bett verlassen und lief wie ein Irrer im Zimmer herum indem er immer wieder Scheiße brüllte.

Nach fünf Minuten war Alfons durstig geworden.

„Kommst du mit, Bier und wat zum Kahlen zu kofen?"

„Nein."

„Aber ick kann doch keen französisch, Hugo."

„Lerne, selbstständiger zu werden, du wirst es brauchen."

„Ick will det aber nischt lernen, ick will meen Beruf behalten, in dem ick mich auskenne. Icke will meene Anhaltspunkte, will meenen Feierabend. Ick hab dat dreißig Jahre gemacht, ick hab det von der Pike auf gelernt. Ick habe ein Recht darauf nach so langen Jahren. Mir genügt dat Leben. Ick hab mir dran gewöhnt."

Hugo stand auf und ging mit Alfons in einen Supermarkt. Sie deckten sich mit Bier, Baguette, Käse und Zigaretten ein. Hugo ersetzte seine Reval durch Gitanes. Er wollte noch einen Kaffee trinken, aber Alfons drang zurück zum dunklen Hotelzimmer und versprach, ihn beim Lesen auch nicht mehr zu stören.

Mehr als eine halbe Stunde Stille konnte Alfons nicht aushalten.

„Mich stören diese französischen Klos einfach. Da muß man in der Hocke kacken, muß sich beeilen und dabei dann ooch noch aufpassen, dat man sich selbst nicht anpisst und anscheißt."
Hugo schaute nicht von seinem Buch auf.
„Verdammt ick will eine halbe Stunde kacken. Det brauch ick einfach."
Hugo las weiter.
„Ach wie is dat schön in Berlin, in unsrem Kiez, ach wie ick mir nach meinem Klo sehne."
Hugo grinste.
„Am Freitag abend sich ein Paar Schultheiß und ein paar Klare hinter die Binde zu gießen." Die Augen von Alfons glänzten in Heimweh. „Und das Stammessen von Fred."
Hugo legte *Wendekreis des Steinbocks* von Henry Miller auf seine Brust: „Und ein Päckchen Kippen mehr zu qualmen, det isch einfach gut. Man muß wissen, wo man am anderen Morgen in aller Ruhe und Sicherheit seinen Kater auspennen kann."
„Mensch, dat wusste ick ja gar nischt, dat du ooch Laster hast, Hugo."
„Man braucht ein Laster, mindestens eins, Alf."
„Komm laß dich umarmen Hugo. Komm wir zechen heute abend einen."
„Kommt nischt in Frage. Kannste dir denn nicht für ein paar Tage am Riemen reißen Alf. Willst du dich denn so undiszipliniert wie dieser Penner von Schubert benehmen?"
„Entschuldige Hugo, aber ..., du weißt, ick kann schon ranklotzen." Alfons kamen Tränen. „Diese moderne Welt nervt mich. Wie schön waren doch die Schutzgelderpressungen mit den gesetzlichen Öffnungszeiten. Da hatten wir och unseren Feierabend. Ick hasse det, wenn man nischt mehr zu seinen Gewohnheiten kommt."

„Ick zappe mich mal durchs Tiwi", sagte Alfons, nachdem er fünf Minuten des Schweigens ertragen hatte.

„Du lass das mal, das ist ein Film von Melville, *VIER IM ROTEN KREIS*", unterbrach Hugo den Gang durch die Programme.

„Hab keene Lust auf einen Problemfilm."

„Alf, ist schon okay, das ist ein Krimi, sogar mit viel action. Wird dir gefallen."

Alain Delon lenkte den schwarzen Amischlitten von der Route Nationale auf einen Feldweg. Mitten im Dreck ging er zu einer Ackermaschine und lehnte sich daran.

„Du kannst heraus kommen."

Als Delon eine Zigarettenpackung, Gitanes, Gian Maria Volonté zuwarf, verlangte auch Alfons eine Gitane von Hugo, der sie ihm mit dankbarem Blick rüberwarf, Delon imitierend.

Die nachfolgende Szene, in der Volonté die Gangster tötete, die Delon bedrohten, quittierte Alfons mit: „Ächt cool."

Es brauchte so wenig Worte an Einverständnis. Das Symbol der Zigarette reichte aus.

„Ick versteh dat alles, obwohl ich kein Wort Französisch kann", sagte Alfons und reichte die Packung Gitanes wieder an Hugo zurück.

„Wat bedeutet der Filmtitel. Welcher rote Kreis?"

„Manche Begegnungen sind nicht zufällig. Sie schälen die Linien des eigenen Schicksals heraus. Man tut dann, was man tun muss, aus ganzem Herzen, und nimmt die Folgen auf sich. Es ist alles klar."

Hugo mochte die französischen Krimis aus den fünfziger und sechziger Jahren. Er zog genüsslich an der Gitane. Der Geruch des verbrannten schwarzen Tabaks überdeckte den des Essens.

„Ich mag Frankreich. Die haben in den 50er und 60er Jahre die besten Krimis gemacht. Lino Ventura, Alain Delon, Belmondo, Gabin, tolle Typen."

„Ick bin froh Deen Partner zu sein, Hugo."

Hugo nahm sein Buch und machte einen weiteren Versuch zu lesen. Alfons wollte es nicht bemerken und schwärmte laut: „Wie gebildet du bist."

„Man darf in seinem Job nicht aufgehen, Alfons, nie. Man muss klar trennen zwischen dem, wie man seinen Lebensunterhalt verdient und dem anderen."

„Stimmt, Hugo, deshalb trinke ich nie im Job."

Hugo lachte laut. „So, aber davon habe ich während unseres Auftrags nicht viel gemerkt."

„Wir haben auch keinen Feierabend, das fehlt mir. Ich muss mich auch mal entspannen können. Und zwar jeden Tag."

Ein weiterer Versuch Hugos, sich in die Welt von Henry Miller hineinbegeben zu können, wurde von Alfons gestoppt: „Sollen wir unsere Knarren pflegen?"

„Nun übertreib mal nicht", lachte Hugo. Und nun, über die vielen Verzögerungen seiner Lektüre nervös geworden, war er in die Stimmung gekommen, über sein Schicksal zu philosophieren.

„Wir sind nicht die Superprofis, das ist nun mal so. Ich wollte das auch nie sein. Man muss die Kirche auch im Dorf lassen können. Leben und leben lassen. Das lief auch lange Zeit gut, auch mit unseren Chefs. Ich weiß auch nicht, wieso die alle so spinnen in den letzten Jahren. Jeder will heute eine Aktiengesellschaft gründen und damit an die Börse gehen. Die Leute werden so seltsam grenzenlos. Auch diese Dealerei auf dem Schulhof. Ich schlag solch einen Typen zusammen, wenn ich das sehe. Überhaupt das mit den Drogen ist doch `ne Scheiße, die erst in den letzten Jahren in unserer Organisation aufkam. Eben weil's viel Kohle bringt. Früher wären wir uns moralisch dafür zu schade gewesen. Schweinearbeit. Früher war es einfach so, die Zeiten waren rau, besonders auf den Straßen, besonders nachts. In dieser rauen Umgebung brauchte es einfach auch raue Burschen. Ich fand es gut, solch einen Job zu machen, weil ich weder kaufmännischer Angestellter noch Hausmeister werden wollte. Was blieb übrig - ich dachte, dass es ganz okay wäre, in einem unbürgerlichen Beruf zu arbeiten. Mein Gesicht passte besser in die Nachtbars, die schwarze Zigarette schmeckte dort auch besser, man musste Schritt auf Tritt was wagen. Wenn man so will, das Männliche war gefordert. Ich lebte gerne nachts und mir war es wichtig, von den gefährlichen Männern respektiert zu werden. Das ist auch den Bach runter gegangen, der Respekt vor demjenigen, der wagt, seine Existenz einzusetzen. Ohne Sicherheiten. Es war ein Leben an der Front des Lebens. Wir verhinderten, dass Orte, an denen die Bürger ihre Sau rauslassen wollten, im Suff und in der Prostitution, im Chaos versanken. Wir waren verantwortlich für die Schattenseiten der bürgerlichen Gesellschaft, für jene Orte, an denen die braven Arbeiter und Angestellten mal ihre Triebe ausleben wollten, mal ein Abenteuer erleben wollten. Wir waren verantwortlich für die Nacht. Wenn die braven Leute, die tagsüber arbeiten, mal am Wochenende eine Sause machen wollten, an Orten, die für sie spannend und gefährlich waren, war es unser Job, dass dies halbwegs geordnet auch ablaufen konnte und dass der, der seine hart erarbeitete Mark einbringt, nicht blöde abgezockt oder gar ausgeraubt wird. Das war der Sinn meiner Arbeit. Es herrschte da eine Moral. Für mich selbst war es stimmig, in diesem Schatten zu leben. Die Wirte in den wichtigen Bars waren okay. Die mächtigen Männer respektierten sich gegenseitig. Es war ein Geben und Nehmen. Es war ausgeglichen. Die respektablen Leute blieben in ihren Grenzen und sie hauten zusammen denjenigen auf die Finger, die sich nicht an die Regeln hielten. Aber jetzt ist so viel außer Rand und Band geraten. Gut, dass wir schon so alt sind, Alfons. Das Schwierige ist für uns nur noch, die Zeit bis zu unserer wohlverdienten Rente zu überbrücken, diese zehn Jahre. Das wird nicht einfach werden. Wir gehören einer vergangenen Epoche an. Das ist nun mal so."

„Mensch haste det toll jesagt, Hugo", sagte Alfons mit bewunderndem Blick.

Auf dem Klo las Hugo in *Wendekreis des Steinbocks* weiter. Er wollte mal keine Fragen beantworten müssen. Angenehm war es nicht hier, musste er sich doch auf die kalten Steinfliesen setzen und die Gerüche vieler Vorgänger einatmen.

Der Mercedes bewegte sich auf kleinen Landstraßen nach Norden. Mullner grinste, weil der Opel nicht mehr im Rückspiegel auftauchte. Julie wusste nicht, ob sie vor Freude lachen oder weinen sollte. Stefan bekam von all dem nichts mit.

Mullner verwarf den Gedanken, nach Spanien zu fahren. So leicht konnte man einem Syndikat nicht entkommen. Ja, wenn er in den Staaten wäre, da wüßte er schon Fluchtrouten. Sicher, auch hier in Europa kannte er ein paar Leute, die ihm bei der Flucht behilflich wären. Aber erstens kannte er hier die Lage zu wenig, um sich auf ein Kräftemessen mit einem Syndikat einzulassen. Solch ein Kampf war nicht einfach, das wusste Mullner nur zu gut, dazu würde er eine zweihundertprozentige Sicherheit benötigen. Er hatte keine Angst, nein, aber Respekt. Er kannte die Zugriffsmöglichkeiten der Syndikate. Vielleicht waren sie in Europa nicht so hart wie in den USA, aber es reichte.

Zweitens hatte Mullner eine Berufsehre. Er hatte den Auftrag angenommen, Mercedes und Fahrer zu beschützen, und er sah zu deutlich, welche Fehler Stefan gemacht hatte. Auch wollte er noch abwarten, wie sich die Sache weiter entwickelte, bevor er eine Entscheidung fällte. Denn dann gab es kein Zurück mehr.

Drittens wollte er Julie und Stefan nicht im Stich lassen. Sicher, er war Profi und konnte deutlich zwischen Auftrag und Privatem, seinen Gefühlen trennen. Sicher nervte ihn die Naivität von Schubert, der zu alt war, um noch ein Recht zu haben, die Realitäten nicht so zu sehen wie sie sind. Gut, Julie hatte dieses Recht noch. Auch war sie völlig schuldlos in diese Lage geraten. Wie auch immer, Mullner spürte in sich eine moralische Verpflichtung trotz aller guten Gründe, die er als Profi hätte geltend machen können.

So offensichtlich Stefan erschöpft war, so intensiv nahm doch sein Innerstes die Farben, die Schatten, die Landschaft, die Gerüche wahr. Besonders die Augen, so müde sie waren und so sehr er sie in der hellen Sonne zu einem Spalt schließen musste, schienen ihm gleichermaßen empfindlich und empfangend zu sein. Der Wagen rollte durch Platanenalleen, die auf Stefan wie Kathedralen wirkten. Die hohen, alten Bäume schlossen sich weit oben zu einem Dach über der Landstraße. Die hellen Flecken auf den Stämmen der Platanen ließen die mächtigen, dicken Stämme leicht wirken. Durch die Blätter fielen immer wieder Sonnenstrahlen und wirkten wie Stiche in seinen Augen. Ihm war als ob sie seine müden Augen wieder mit Energieblitzen versorgten. Die Fahrt kam ihm unwirklich vor. Es war ein Gleiten durch Hell-Dunkel, das ihn an seine ersten Kindheitseindrücke erinnerte. Halb sitzend, halb liegend, den Kopf an das Seitenfenster gelehnt, schaute er nach oben. Seine Augen waren fast geschlossen, aber dies genügte. Stefan spürte das Licht tief in sich eindringen und empfand einen seltsamen Trost, so als ob ihm die Sonne neu scheinen würde. Die Sonne wärmte ihn, nicht nur seine Augen, seine Haare und seine Haut, die Sonne füllte etwas in seinem Innersten auf und sie machte ihn leichter. Als die Allee aufhörte, legte Stefan seinen Kopf auf die Seite. Das Land lag weit und gelb vor ihm. Er wagte kaum mehr zu atmen, er wollte die Farben nicht verwischen. Der Himmel wölbte sich dunkelblau über dem gleißenden, flimmernden Gelb der Sonnenblumen-felder. Er sah die Bilder van Goghs. Noch nie hatte er die Helligkeit und die Wärme der Sonne so tröstend empfunden. Es war ihm, als könne die Sonne sowohl durch seine Iris als auch durch die Poren seiner Haut in sein Herz und seine Seele scheinen. Er sog sich voll, Stunde um Stunde.

Fast geräuschlos rollte der schwere Wagen über den Asphalt. Stefan fühlte sich wie in einem Schiff. Er öffnete das Seitenfenster. Die Sonne bewegte sich zur Erde hin und mit dem Schwinden ihrer sengenden Kraft erhob sich der Duft der Pflanzen und Blumen und Bäume. Überdeutlich konnte Stefan die Gerüche der Pinienadeln von der fäulnishaften Aura der Platanen, den wilden Thymian von Rosmarin und Lavendel trennen. Auf seine Zunge legte sich der Geschmack von Sonnenblumenkernen und Gras. Er fühlte sich satt.

13

Die Höhlenlandschaft von Les Baux

Die Sonne versank glutrot hinter den Bergen. In der Dämmerung zeigte der Vollmond sein rundes Gesicht, und einzelne Sterne kündigten eine klare Nacht an.

„Es wird kalt werden", sagte Cliff wie zu sich selbst.

Bei Nachtanbruch erreichten sie die Höhlenlandschaft von *Les Baux*. Wie Inseln leuchteten die hellen Felsen mit dem letzten Licht des vergehenden Tages aus einem Meer von dunkelgrünen Büschen und Bäumen heraus. In Sichtweite vom Dorf *Les Baux*, dessen Häuser um einen Berg herum gebaut waren wie die Waben eines Bienenstocks, suchte Cliff nach einer Höhle, in der sie die Nacht verbringen konnten. Obwohl er den Opel seit Arles nicht mehr gesehen hatte, widerstrebte es ihm, sich in Sicherheit zu wiegen.

Cliff wies Julie an, die Schlafsäcke aus dem Auto in die Höhle zu schaffen.

„Lasse sie zusammengerollt, bis ihr sie benutzt. So saugen sich die Daunen nicht mit der Kälte und der Feuchtigkeit der Nacht auf. Wenn du sie dann aufrollst, schüttle die Daunen auf, und dann legt euch sofort in die Schlafsäcke. Zieht eure Kleidung aus, so dass die Daunen die Wärme des Körpers speichern können. Hosen und Pullover auf den Schlafsäcken erhöhen die Isolationskraft. Meinen Schlafsack könnt ihr als zusätzliche Decke verwenden. Ihr werdet es brauchen."

Julie spürte, dass Cliff Mullner an diesem Ort ein Anderer war, aber sie konnte keinen Grund dafür erkennen.

„Und du?"

„Ich schlafe nicht."

„Aber du musst doch morgen wieder fit sein", gab Julie zu bedenken.

„Ich werde morgen wieder fit sein", entgegnete Cliff knapp und Julie glaubte ihm das.

Mit Pinienzweigen überdeckte Cliff den Mercedes. In Julie mischten sich Bewunderung und Wut über die Handlungsfähigkeit von Cliff, die scheinbar durch nichts und niemanden eingeschränkt werden konnte.

Stefan lag immer noch auf dem Rücksitz des Autos. Julie öffnete die Wagentür. „Du musst was essen, Stefan, komm."

Cliff trat hinzu, all seine angestaute Wut über Schuberts Verhalten an der Côte d´Azur machte sich Luft.

„Du kannst keine Sache durchziehen, dich nur auf dies konzentrieren, nur Entscheidungen treffen, die mit dieser Sache und nur mit dieser Sache zu tun haben. Du handelst absolut unprofessionell."

Julie hörte diese Worte erschrocken. „Cliff, ich verstehe dich nicht, du siehst doch, dass Stefan ganz am Boden ist und jetzt gibst du ihm noch einen Fußtritt."

Cliff ließ sich nicht beirren und packte Stefan bei den Schultern.

„Sag was, wehre dich! Ist denn kein Funken von Stolz mehr in dir?" Jäh drehte sich Cliff ab.

Angewidert von Cliffs Härte nahm Julie den Kopf von Stefan auf ihren Schoß und streichelte ihm über die Haare.

„Das wird nichts nützen, wenn die Verfolger uns finden", sagte Cliff kalt.

Ein Blick von Julie machte ihm klar, dass es nun reichte, und so machte sich Cliff achselzuckend auf den Weg, die nähere Umgebung des Platzes zu erkunden. Er stieg auf eine Anhöhe, von wo aus er die Umgebung überblicken konnte.

Julie hatte sich auf einen Stein gesetzt und weinte. Wäre Cliff jetzt auf sie zugekommen, sie hätte nicht seinen Arm um sich haben wollen. Es war nicht nur die Wut, die sie abgehalten hätte. Sie wollte ihre Tränen nicht unterdrücken. Nach einiger Zeit stand sie auf und mit den Tränen war auch ihre Lähmung hinweggeflossen. Sie ging zu Stefan, der immer noch im Auto lag, und zog ihn vorsichtig aus dem Wageninneren, stützte ihn, so dass sie zusammen bis zu einem weichen Grasstück gehen konnten, wo sie ihn vorsichtig niederlegte. Aus dem Wagen holte sie eine Flasche Contrex sowie Seife und Waschlappen aus ihrem Waschzeug. Den mit Urin verschmutzten Sakko zog sie ihm aus, ebenso Hose, Hemd, Unterhemd. Mit Stefans Kopf in ihrem Schoß wusch Julie ihm Gesicht, Hals und Haare. Nackt lag Stefan auf dem Gras, doch er fror nicht. Julie kehrte mit einem Jogging-Anzug und einem T-Shirt aus Stefans Reisetasche zurück. Nachdem sie Stefan auch die Unterhose ausgezogen hatte, zog Julie ihm die frischen Sachen über.

„Du musst aufpassen, dass du nicht auskühlst."

Anschließend breitete Julie die Pinienzweige aus, die Cliff für das Nachtlager bereit gelegt hatte, und bettete Stefan in den Schlafsack. Dann ging sie zu Cliff hinüber und wies ihn an ein Feuer zu machen, da Stefan völlig entkräftet sei.

Cliff konnte sich ein Grinsen nicht verkneifen. „Ein Feuer würde man meilenweit sehen."
Julie ließ nicht ihren Blick von seinen Augen, gefasst und ernst.
„In der Höhle, hinten an der Wand könnte es vielleicht gehen."
„Okay, ich suche Holz", sagte Julie.
„Lass mich das machen. Man braucht besonderes Holz, wenn ihr in der Höhle nicht geräuchert werden wollt."
Ohne weitere Worte ging Julie zu Stefan zurück und setzte sich neben ihn und strich ihm über das Haar.
Schon nach wenigen Minuten kam Cliff mit Holz zurück und beugte sich zu Julie hinunter: „Ich helfe dir."
Im Schlafsack trugen sie Stefan in die Höhle. Julie wunderte sich, wie schnell Cliff die Höhle behaglich eingerichtet hatte. Im warmen Schein eines rauchlosen Feuers leuchteten die weißen Kalkwände rotbraun. Um das Feuer herum hatte Cliff Zweige von Pinien gelegt.

„Die isolieren gegen die Kälte des Steins. Schlüpf schon mal in deinen Schlafsack, aber schüttle zuvor die Daunen auf. Ich ..."

„Du hältst Wache."

Cliff drehte sich um und ging zum Ausgang der Höhle.

„Cliff!"

Cliff hielt inne, ohne sich umzudrehen.

„Danke."

Cliff blieb noch drei Sekunden stehen, dann verließ er die Höhle.

In der Höhle stehend, deren Stein feucht modrig roch, fragte sich Julie, wieso sie bei zwei solchen Irren bliebe. Am Anfang war dieser Sog von Gewalt, der sie lähmte. Dann meinte sie, Stefan mütterlich helfen zu müssen. Das Nachtcafé erschien ihr ver-rückt in eine andere Realitätsebene. Schicksalhaftes verstärkte sich in ihr durch die schnelle Fahrt des Autos über die Landstraßen, dann durch die Höhlen von Les Baux in der Abenddämmerung. Julie wusste keine Antwort auf ihre Frage, aber sie ahnte, dass sie aus dieser Sache nicht herauskommen würde, indem sie sich mit dem erhobenen Zeigefinger meldete: „So das war's, ich will zurück nach Hause."

Es war eine sternenklare Nacht, aus der ein Vollmond wie ein Scheinwerfer herableuchtete. Die weißen Felsen wirkten wie Riffe in einem dunklen ruhigen Meer. Stefan und Julie zitterten am ganzen Körper. Cliff legte Äste nach und schob die zwei Schlafsäcke so nah ans Feuer, dass sie der Wärme möglichst nah waren, ohne dass sich das Nylon überhitzte. Er verrichtete all die Dinge wortlos, in einer unerschütterlichen Ruhe, Genauigkeit und Sicherheit, die Julie zugleich unheimlich und traut empfand.

Stefan fror, ihn schüttelte eine innere Kälte. Er war erschöpft bis ins Mark hinein. Julie nahm ihn in ihre Arme.

Wieder und wieder legte Cliff trockene Äste in das Feuer, so dass die Flammen nicht zu schwach und nicht zu stark wurden.

„Wie ein Indianerfeuer."

Cliff ließ sich vom aggressiven Unterton in der Stimme Julies nicht beirren und erwiderte ernst: „Ja, wie die Indianer."
Das Feuer flackerte, und es war auch der goldgelbe Schein auf dem hellen Fels, der wärmte.

Cliff hielt Nachtwache. Die Kälte der Nacht schien er nicht zu spüren. Mit verschränkten Beinen und geradem Oberkörper saß er auf dem Fels vor dem Höhleneingang auf einem Pinienzweig. Seine Hände bildeten unterhalb von seinem Bauchnabel ein Dreieck. So saß er eine Stunde unbeweglich. Dann stand er auf, beugte seine Knie, und seine Arme bildeten einen Kreis, als ob sie einen großen Ball hielten. Sein Rücken war dabei so gerade, als ob er von einer imaginären Kraft nach oben gezogen werden würde. So stand Cliff eine Viertelstunde, bis er sich wieder für eine weitere Stunde auf den Zweig setzte. Dieses Ritual vollzog er bis zum Morgengrauen.

Auch Julie konnte nicht schlafen. Zu sehr hatten die Ereignisse Schatten in sie geworfen. Mitten in der Nacht stand sie auf und tanzte in langsamen Bewegungen um das Feuer herum. Der flackernde Schein des Feuers gab dem Schattenspiel ihres Tanzes etwas Zauberhaftes. Man mochte meinen, dass eine Hexe in der Höhle ihr magisches Spiel betrieb. Und Julie spürte in sich eine weibliche Kraft, die ihr bisher fremd war. Und Cliff Mullner blieb dies nicht verborgen.
Dann legte sich Julie hinter Stefan in ihren Schlafsack und umschloss ihn eng mit ihrem Körper.

Ein neuer Morgen kam. Noch lagen die weißen, runden Felskuppen im fahlen, bläulichen Licht der Dämmerung. Ein dunstiger Nebelstreifen umhüllte die Erde, die Bäume und Büsche, aus denen die weißen Felsen wie Klippen aus dem Meer ragten. Die sternenklare, kalte Nacht hatte die Erde herabgekühlt. Nur der Duft von Pinien und wilden Kräutern zeugte noch von Leben. Julie schälte sich vorsichtig aus dem Schlafsack. Stefan lag zusammengekauert mit dem Rücken zu ihr und spürte die

Morgendämmerung nicht. Vor der Höhle saß Cliff und tat so, als ob er die Blicke von Julie nicht spüren würde. Ohne ein Wort ging Julie an ihm vorbei, und erst, nachdem sie sich vor seinen Blicken sicher fühlte, sog sie die kühle Morgenluft tief in ihre Lungen. Über den Bergen zeichnete sich ein roter Streifen in den blauen Himmel. Julie betrachtete fasziniert, wie die rote Farbe sich stetig zunehmend gegen das kühle Blau in all seinen Schattierungen durchsetzte. Sie konnte ihren Blick nicht abwenden, bis die Sonne mit ihren ersten Strahlen über die Berggipfel kam und der Landschaft ihre natürlichen Farben zurückgab. Nun erst konnte sie sich bewegen und den Weg zurück zur Höhle gehen.

Cliff war schon tätig gewesen und der Duft von Kaffee wehte Julie entgegen. Ein Lächeln konnte sie nicht mehr verbergen, als Cliff ihr ein lautes „Good Morning" entgegen warf.

„Du hast wohl nicht viel geschlafen."

„No problem. Was macht unser Patient?"

Julie ärgerte sich über den sarkastischen Unterton in Cliffs Stimme und ging schnell an ihm vorbei in die Höhle, in der Stefan noch in derselben Stellung unbeweglich lag, in der sie ihn verlassen hatte.

„Können wir ein Feuer machen?"

„Glut ist noch da, lege einfach ein paar Zweige drauf." Ohne sich umzudrehen, schlürfte Cliff an seinem Kaffee weiter.

Wieder ärgerte sich Julie über die coolness von Cliff. „Verdammt, was denkt sich denn der, wer er ist", murmelte sie vor sich hin.

Stefan spürte die Wärme des Feuers in seinem Rücken, aber es war ihm peinlich, seine Augen aufzuschlagen. Er hatte tief geschlafen, die Nacht hatte ihn umhüllt, wie er dies zuletzt als Kind empfunden hatte. Wenn er auch von der Nähe Julies nichts wusste, so hatte er sie doch gespürt. Auch war es die klare, kalte Luft, das ihn umhüllende Gestein der Höhle und der offene, in die Höhle schimmernde, Sternenhimmel, die ihn aufnahmen. Am anderen Morgen hinderte jedoch eine Scham Stefan daran, seine

Erholung zu zeigen. Er lag in seinem Schlafsack und wollte noch Zeit haben, bevor er sich wieder aufrichtete.

Als ob sie es erahnte, bewegte sich Julie leise und achtete darauf, dass das Feuer, das Cliff über die Nacht hinweg geschürt hatte, nicht zu stark wurde.

„Wir müssen weiter", ließ sich die Stimme von Cliff vernehmen. Julie war ihm dankbar, dass Cliff in gedämpftem Tonfall sprach. Nachdem sie den Schlafsack vorsichtig bis zu Stefans Kinn hochgezogen hatte, stand sie auf und ging zu Cliff.

„Laß ihm noch Zeit."

„Wir haben keine."

Julie hielt dem Blick von Cliff stand.

„Willst du einen Kaffee?"

Julie wärmte sich an der heißen Blechtasse ihre Hände.

„Gut, dass der Schubert seinen Campingspleen ausleben musste, so können wir uns wenigstens einen Kaffee machen. Das beste Getränk auf Erden." Cliff grinste ihr ins Gesicht und zeigte seine makellos weißen Zähne. Julie schwankte irritiert zwischen Ärger und Bewunderung über so viel Vitalität und guter Laune nach dieser bedrohlichen Nacht. Nur mit Mühe konnte sie sich von Cliffs Aura entfernen und trat vor an eine Stelle, in der die Sonnenstrahlen, stärker wärmend, vom weißen Fels reflektierten. Julie musste ihre Augen schließen, so hell wirkte das Sonnenlicht.

Cliff überlegte, ob er Julie etwas von der Gefahr sagen sollte, in die Stefan Schubert sie gebracht hatte. Er entschied sich dagegen und stieg, mit der Kaffeetasse in der Hand, auf die Bergkuppe, von der die Sicht weit über die Höhlenlandschaft reichte. Kein blauer Opel Diplomat war zu sehen. Cliff setzte sich auf einen mit Flechten überzogenen Stein, den die Sonne schon getrocknet und leicht erwärmt hatte.

Nach einer Stunde bewegte sich Stefan. Er trat zu Julie vor die Höhle, die ihm ihre Kaffeetasse reichte. Mit niedergeschlagenem

Blick nippte Stefan an dem starken, schwarzen Getränk. „Danke, Julie", entschlüpfte es leise von seinen Lippen.

Julie streifte seine Hände, die fest die heiße Kaffeetasse umklammerten.

Stefan wagte noch immer nicht, seinen Blick vom Boden zu heben. Dann ging er zurück in die Höhle und packte die Schlafsäcke zusammen. Anschließend setzte er sich wieder auf den Rücksitz des Autos.

Wortlos nahm Cliff auf dem Fahrersitz Platz und bewegte das Auto vorsichtig auf den Feldwegen. Die Sonne hatte schon alle Feuchtigkeit der Nacht aufgesogen, als der Mercedes auf die Landstraße einbog. Die breiten Reifen wummerten auf dem groben Asphalt. Den drei Insassen war es angenehm, dass dieses Geräusch die Stille zwischen ihnen minderte. Ebenfalls wortlos nahmen sie in einem Routier, in dem die Fernfahrer deutliche Spuren des frühen Beginns ihres Arbeitstages hinterlassen hatten, ihren Grand Café Crème und ihr Baguette zu sich. Nach einigen Kilometern lenkte Cliff das Auto auf einen Seitenstreifen und setzte sich auf einen Meilenstein.

„Ich denke, wir sollten jetzt unsere Lage bereden", begann Cliff, sich zu Julie und Cliff drehend, das Gespräch. „Ist dir klar, wie ernst die Sache ist?"

„Ja", sagte Stefan tonlos und nickte leicht mit dem Kopf.

„Ich glaube nicht, dass du dir über die Scheisse auch wirklich bewusst bist, in die du uns durch deine Scheiss Naivität gebracht hast."

Julie fühlte in sich wieder den Stich eines Messers über den kalten Ernst in Cliffs Tonfall. Sie schaute ungläubig auf Cliff und auf Stefan. Waren das noch die zwei netten Reisenden, die ihr als Anhalterin einen tollen Lift geboten hatten? Sie wusste in diesem Moment nicht nur, dass alles anders war als das, was sie sich über die zwei Männer zurechtgelegt hatte, sondern sie spürte eine Todesnähe in sich, wie sie sie noch nie bisher empfunden hatte. Und es lag nicht nur an dem erlebten Zusammenbruch von Stefan, es lag mehr noch in der Stimme von Cliff Mullner. Eigentlich brauchte sie keine weiteren Informationen. In ihr war ein tiefes Wissen, dass sie in eine Fahrt auf Leben und Tod geraten war. Diese Ahnung fror sie fest auf den weichen, warmen Ledersitzen des Mercedes. Ihre Lähmung konnte nicht mehr schlimmer werden, und so lauschte sie den weiteren Ausführungen von Cliff, als ob sie aus einer anderen Welt kämen.

Cliff spürte, dass er nichts weiter mehr machen musste, um den Ernst der Lage auszubreiten, und so fuhr er in sachlicherem Ton fort.

„Stefan, kannst du mir sagen, was dein Auftrag ist?"

„Ich soll ein Auto nach Paris überführen."

„Meinst du, das ist alles?"

Stefan schüttelte den Kopf.

„Was vermutest du?"

Stefan richtete seinen Blick wieder auf den Boden.

„Ich kann dir eines sagen, ein Reuegefühl alleine wird dich nicht aus dieser Lage bringen."

Stefan wagte einen fragenden Blick. Julie starrte Cliff an, der bitter lachte und den Kopf heftig schüttelte, als müsse er verhindern, dass die angestaute Wut in ihm sich andere Wege bahnt.

„Wieviel Geld hat man dir für den Auftrag geboten?"

Bevor er die Summe nennen konnte, polterte Cliff: „Erschien dir der Betrag nicht ein bisschen viel für die Überführung eines Autos?"

Das Kinn von Stefan bewegte sich zu seiner Brust hin.

„Sag mal, wie alt bist du?, brüllte es aus Cliff.

Unbewegt, ungläubig betrachtete Julie das Schauspiel zwischen den beiden Männern.

„Glaubst du, dass die beiden Männer auf der Raststätte harmlos waren?"

Wieder bewegte Stefan seinen Kopf nur leise von links nach rechts.

„Da liegst du dieses Mal richtig. Es sind Killer."

Als ob sie nichts anderes erwartet hätte, drangen diese Worte in Julie ein.

„Boy, du hast einen Auftrag angenommen, ohne dir viel Gedanken über die Hintergründe zu machen. Wieso bietet man dir solch ein hohes Honorar an? Was hast du denn zu bieten, außer dass du Auto fahren kannst? Kaum hast du den Job angenommen, suchst du dir wieder Ausflüchte. Aus der Arbeit machst du eine Reise. Du benimmst dich, als ob du auf einer Urlaubsreise wärst und schämst dich nicht, dafür auch noch Geld zu nehmen, und dann noch so viel Geld. Du hast eine Parasitenmentalität. Du denkst, dass andere dafür da sind, dich durchzufüttern. Und kaum kommt eine Belastung auf dich zu, klappst du zusammen wie ein Kind. Nein, ein Kind wäre belastbarer. Du bist noch ein Kind, aber eines das nicht wachsen will. Du denkst, dass da immer jemand ist, der dich auffängt. Du rechnest damit. Und bisher ist dir das auch ganz gut gelungen, dich so durch das Leben zu mogeln. Aber nun bist du zufällig in den Ernst des Lebens geraten, nun bist du an die Front gespült worden, und was ist ... Du stellst dich als das heraus, was du bist, eine Memme, ein Feigling, ein ewig Flüchtender."

Es schien so, als ob Stefan von all dem nichts mitbekommen hätte, so physisch unbeweglich hatte er die Strafpredigt von Cliff über sich ergehen lassen. Jedoch war sein Bewusstsein in einem äußerst wachen Zustand. Und das Beschissene war, er fand, dass Cliff Recht hatte.

Cliffs Standpauke war noch nicht zu Ende. „Kaum hast du Geld, spielst du den großen Mann, kaufst Klamotten, speist wie ein König und steigst in den besten Hotels ab. Wenn es wenigstens so wäre, dass du meinen würdest, damit deinen Auftrag zu erfüllen, dann könnte man mit dir darüber diskutieren, ob deine Strategie sinnvoll ist. Aber nein, du tust die Dinge nur aus deiner Lust heraus und fühlst dich kreativ dabei."

Kleinlaut, weniger um sich zu verteidigen, als vielmehr um seine Sicht zu schildern, auch wenn sie falsch sein sollte, was er in diesem Moment auch empfand, sagte Stefan leise: „Ich wollte mich damit nicht als King in Szene setzen, auch nicht angeben, ich tat es, weil ich Spass daran hatte und ich wollte den Spass mit euch teilen."

„Spass, Spass, ich kann das Wort nicht mehr hören."

Zum ersten Mal gelang es Stefan, Cliff in die Augen zu schauen.

„Du hast Recht, Cliff, und es ist furchtbar für mich, dass du Recht hast. Ich fühle mich ja auch mies. Und ich hatte mich schon in Berlin mies gefühlt. Aber ...", und noch leiser setzte Stefan fort, „aber ich war auch bescheiden in meiner Lebensweise. Mir reichte das, was ich mir mit dem Taxi erarbeitet hatte und diese Arbeit war nicht leicht."

„Aber nun reicht das nicht mehr aus, du hättest bleiben sollen wo du bist."

Fast flüsternd setzte Stefan hinzu: „Ich dachte auch daran in ein Land zu gehen, das nicht so viel von einem an Leistung fordert, um anerkannt zu sein."

„Hast wohl auch dazu nicht den Arsch hochgekriegt", setzte Cliff seine harte Anklage fort.

„Es ist immerhin das Land, in das ich hineingeboren wurde. Ich wollte da auch nützlich sein in meinem Land. Ich hatte versucht, meine Ideale in die Gesellschaft zu tragen, ich hatte versucht", und Stefan wurde so leise, dass man ihn kaum mehr verstand, „etwas zu verbessern."

„Aber du bist wohl damit gescheitert!"

„Ja, sieht so aus. Nun ist es auch zu spät um weg zu gehen. Der Zeitpunkt ist verpasst."

„Verdammt", und Cliff wurde noch lauter, „ich will, dass du dich wehrst. Ich will nicht, dass du mir Recht gibst, ich will, dass du dich verteidigst. Bist du denn nur ein Weicharsch, verdammt?"

„Ich habe genug vom Kampf."

„Hast du überhaupt in deinem Leben schon mal gekämpft?"

„Oh, ja, das habe ich", entgegnete Stefan bestimmt.

„Ich verstehe dich nicht. Ich habe dich erlebt, wie du der Hitze standhalten kannst und wie du beim heftigen Wellengang ins Meer hinausschwimmst. Wieso klappst du jetzt so zusammen. Wieso kannst du nicht kämpfen, wenn du derart verletzt wirst?"
Stefan entgegnete leise, nicht entschuldigend, wie zu sich selbst gewandt: „Ich kann nur hart sein, wenn ich Härte nicht als zerstörerisch empfinde. Und eigentlich kann ich sie nur als stimmig empfinden in der Natur und", er wurde rot im Gesicht, „in Filmen, in guten Filmen."

„Ich verstehe das nicht. Und überhaupt, du nervst mit deinen Filmen; ich habe den Eindruck, dass du mehr aus zweiter Hand lebst als wirklich."

Stefan, leise, aber fest: „So einfach ist das nicht, es ist nicht einfach, in einer gesellschaftlich harten Umgebung, die von ihren Bürgern so viel an Leistung fordert, ästhetisch und moralisch integer sich zu wehren. Denn jede Verletzung eines anderen Menschen kommt auf dich selbst zurück."

„So schwer finde ich die Frage nicht. Du wirst angegriffen und du wehrst dich oder ziehst den Schwanz ein."

Stefan lächelte matt: „Cliff, du bist halt ein Amerikaner, für euch scheint diese Frage klar zu sein, ihr scheint die Wahrheit von Gewalt und Gegengewalt mit eurer Geschichte in euch aufgesogen zu haben. Und mir gefällt da ja auch einiges, mir gefallen viele eurer Filme, und die Gewalt zieht sich durch diese Filme wie ein Ariadnefaden ... aber. Mir fehlt dieses Aber." Und er fügte hinzu: „Und im Übrigen ist die Zeit der Frontier, der Grenzgänger, historisch schon lange vorbei."

„Ach das alles hat keinen Sinn, es ist hoffnungslos."
Cliff wandte sich ab.

Ohne weitere Worte stiegen sie in den Mercedes. Julie wusste nicht, ob sie peinlich berührt oder stolz sein sollte, Zeuge dieser vernichtenden Strafpredigt von Cliff gewesen zu sein. Stefan nahm auf dem Rücksitz Platz. Er äußerte den Wunsch, in Auvers-sur-Oise das Grab von van Gogh besuchen zu dürfen. Die übertriebene Demut im Klang von Stefans Stimme störte Julie und sie wunderte sich, dass Cliff sich nicht daran weidete, sondern schnell und sachlich sagte: „Okay."

In einfacher Klarheit bildeten sich die letzten Tage im Leben Stefan Schuberts in seiner Erinnerung ab: Noch bevor ich den Auftrag zu Ende gebracht hatte, habe ich mich ablenken lassen, durch die Kneipenszene in Dresden, den Spaß an der Mittelmeerküste, die Lust am Essen und Trinken.

Vincent teilte sich das Grab mit seinem Bruder Theo. An einer Steinmauer, hinter der sich ein Feld mit aufgebrochener Erde öffnete, standen zwei schlichte Steintafeln. Die eine glich der anderen. Auf der einen stand: „Ici repose Vincent van Gogh". Auf der anderen stand: „Ici repose Théodore van Gogh".
In Auverse-sur-Oise lebte van Gogh seine letzten 75 Tage. In dieser Zeit malte er 70 Bilder. Nur ein einziges Bild konnte Van Gogh verkaufen: Der rote Weinberg. Ohne die materielle Unterstützung durch seinen Bruder Theo hätte Vincent nicht das Leben eines Malers leben können. Hier liegen beide nebeneinander im Grab.

Eine Besucherin oder ein Besucher des Grabes hatte eine Gabe hinterlassen. Mit Hand abgeschrieben aus den Briefen Vincents an Theo stand auf einem Papier, das mit einem Pinienzweig in der Erde befestigt war:
> *„Gerade jetzt haben wir eine prächtige, starke Hitze, ohne Wind, genau das, was ich will. Ein Licht, das ich nur gelb nennen kann, ein schwefelblasses, blassgoldenes Zitronen-gelb."*
> *„Die Olivenbäume haben Charakter. Sie sind von altem Silber, manchmal mit mehr Blau, manchmal mehr grünlich, gebräunt, weißlich verwittert. Über einem Boden, der gelb ist, rosé, violett gefärbt oder orange, bis zu dumpfrotem Ocker."*

„Alles in allem fällt es schwer, ein Land zu verlassen, bevor man etwas geschaffen hat, das beweist, dass man es empfunden und geliebt hat."
„Ich fühle mich erschöpft."
Im Alter von 37 Jahren, an einem Hochsommertag, am 27. Juli, hat sich Vincent van Gogh eine Kugel in sein Herz geschossen.

Später im Auto wagte es niemand, die Stille zu brechen, die sich zwischen ihnen über dem Grab ausgebreitet hatte. Wortlos setzten sie die Fahrt fort. Die Stille wurde immer bedrohlicher, bis Stefan sich, nun mit festerer Stimme, meldete: „Hallo Cliff, bei euch in Amerika gibt es doch den Spruch `everybody gets what he deserves´?"
„Right, und es trifft zum Beispiel auch auf dich zu."
Julie wollte Stefan verteidigen, aber dieser kam ihr zuvor: „Da hast du Recht, Cliff. Aber es gibt ein paar Ausnahmen und auch nur eine einzige von ihnen relativiert diesen Spruch, so radikal es nur geht."
„Du bist aber nicht van Gogh."
„Aber auch die einfachen Leute haben ein Recht auf diesen Trost, haben ein Recht, das Unsterbliche zu fühlen. Mir gefällt, dass sowohl Joseph Beuys als auch Andy Warhol gesagt haben: Jeder ist ein Künstler. Jeder ist in seinem Leben einmal ein großer Künstler, jeder hat Momente, in denen sich alles fügt und er sich wie ein Gott fühlt."
„Meinst du, du hast ein Recht, dich darauf zu berufen?"
„Nein, habe ich nicht, Cliff."

Zum ersten Mal mit einem anderen, versöhnlichen, warmen Klang in seiner Stimme knüpfte Cliff an einen Gedanken von Stefan an, ohne dass er seine Logik hart gegen ihn setzte. „Ich respektiere Künstler. Sie müssen zwei Leistungen erbringen, die immens sind. Zum einen müssen sie die Dinge anders sehen als dies `normal´ ist. Und du hast Recht, Stefan, dies ist jedem Menschen möglich. Ein paar Mal in seinem Leben hat jeder Mensch solche Momente, wo er spürt, dass sein Blick tiefer und verdichteter ist als gewöhnlich. Aber dies sind nur zehn Prozent auf dem Weg zur Kunst. Der Rest ist harte, verdammt harte Arbeit."

Stefan und Julie sagten nichts. Durch nichts, keine Bewegung und kein Geräusch, wollten sie Cliff unterbrechen.

„Ein Künstler hat solch eine andere Sicht auf die Dinge häufiger. Im übrigen belastet es ungeheuer, die Dinge verdichteter zu sehen. Es belastet, das Leben anders als die Normalen zu sehen. Das Leben ist schon richtig eingerichtet, dass solche Momente des Sehens nur dann und wann erscheinen. Der Künstler hat dieses andere Sehen, und eigentlich ist er darum nicht zu beneiden."

Überrascht und gebannt hingen Stefan und Julie an den Lippen von Cliff. Keiner von beiden hätte vermutet, dass solche Worte über die Lippen dieses harten Mannes hätten kommen können.

„Wir gewöhnlichen Menschen finden besondere Worte nur guten Freunden gegenüber an besonderen Orten zu besonderen Zeiten."
Stefan wusste nicht ob er träumte - er erinnerte seinen Traum von dem Mann in dem Hubschrauber - oder ob das wirklich Cliff war, der so redete.

„Die zweite große Leistung des Künstlers ist, dem Gesehenen und Erlebten die Form zu geben. Das Besondere besonders auszudrücken, das ist die Kunst. Und das ist verdammt viel Arbeit, verdammt viel Arbeit. Davor habe ich allen Respekt."
Mit seiner letzten Kraft bäumte sich Stefan auf: „Aber ist das Edlere nicht doch das Erlebte selbst? Der Eindruck selbst, ist er nicht edler als das Ausgedrückte? In einem Moment, in dem alles in einem Menschen in Begeisterung zusammenfließt und er sich dabei wie ein Gott fühlt, ist das nicht das, was ihn wirklich reicher macht? Nur wenigen gelingt doch die Form, die den Namen Kunst verdient. Ist das nicht elitär, eigentlich?"
Eine Pause entstand. So naheliegend Stefans Gedanke war, so neu erschien er doch Cliff.

„Möglich. Aber ohne die Form wird das Nichtalltägliche nicht kommunizierbar. Es bleibt verborgen in den Menschen, bleibt zwischen Mann und Frau, zwischen Freunden, und geht für die Nachwelt verloren. Es sind immer die Eliten, die das Besondere schaffen, das was über das Normale hinausgeht. Ich sehe hier keinen Unterschied zwischen einem guten Manager und einem guten Maler."

Leise, ohne Vorwurf, murmelte Stefan: „Du bist ein verdammter Leistungsbolzen, Cliff." Für Cliff schien dies kein Makel zu sein, er gab Gas und der schwere Wagen flog wie ein Pfeil von der Sehne über die kleine Landstraße.

„Momente der Begeisterung gehen nicht verloren, wenn man sie mit einem Menschen teilen kann. Etwas Unsterbliches hat sich ereignet, etwas, an das sich die Menschen immer erinnern können, auch viel später noch, zusammen." Nach diesen Worten sank Stefan in sich zurück, gab seiner Müdigkeit wieder nach, aber es war nun nicht mehr der Schmerz, es war auch nicht mehr nur Erschöpfung, es war als ob sich in ihm etwas geglättet hätte und er sich in seinem Zustand halb Schlaf und halb Wachheit schon hätte ein Stück weit erholen können.

Julie hatte den Klang von Cliffs Stimme in sich aufgenommen. Sie schaute Cliff an, der so tat, als ob er ihren weiblichen Blick nicht spüren würde.

Nach etlichen Minuten des Schweigens war es wieder Stefan, der die Stille brach, und es klang, als ob ein anderer aus ihm sprechen würde: „Wie viel müssen wir leisten, damit wir das Recht haben, das zu sagen und das zu leben, was uns im wirklichen Leben versagt bleibt? Dürfen das nur Künstler? Die Märchen und Mythen sagen uns dasselbe in einer Sprache, die jeder verstehen kann."

Julie mischte sich ein: „Aber sie erzählen auch von Abenteuern, die man bestehen muß."

„Schon wieder Leistung", seufzte Stefan. Er hätte es nicht zu sagen brauchen, es kam ihm banal vor.

Cliff nickte kaum wahrnehmbar mit dem Kopf. Julie spürte, dass es besser war, zu schweigen. Es breitete sich wieder Stille aus, aber die Stille hatte nichts Beunruhigendes mehr. Die drei schauten aus dem Auto und ließen die Landschaft an sich vorüberziehen, und jeder von ihnen hatte das Gefühl, dass er sie nun mit den Augen Vincents sah. Und sie vergaßen, dass sie auf der Flucht waren. Sie genossen die Stille, die zwischen ihnen war und die keiner Worte mehr bedurfte. Der Abend kam und die untergehende Sonne überzog die Landschaft mit ihrem warmen Gelbgold. Und die Farben fügten sich in stiller, warmer, heimatlicher Harmonie, so wie in dem Porträt eines alten Bauern, in das Van Gogh all seine Sehnsucht nach einem sinnvollen Schließen seines Lebenskreises gelegt hatte. Julie, Cliff und Stefan genossen das schöne Sterben des Tages, und es wäre Stefan gleich gewesen, wenn er mit diesem Tag hätte sterben müssen. Es war alles ruhig und sanft und doch nicht kraftlos in ihm.

14

Kriminalkommissariat Berlin Mitte

„Das schaffen die doch nie", rief Kriminalhauptkommissar Emil
Stock. Vor lauter Aufregung schnorrte Stock eine Zigarette bei
Sobinski. Er hatte vor einem Jahr aufgehört im Büro zu rauchen,
und sein Mitarbeiter sah ihn überrascht an.
Emil Stock steckte sich die Zigarette in den Mund, Sobinski
wollte ihm Feuer geben, aber Stock herrschte ihn an, dass er nicht
mehr rauche. Er schritt sein Büro auf und ab.
    „Die drei jungen Leute kommen da nie heil raus, sie haben
keine Chance, wenn wir nicht eingreifen!"
Tanja Müller, seine Assistentin und Kriminalinspektorin, war
überrascht über die offene Gefühlsregung ihres Chefs. So hatte
sie ihn selten erlebt in den zehn Jahren ihrer gemeinsamen Arbeit.
Denn für gewöhnlich war der Hauptkommissar die Ruhe selbst,
zumindest äußerlich. Wohl wusste die junge Frau um die Leidenschaften ihres Mentors - denn Emil Stock war für sie mehr als ein
Chef -, aber er hatte seine Leidenschaften immer unter Kontrolle.
„Leidenschaften dürfen den kühlen Kopf in diesem Beruf nicht
beeinträchtigen", so lehrte sie Stock.

Emil Stock war ein typischer deutscher Beamter. Er war gewis-
senhaft, sein Beruf war ihm Berufung. Er empfand es als Ehre
und Aufgabe, für sein Land und sein Volk Sicherheit und
Ordnung zu gewährleisten. Er war stolz darauf. Er tat seine
Pflicht im Rahmen der Gesetze. Er schätzte diesen demokratischen Rechtsstaat, auch und gerade weil er noch die letzten
Kriegsjahre als Kind miterlebt hatte. Stock sah es als seine
Verpflichtung an, aus den Trümmern nach 1945 etwas aufzu-
bauen, das die Menschenrechte des Individuums schützt. Der

Spruch `Du bist nichts, dein Volk ist alles´ hatte wohl auch für das Kind etwas Anziehendes gehabt. Aber dann, als diese Bereitschaft des Einzelnen für das Ganze in solch einem mörderischen Krieg endete, in dem sich die Ideale bereitwillig opferten zum immensen Schaden anderer, das erlebte er zunehmend als Wahnsinn. Für Emil Stock war sein Eintritt in die Laufbahn der Kriminalpolizei auch etwas, womit er seine persönliche Schuld tragen wollte. Er war 63 Jahre alt, aber er wirkte wie Mitte 50. Vielleicht war es seine Liebe zur Natur, die ihn jung erhalten hatte. Das Erlebnis der Materialschlachten und der Wunden, die sie den Menschen, aber auch der Natur, schlugen, hatten ihn sensibel für die `kleinen Dinge´ gemacht. Emil Stock pflegte einen großen Garten, in dem er alle Dinge anbaute, die einer gesunden Ernährung dienlich waren. Denn Stocks zweites Hobby war das Kochen. Er musste für seine Küche kaum etwas zukaufen. In seinem großen Garten, der im übrigen rund um das kleine Häuschen in Marienfelde angelegt war, fanden sich Kräuter, Salatbeete, Karotten, Rettiche, Sellerie, rote Beete, Meerrettich. Bei den Obstbäumen liebte er besonders die Cox Orange Äpfel und die Williams Christ Birnen. Aber die Liste wäre noch lang, würde man alles aufzählen wollen, was Emil Stock planzte, hegte und pflegte. Nun bewohnte er das kleine, schlichte Einfamilienhaus noch alleine mit seiner Frau. Ihre zwei Kinder waren schon lange aus dem Haus. Emil Stock leistete sich drei Laster. Er trank gerne trockenen Rotwein, er rauchte drei Zigaretten pro Tag, keine davon mehr im Büro. Besonders das Rauchen war ein harter Kampf mit sich, den er manchmal, in Gesellschaft guter Freunde und bei mehreren Gläsern Rotwein, auch gerne verlor. Sein drittes Laster war das Essen. Er liebte das, was er selbst kochte, und auch dies war ein fast täglicher Kampf, davon nicht zu viel zu sich zu nehmen. Obwohl der Hauptkommissar, zusammen mit seiner Frau, viele Abende vor dem Fernseher verbrachte, sah er dies nicht als vertane Zeit an. Für ihn war dies auch Teilhabe an der gemeinsamen Kultur seiner Generation, derer, die den Krieg überlebt hatten und die fleißig die Trümmer wegräumen und einen

Neuaufbau leisten wollten. Auch weil sie die Schuld damit abtragen wollten. Es war in Ordnung, nach dem Arbeitstag im Fernsehen zu sehen, welche Kultur aus den Trümmern gewachsen ist. Die Stocks liebten Operetten und sie konnten nicht wenige der Lieder mitsingen. Manchmal, besonders an Freitagen, saß der Hauptkommissar noch bis in die Morgenstunden bei einer Flasche Rotwein und seinem aufgesparten Kontingent an Zigaretten vor dem Fernseher oder las einen seiner gesammelten Maigret-romane. Zu einer Kultnacht wurde es, wenn noch spät ein alter Krimi gespielt wurde. Die amerikanischen Gangster- und Detektivfilme in schwarzweiss hatten es ihm besonders angetan. Sein Lieblingsfilm war und blieb aber Fritz Langs M - EINE STADT SUCHT EINEN MÖRDER.

Tanja Müller wäre in ihrer Karriereleiter schneller vorange-kommen, hätte sie nicht an der Seite von Emil Stock verbleiben wollen. Sie mochte diesen Mann wie einen Vater. Noch nie hatte Emil Stock sie verletzt, noch nie hatte er sie ungerecht behandelt, noch nie hatte er seine Launen an ihr ausgelassen, noch nie hatte er ihr Aufgaben zugeteilt, für die er sich selbst zu schade gewesen wäre. Und sie schätzte die Menschenkenntnis des Kommissars. Emil Stock löste seine Fälle nicht, indem er den technischen Apparat der Polizei ausspielte, er löste sie nicht, indem er Verdächtige unter Druck setzte. Emil Stock löste seine Fälle, indem er auch im Täter ein Opfer sah, indem er versuchte, sich in die Psyche der Täter hineinzuversetzen. Tanja Müller war so etwas wie eine freche Berliner Göre, und Emil Stock mochte diese Offenheit, Direktheit und den Schneid an ihr. Tanja Müller ihrerseits akzeptierte bereitwillig, wenn der Kommissar sie zurückpfiff und sie in einen Rahmen der soliden Polizeiarbeit zurückbrachte. Die Inspektorin erledigte die Aufträge des Kommissars schnell und genau. Sie lernte schnell und es fiel ihr nicht schwer, sich in die neuen Datenverarbeitungstechniken der Polizeiarbeit gründlich einzuarbeiten. Und sie war gut darin, eine der besten im Mordkommissariat, und hatte sich so den Respekt ihrer männlichen Kollegen verdient. Dank des Einflusses von

Emil Stock überschätzte sie jedoch diese Techniken nicht. Die beiden ergänzten sich gut. Sie waren ein gutes Team und sie waren im großen Kommissariat von Berlin-Mitte, nicht nur aufgrund ihrer hohen Aufklärungsrate, fast eine Legende.

Emil Stock hatte die Direktive von oben, nicht einzugreifen bevor die Geldübergabe stattgefunden hatte. Oberstes Ziel der Polizeibehörde war, der organisierten Kriminalität einen empfindlichen Schlag zu versetzen. Der Kommissar war jedoch der Meinung, dass es nicht nur diese Staatsräson gäbe, sondern dass man auch den drei Menschen helfen müsse. Er wäre nicht der Routinier gewesen, wenn er nicht schon über alle drei Auskünfte eingezogen hätte. Das Leben von Stefan Schubert und auch das von Julie Bertaux lag vor ihm auf dem Schreibtisch. Sein Freund, Kommissar Bonnet vom Quai des Orfèvres, mit dem er seit Jahren auf immer demselben Campingplatz in den Cevennen Urlaub machte, hatte ihm die Informationen über Mademoiselle Bertaux umgehend gefaxt. Zwei Menschen, die sich bisher nichts zuschulden hatten kommen lassen, waren in die Fänge des Drogenkartells geraten. Nur das Dossier vom FBI über Cliff Mullner erschien ihm dürftig. Es machte für ihn einen konstruierten Eindruck. Aber, im Zweifel für den Menschen, das war ein Prinzip des Berliner Kommissars. Emil Stock konnte einfach nicht tatenlos zusehen, wie die Drei in ihr Verderben rannten. So vereinbarte er einen Termin beim Polizeipräsidenten.

„Mein lieber Stock, alle Menschen sind schuldig. Woher wollen Sie wissen, dass die beiden Männer und die Frau nichts von den Machenschaften dieser hochrangigen Kriminellen gewusst haben?" Der Polizeipräsident schätzte seinen Kommissar, aber noch mehr schätzte er seinen eigenen Überblick.

„Herr Präsident, mein Instinkt sagt es mir. Ich kenne diese drei Menschen schon gut. Man hat ihre Gutgläubigkeit ausgenutzt. Man hat sie benutzt, um die Leute von Gregor auf eine falsche Fährte zu locken. Man wird sie ermorden, sobald sie in Paris sind."

„Sie wissen, mein lieber Stock, dass wir schon lange Beweise gegen die Syndikate suchen, die den Drogenhandel in Berlin kontrollieren."

„Sicher, aber man darf dafür kein Bauernopfer bringen, nichts rechtfertigt ein bewusst kalkuliertes Menschenopfer."

„Die Gegenseite ist so clever organisiert, dass wir sie auf frischer Tat, bei der Geldübergabe, überführen müssen. Wir können dann gerne über die Kronzeugenregelung für die drei Geldboten reden."

„Das sind keine Geldboten, das sind Unschuldige", beharrte der Kommissar, „und sie werden dieser massiven Polizeiaktion nicht gewachsen sein, sie werden daran zerbrechen."

„Diese Leute haben einen Auftrag angenommen, der vermutlich nicht gering dotiert war. Sie sind alt genug um zu wissen, was sie tun."

„Aber wir wissen auch, dass die drei jungen Menschen in eine tödliche Falle geraten sind, dass vier Gangster sich an ihre Fersen geheftet haben, und wir können die Verantwortung dafür nicht ablegen."

„Mein lieber Stock, ich muss das übergeordnete Interesse im Auge haben. Denken Sie an die vielen Kinder, die den Dealern ausgeliefert sind, wenn wir dem Drogenhandel keinen entscheidenden Schlag versetzen", gab der Polizeipräsident zu bedenken. Aber es gab keinen Raum zum Bedenken mehr, die Entscheidung war gefallen und der Polizeipräsident war unerschütterlich. Der Kommissar spürte es, drehte sich um, ging ohne Abschied aus dem Zimmer und ließ die Tür laut ins Schloß fallen. Auf dem Gang zündete sich Stock eine Zigarette an. Die Härte war ihm unheimlich, auf beiden Seiten. Die kriminelle Energie war in den letzten Jahren gnadenloser geworden und der Polizeiapparat reagierte darauf ebenfalls mit zunehmender Aggressivität. Emil Stock inhalierte den Rauch der Zigarette tief, und da er auf dem Gang alleine war, redete er mit sich selbst: „Die Welt gerät zunehmend aus den Fugen. Moral wird nur noch als Luxus gesehen. Man schaut nur noch auf Erfolgsquoten bei der Ermittlung." Nein, in dieser Welt fühlte sich der Kriminalhauptkommissar nicht mehr heimisch und Emil Stock nahm sich vor, sein Recht einer vorgezogenen Pensionierung in Anspruch zu nehmen. Das einzige, was ihm blieb, war, seinen Kollegen Charles Bonnet in Paris darum zu bitten, bei der Polizeiaktion ein besonderes Auge auf Schubert, Bertaux und Mullner zu richten. Aber er wusste ja, wie solche Aktionen heute abliefen. Man stellte ein Aufgebot von Spezialeinsatzkommandos zusammen und schwörte sie auf eine Gegenseite ein, die gewissenlos ihre Schnellfeuerwaffen einsetzen wird. Was ja auch stimmte. Eine Eskalation vor Ort war vorprogrammiert. Traurig ging der Kommissar in sein Büro zurück.

Im Büro zündete sich Emil Stock eine zweite Zigarette an, sobald die erste ausgedrückt war. Das war schon lange nicht mehr passiert. Oberinspektorin Tanja Müller schaute ihn voller Spannung an.

„Wir greifen nicht ein und warten bis Paris ab."

„Sie wissen Chef, was das für die zwei Männer und das Mädchen bedeutet?"

Emil Stock schaute sie melancholisch an und nickte: „Gehen Sie mit mir einen Wein trinken."

„Noch eine Prinzipienverletzung, zwei an einem Tag ... Sicher, ich gehe gern mit Ihnen einen Wein trinken."

Der Kommissar wählte eine Eckkneipe, den „Walfisch" in der Nähe der Ruine des Anhalterbahnhofs, die schon umgeben war vom Neuaufbau der Bundeshauptstadt. Es war eine Berliner Eckkneipe, in der man eigentlich eine Molle hätte trinken müssen.

„Sie wollen das ganze Syndikat auffliegen lassen und organisieren ein Empfangskomitee in Paris."

„Sondereinsatzkräfte mit Scharfschützen und trara, die ganze Palette. Da geht doch immer einiges zu Bruch."

Stock nickte traurig. Er fuhr fort, die nachfolgende Frage seiner Assistentin erratend: „Nein, ich konnte nichts tun. Wenn es um die organisierte Kriminalität geht, dann treten andere Entscheidungsbefugnisse in Kraft. Es geht um Interessen, um Macht, es geht eigentlich um einen Krieg. Das einzelne Menschenleben tritt in den Hintergrund, besonders wenn es solche Nobodys wie die drei sind." Und zu sich selber, in einem Anfall von Melancholie, die Tanja zu zeigen Emil Stock sich nicht schämte, was offenbarte, dass die zwei ein gutes Team waren: „Es ist gut, dass ich bald in Pension gehe. Ich fühle mich als Fossil. Der Computer hat die Erfahrung und die Menschenkenntnis ersetzt. Menschenleben werden unterschiedlich eingestuft. Für den Schutz der Großkopfeten wird ein immenser Aufwand betrieben und das einfache Leben - der unbekannte Bürger - ist billiger geworden."

Zu Hause stand Emil Stock noch lange an seinem Fenster und blickte auf den erhellten Himmel über Berlin, der das Lichtermeer der Großstadt erahnen ließ. Er fand keine Ruhe, konnte sich nicht in seinen Sessel setzen und bei einem Buch aus seiner nicht kleinen Bibliothek einen Wein genießen. Der Hauptkommissar zählte heute seine Zigaretten nicht. Seine Frau fand ihn am Morgen im Sessel schlafend. Zu seinen Füßen lag `Der lange Abschied´ von Raymond Chandler.

15

Auf der Flucht

Der große schwarze Mercedes fuhr auf den Routes Nationales Richtung Norden, Clermont-Ferrand entgegen. Von dort aus sollte es weiter über die Hochflächen der wenigbesiedelten Auvergne gehen. Cliff saß am Steuer der Limousine, Julie neben ihm, Stefan auf dem Rücksitz. Alles wie gehabt, seit sich die Auftraggeber gemeldet hatten, nur dass Stefan jetzt nicht mehr auf dem Rücksitz lag, sondern dort aufrecht saß. Stefan schaute aus dem Seitenfenster auf die vorbeiziehende Landschaft. Noch immer hatte er diesen Hunger in sich, die vorbeiziehenden Alleen, die Wiesen, die Flüsse, die Wolken in sich aufzusaugen.

Cliff Mullner tat seine Arbeit fehlerlos. Keine Angst war ihm anzumerken. Cliff sah sich an seinen Auftrag nicht mehr gebunden, nachdem die Geschäftspartner sich selbst an die Vereinbarung nicht gehalten hatten. Für Cliff war es keine Frage, dass die Auftraggeber nur an eine Hinfahrkarte nach Paris gedacht hatten. Ein solches Syndikat konnte es sich nicht leisten, unkontrollierte Mitwisser zu haben. Wenn solche Organisationen „Probleme" nicht selbst lösten, dann liquidierten sie oft die Personen, die den Auftrag übernommen hatten. Zumal dann, wenn Fehler gemacht wurden. Und da Cliff selbst nicht den Auftrag bekommen hatte, Schubert zu liquidieren, wusste er, dass er selbst auch ein toter Mann war. Cliff Mullner hätte diesen Auftrag auch nicht angenommen. Er war kein Killer. Cliff Mullner nahm nur Aufträge an, Personen zu schützen. Für diesen Schutz war er bereit, sein eigenes Leben zu riskieren. Wohl war er auch bereit, das Leben derer zu beenden, die seinen Schutzobjekten nach dem Leben trachteten. Cliff Mullner gab sich seinen neuen Auftrag selbst. Er hieß nicht mehr Personen- und Materialschutz für Schubert von Mailand nach Paris. Er hieß jetzt: Personenschutz für Julie. Dieser naive Schubert hatte eine Unschuldige in seine Sache hineingezogen. Außerdem war es eine Frau, die man nicht in eine Kombattantenrolle bringt, es sei, sie selbst hatte sich so definiert. Aber auch dann hätte Mullner Schwierigkeiten gehabt. Außerdem fühlte er etwas in sich, was er schon lange nicht mehr gespürt hatte. Wenn man Mullner jedoch gefragt hätte, wieso er sich diesen Auftrag, der nicht dotiert war, gegeben hatte, so hätte er geantwortet: „Das ist mein Job. Das ist das, was ich kann." Und zwischen den Wörtern wäre vielleicht noch so was wie eine Berufsehre spürbar gewesen. Aber das war nicht die ganze Wahrheit. Mullner hätte eine gute Chance gehabt, sich selbst in Sicherheit zu bringen. Nicht nur, dass er für solche Fälle mit falschen Pässen in veränderter Erscheinung vorgesorgt hatte. Mullner kannte auch in Europa eine Handvoll Leute, auf die er sich hätte verlassen können. Ein Anruf von ihm und sie wären sofort in ein Flugzeug gestiegen. Auch war Cliff Mullner in den USA kein Nobody. Das Syndikat in Berlin hätte es nicht gewagt, ihn in den Staaten zu liquidieren. Aber diesen Fluchtweg hätte er nur alleine nutzen dürfen. Auch dies war ein Ehrenkodex im „Club". Die Kollegen hätten sofort ihr Leben für ihn eingesetzt, aber nur für ihn. So wäre es auch in dem vorliegenden Fall gewesen, wenn er von ihnen eine derartige Hilfe, für den äußersten Notfall, in Anspruch genommen hätte. Es war aber nicht nur seine Moral und seine Berufsehre, die Mullner daran hinderten, Julie Bertaux und Stefan Schubert im Stich zu lassen. Mullner spürte, dass sich in ihm auf dieser Reise etwas bewegt hatte. Er spürte, dass er ein einsamer Mann war. Er spürte, wie er durch seine Arbeit in einen Kreis geraten war, der für ihn zur Fessel wurde. Diesen seinen Teufelskreis sah er erst, als ein neuer Kreis sich anbot, ihn aufzunehmen. Mullner fühlte sich an einer Stelle berührt, naiv und rein, wie seit seiner Kindheit nicht mehr.

Wohl hatte man ihn auch damals im Kreis der Auserwählten willkommen geheißen, als er sein Studium an der Eliteuniversität in Neuengland begonnen hatte. Wohl hatte man ihn mit vielen Ritualen in den „Club" aufgenommen, in das FBI. Aber immer hatte er einen Mangel emfunden. Jetzt, unterwegs mit Julie und Cliff, regte sich bei ihm eine Ahnung um das Fehlende.

Am späten Nachmittag erreichten die drei Clermont-Ferrand. Selten empfand Stefan eine Magie der Landschaft so rein wie bei dieser Annäherung. Das Urbane lag zu Füßen der Berglandschaft des Massif Central, das sich mächtig mit den Monts Domes auftürmte. Klein wirkte das Urbane gegen das Mächtige der Natur. Aus dem Häusermeer, das sich flach in die Ebene duckte, ragten die Türme zweier Kirchen heraus. Stefan empfand die natürlichen und mythischen Proportionen wieder in das richtige Verhältnis gebracht.

In einer Second Hand Boutique kaufte sich Julie eine schwarze Motorradlederjacke und ein weißes T-Shirt. Stefan machte den Vorschlag, auf das *Plateau de Gergovie*, das nur wenige Kilometer von der Stadt entfernt aus der Ebene aufragte, zu fahren. So ruppig Cliff auch gegen Stefan war, so hatte er ihm doch, seit sie in *Les Baux* aufgebrochen waren, jeden Wunsch erfüllt. Ein schmaler Fahrweg führte das Plateau hoch, das auf den ersten Blick einen verwilderten Eindruck machte. Ungewöhnlich, dass man in der Nähe einer solch großen Stadt in das natürliche Wachstum eines ganzen Bergmassivs so wenig eingegriffen hatte. Nur kniehohes Gras, Hecken und wenige, nicht veredelte Obstbäume bedeckten die Bergkuppe. Julie und Cliff fragten sich, was Stefan in dieser Einöde wollte.

Sie erreichten die Hochfläche. Von hier aus wollte Stefan zu Fuß weitergehen. Vor einem Obelisk, hinter dem sich das Land weit öffnete, blieben sie stehen. Die Sonne versank in der Erde. Es war seltsam, Julie und Cliff wagten nicht, eine Bemerkung zu machen. Es schien ihnen, als ob sie hier an diesem Ort und zu dieser Tageszeit in einen magischen Raum eingetreten waren, zu dem nur Stefan den Schlüssel hatte.

Auf dem Obelisk befand sich ein Helm mit zwei großen Federn an beiden Seiten.

„Schaut mal, Werbung für die Gauloises", lächelte Stefan. Dann wurde er wieder ernst. „Das ist der gallische Kriegshelm, es ist der Helm des jungen Kriegshäuptlings Vercingetorix, der die gallischen Volksstämme in die Entscheidungsschlacht gegen die Römer geführt hatte. Die Gallier haben diese Schlacht gegen Cäsar verloren. Dieser Berg ist getränkt mit dem Blut hunderttausender Gallier und Römer. Deshalb wurde dieser Berg nicht kultiviert, deshalb hat man ihn der Natur überlassen."

Julie spürte, dass ein Männergespräch in der Luft lag, und ging zum Informationszentrum, das in den Berg hinein gebaut war und die Wildnis des Hochplateaus nicht störte.

Wieder war es Stefan, der das Gespräch begann. „Cliff, das was du über mich in Arles und Les Baux gesagt hast, war alles richtig. Es gab dazu nichts zu erwidern. Jedoch glaube ich, dass man dem Leben nicht nur die Stirn, sondern auch das Herz bieten sollte. Ich finde, das Leben besteht nicht nur aus Kampf. Ich meine, dass der Kampf auch eine Falle ist. Es ist oft schwerer, dem Leben gegenüber weich und empfänglich zu sein. Es ist nicht leichter zu leiden, als sich zu wehren. Ich konnte früher auch mal härter reagieren. Dann verstärkte sich in mir das Gefühl, dass meine Härte mich auch vom Lebendigen abtrennt. Ich hatte den Eindruck, dass man um Liebe nicht kämpfen kann, ja dass Liebe keine Sache der Macht ist. Im Gegenteil, durch zu viel Willen, eigene Klarheit und Festigkeit des eigenen Weges macht man sich nicht nur unempfänglich für den Anderen, sondern man kann auch Gemeinsames nicht wachsen lassen. Die Sprache der Liebe ist eine grundlegend andere als die der Macht. Es kam dann wohl so, dass meine Öffnung auch dazu geführt hat, dass ich mich in manchem habe treiben lassen. Doch für mich stand immer auch die Hoffnung dahinter, dass dieser Strom zu etwas hinführt, das man eben durch Kampf nicht erreichen kann. Ich erhoffte, dass mich der Strom, in dem ich mich treiben ließ, aufnimmt als Teil von sich und mich mitnimmt hin zu einem Meer. In mir war ein Vertrauen, dass der Strom weiß, was er will, und dass seine Wahrheit über der meinigen steht. In mir war eine Hoffnung, dass im Strom die Götter spürbar werden, meine eigenen und das ewig Göttliche. Was immer das sein mag. Ich finde, dass man vieles nicht erzwingen kann. Und, Cliff, es geht da um eine andere Währung als `everybody get´s what he deserves´. Das klingt gut und in dem Satz steckt auch eine großer Teil Wahrheit. Aber diese Wahrheit ist nicht alles. Es ist eine harte Wahrheit. Gut, das Leben hat harte Seiten. Aber für mich wäre es zu wenig, wenn dies alles wäre." Und er fügte hinzu: „Ich will mich damit nicht entschuldigen, Cliff."

„Okay, Sten, aber dann müsstest du mich endlich fragen, was ich über die ganze Sache weiß und wie wir zusammen aus dieser Scheiße wieder herauskommen und vor allem auch, wie wir Julie, die schuldlos in diesen Shit geraten ist, heraushalten können, sonst bleibst du für mich ein Schlafwandler und Traumtänzer."

„Ja, Cliff." Stefan ließ Cliff Zeit, die Realebene fortzuführen. Doch auch Cliff befand sich im Bann der untergehenden Sonne.

Wieder war es dann Stefans Stimme, die der Wind auf der Hochfläche verwehte. „Die Gallier sind hier von den Römern besiegt worden. Es ist hier wie an manchen Orten in den USA, wo die Indianer von den Weißen besiegt wurden. Diese Orte mahnen vielleicht, dass nicht jeder Sieg auch gut ist, dass nicht aus jedem Sieg die Sieger als moralisch und ästhetisch Gestärkte hervorgehen. Diese Orte mahnen vielleicht, dass ein Fortschritt nicht nur gut ist, sondern dass manches Edle dabei vielleicht auch niedergetrampelt wird."

Die beiden Männer wagten nicht, einander anzuschauen. Sie waren sich zu nahe gekommen. Der Vorschlag von Cliff, Julie zu folgen, löste die Spannung.

Erst als es dunkel wurde, bewegten sich die zwei Männer und die Frau zurück zu ihrem Auto. Ihre Schattenbilder hoben sich auf der Hochfläche gegen einen Himmel ab, der noch nicht die Strahlung der Sonne verloren und schon den Schein des Vollmondes gewonnen hatte. Zum ersten Mal seit drei Tagen hatten Julie, Cliff und Stefan die Gangster vergessen und fühlten sich nicht mehr als Flüchtende. Zum ersten Mal verspürten sie wieder den Pulsschlag der Zeit und dass sie Zeit inne halten konnten. Zum ersten Mal verspürten sie, dass sie unterwegs waren und dass sie selbst die Geschwindigkeit bestimmen konnten.

Die schwere Limousine rollte an Clermont-Ferrand vorbei und kletterte auf die Hochfläche der Auvergne. An einem frei-liegenden Gasthof, an einer Kurve der Route Nationale gelegen, machten sie Halt und fragten um Unterkunft für eine Nacht. Die drei nahmen ein einfaches, aber gut zubereitetes Essen zu sich, wie es in dieser bäuerlichen Gegend üblich ist. Stefan aß wenig und trank dazu nur Mineralwasser. Noch immer rührte er keine Zigarette an. Es war nun Cliff, der zum Wein nicht nein sagte und dem man ansah, dass er auch zur Wirkung des Weins nicht nein sagte. Die Verfolgung war kein Gesprächsthema mehr. Und doch wussten nun die drei Freunde, dass sie über die Verfolgung reden konnten, wann immer sie es wollten.

Immer noch oblag es Stefan, das Gespräch in Gang zu setzen.
„Jetzt sind wir wie die Drei im Roten Kreis."
Cliff wunderte es kaum, dass Stefan auch diesen Film, an den er auch schon auf dieser Flucht denken musste, kannte, und so fragte er in beiläufigem Ton: „Und wer ist Alain Delon?"
„Welche Frage", lachte Stefan „du natürlich, der Obercoole."
„Und du bist Yves Montand."
„Ach, ich bin doch kein richtiger Mann, weder nüchtern noch als Alkoholiker."
Cliff überspielte Stefans Antwort: „Und wen spielt Julie?"
„Die Rolle von Gian-Maria Volonté."
„Ja, genau."
„Wie geht dieser Film aus?", fragte Julie.

„Die drei, der vierte ist der Gegenspieler, ein Kommissar, entkommen dem roten Kreis", log Stefan.

„Genau", log Cliff.

Stefan ging als erster auf sein Zimmer. Bis nach Mitternacht saß er an einem Brief an seine Freundin in Berlin.

„Liebe Sabine, es war beschissen von mir, dich so lange hinzuhalten, nur weil ich mich nicht entscheiden konnte. Ich war nicht bereit, dir alles zu geben, war nicht bereit, von meinen Träumen zu lassen oder sie an ein lebbares Niveau anzugleichen.

So habe ich dich all die Jahre mit meinen Träumen und Sehnsüchten betrogen. So war ich, wenn wir zusammen waren, nie nur mit dir alleine zusammen.

Auf der anderen Seite hatte ich auch nicht den Mut, voll zu meinen Träumen zu stehen. Ich war zu feige, meine Träume radikal zu leben und dafür auch durch ein Tal der Einsamkeit zu gehen.

Es war wie bei meinem Leben selbst. Auch mit dem Job des Taxifahrers habe ich mir ein Hintertürchen aufgehalten ..., mal irgendwann den ganz tollen Job zu finden, in dem alles, was ich kann, was in mir ist, was unter günstigen Bedingungen sich an meinen Anlagen noch entfalten würde können, aufgehen kann.

Ich wartete auf eine Erlösung. Und ich tat zu wenig. Ich hatte es mir eingerichtet in meiner Insel und ich genoss die Freiheit, die eigentlich nur Freizügigkeit war. Ich habe mich niedergelassen, es mir bequem und angenehm gemacht, ohne dass ich zuvor Berge erstiegen hatte. Ich habe mir einen Freiraum erschlichen, ohne für ihn wirklich gekämpft zu haben. Ich habe zu wenig Leistungen erbracht. Ich hatte nie im Schweiße meines Angesichts gearbeitet. Diese Konstruktion war über all die Jahre hinweg brüchig - und ich spürte das auch. Aber es war angenehm, so zu leben.

Ich bekam das, was ich verdient habe. Und das alles ist schon in den letzten Jahren in Berlin eingebrochen. Du hast ja hautnah meine Unzufriedenheit zu spüren bekommen. Es war die Frustration eines Mannes, der es noch nie richtig versucht hatte.

All das ist jetzt bei diesem Auftrag voll auf mich herabgebrochen. In einer Schärfe und Härte, wie ich es mir nicht hätte vorstellen können und wollen. Die erlittenen Zerstörungen sind furchtbar. Aber es ist seltsam, ja wunderbar, dass dann, wenn man ganz unten ist, so tief unten wie es nur geht, dass dort ein neues Licht glimmt. Alles scheint zu Ende ... Dunkelheit und Finsternis umgeben einen ... und dann beginnt langsam neues Leben sich zu regen. Man hat das Gefühl, bei seinem persönlichen Nullpunkt angelangt zu sein, bei seinem eigenen tiefsten Nullpunkt, und eigentlich ist das der Tod. Nun hat man nicht nur nichts mehr zu verlieren von all den Ansprüchen und Bildern, die man selbst von sich gebaut hat, von all den Bildern, die andere von einem haben. Eigentlich ist man tot. Doch irgend etwas in einem lebt weiter. Und einige Zeit später zeigt sich, dass man überlebt hat. Und dann fühlt man, ein Recht zu haben, gerade durch das Leiden, wieder neu anfangen zu können. Die Götter selbst, so empfindet man, haben einem das Leben noch einmal geschenkt. Und es ist eigenartig, man empfindet das als Gnade und wird bereit, für dieses Geschenk eine Verantwortung zu übernehmen. Dankbarkeit stellt sich ein. Man erfreut sich wieder an den kleinen Dingen des Lebens, wie die Sonne, Essen und Trinken. Man fühlt sich ganz bei sich selber, der eigene Kreis scheint geschlossen. Und es ist einem gleich, wie anspruchsvoll dieser Kreis ist, wie viel er umschließt. Die Empfindung dieser `kleinen´ Geschlossenheit bedeutet einem alles.

So stehe ich jetzt am Nullpunkt. Es wird sich auch auf unsere Beziehung auswirken. Ich kann nicht mehr dort weitermachen, wo wir aufgehört haben. Ich kann dir nicht sagen, wo unsere Beziehung stehen wird, wenn wir uns in Berlin wiedertreffen. Ich kann dir nicht mal sagen, wo ich selber stehen werde, wenn ich diesen Auftrag überlebe. Das klingt dramatisch und ist es auch.

Nur soviel, deine Befürchtungen waren intuitiv richtig. Ich war ein Verblendeter, der die Zeichen nicht erkannte, ja nicht erkennen wollte. Aber vermutlich musste es so kommen wie es kam. Ich bedaure es auch seltsamerweise nicht. Im Gegenteil. Man geht nicht freiwillig in die Hölle, aber es ist wohl wichtig,

dass man einmal in seinem Leben durch die Hölle geht. So
gesehen erwiesen gerade meine Verblendungen mir einen Dienst.
Tieferes drängte wohl zu dieser Reise und zu dieser Falle.
Dennoch würde man sich nie bewusst in solch eine Lage bringen.
Ja, es würde einem auch nicht gelingen. Man schaut nicht
freiwillig seinem Tod ins kalte Auge. Insofern müssen wir meist in
eine Falle treten ... Und als ein Wunder erscheint mir, dass `dort
wo Not ist, das Rettende auch wächst'.
Liebe Sabine, ich grüße dich aus der Mitte Frankreichs."

Stefan faltete den Brief sorgfältig und schob ihn in ein Kuvert, für
das er die Briefmarke schon gekauft hatte. Es war nach Mitternacht, aber Stefan war noch nicht müde. Er putzte sich sorgfältig
die Zähne, säuberte sie zusätzlich mit Zahnseide, wusch sich mit
kaltem Wasser die Füße und verließ dann die Herberge. Die klare,
kühle Luft atmete er tief ein, er wanderte noch eine Stunde durch
die Nacht, bis es in ihm wohlig müde wurde.

Cliff und Julie hatten noch eine weitere Flasche geleert. Beson-
ders die junge Frau schien darin aufzuleben, dass sie die Angst
für ein paar Stunden vergessen hatte. Voll Übermut ging sie
direkt auf Cliff zu: „So und jetzt will ich wissen, wer du bist."
Cliff entschlüpfte ein Lachen, das von tief unten kam und wie ein
Vulkanausbruch klang. Die Wirtin blickte von ihrer Arbeit am
Spülbecken auf. Die anderen Gäste, alles Bauern, hatten das
Bistro schon verlassen. Die Wirtin gab sich keinen Anschein,
Cliff und Julie zu drängen. Die Mittvierzigerin reinigte Gläser,
Geschirr und die Theke. Sie verhielt sich so, als mache sie die
Arbeit gern, um am anderen Morgen einen sauberen Arbeitsplatz
vorzufinden. Die ersten Gäste würden schon vor sieben Uhr
kommen und ihren Café oder ihren Vin Blanc an der Bar
einnehmen und die Sportnachrichten lesen. Doch mehr noch
wollte die Frau dem Liebespaar, denn diesen Eindruck machten
Cliff und Julie auf sie, einen schönen Abend ermöglichen.
Insofern verrichtete sie ihre Arbeit geflissen und dezent zugleich.
Julie gefiel das Lachen von Cliff. Es war laut, befreit und tief.

„Ich habe dich jetzt fünf Tage erlebt und ich weiß nichts von dir", log sie.

Wieder bahnte sich ein Lachen aus dem Inneren von Cliff den Weg nach außen.

„Ich weiss, du bist ein harter und cooler Typ, aber wo ist der Mensch Cliff?"

„Es gibt nichts weiter außer dem was du siehst."

„Ach Cliff, das ist jetzt blöd."

Cliff verstummte. Eine peinliche Pause entstand. Das heisst, die Pause war nur schmerzlich für Cliff, denn die junge Frau schaute ihn mit ihren warmen Augen an. Cliff schien sich in diesem Blick zu winden, aber es half ihm nichts, die junge Frau ließ den Blick nicht von ihm.

„Was willst du wissen?"

„Alles."

Cliff räusperte sich, schaute zum Fenster hinaus in die Nacht hinein und begann schließlich zögerlich. „Also geboren wurde ich auf einer Farm im mittleren Westen, dort wo bis spät in die Siedlungszeit hinein noch Prärieindianer lebten." Cliff lachte laut, um die Aussage abzuschwächen, aber Julie ließ sich nicht täuschen und spürte, wie wichtig Cliff diese Herkunft war.

Cliff erzählte weiter, dass seine Familie, er war sechs Jahre alt, in den Osten ging, um dort Arbeit zu finden. In Long Island habe er seine Jugend verbracht, sein Vater sei leitender Angestellter der Stadt New York und seine Mutter Hausfrau gewesen. Seine fünf Jahre jüngere Schwester sei verheiratet und lebe immer noch in Long Island. Julie hörte ihm zu und ließ den Blick nicht von ihm. Cliff fuhr fort, dass er nach dem Studium der Rechtswissenschaften in den Dienst des FBI eingetreten sei. Dabei betrachtete er Julie. Doch Julie schaute mit denselben warmen Augen in sein Gesicht. Entschuldigend erklärte Cliff, dass er wie sein Vater in den Staatsdienst eintreten wollte. „Mein Studium ist teuer gewesen", und ohne Stolz, ganz sachlich fuhr er fort: „Ich habe an einer Eliteuniversität einen sehr guten Abschluss gemacht und am Ende des Studiums lud mich das FBI zu einem Gespräch ein." Cliff gestand ohne Umschweife, dass er an die Ideale des

`American Way of Life´ geglaubt habe. Diese zu schützen, sei ihm als Berufung erschienen. „Ich war damals jung, verdammt jung. Ich war 22 Jahre, als ich in die Ausbildung des FBI eintrat."

Julie musste die Leistungsfähigkeit, wie schnell und erfolgreich Cliff die Prüfungen der Gesellschaft durchschritten hatte und wie schnell er in den Kreis der Macht aufgenommen worden war, bewundern. Aber Julie sprach kein Wort und hielt weiter ihren Blick auf Cliff.

„Nach der Ausbildungs- und Probezeit wurde ich in den Club aufgenommen." Wieder erwartete Cliff eine Reaktion, aber Julie ließ sich in ihrer Zuhörerrolle nicht erschüttern. Cliff nahm einen Schluck kühlen Muscadets und nun genoss er die Pause mit dem Geschmack und der Wirkung des Weines auf seiner Zunge.

„Tja, und dann habe ich geheiratet und wir haben uns ein Haus in San Francisco gekauft. Ich war wohl so gut, dass ich mir den Arbeitsplatz aussuchen konnte."

„Und jetzt kommt´s", brach Julie mit einem kühlen Klang in ihrer Stimme, zu dem sie sich zwingen musste, die Stille.

Das Lachen von Cliff war jetzt leiser. „Tja, dann gingen einige Werte den Bach runter."

Julie sagte nichts, aber ihr Blick kitzelte Cliff an Stellen, die er schon lange nicht mehr gefühlt hatte.

„Es kam dann die Zeit, als man in Amerika versuchte, das Vietnam-Trauma aufzuarbeiten."

Der Blick von Julie wurde drängender.

Cliff erzählte weiter und in sein Gesicht mischten sich zunehmend Emotionen. Julie erblickte nun zum ersten Mal auch Leiden und Schmerz in diesem sonst nüchtern verschlossenen Gesicht.

„Mitte der 80er Jahre sah ich *TAXIDRIVER*, und dieser Film von Martin Scorsese mit Robert De Niro und Harvey Keitel, die ich beide überaus mag, löste bei mir einen Erdrutsch aus."

„Hat der nicht 1976 die Goldene Palme von Cannes bekommen?"

Den anerkennenden Blick von Cliff ignorierte Julie und forderte ihn mit ihrem Blick auf, in seiner Erzählung fortzufahren.

„Ja, ich habe diese Filme zeitversetzt zur Kenntnis genommen. Sie hatten nicht in die Corporate Identity meiner Firma gepasst", entgegnete Cliff und grinste breit und leicht zynisch. Sein Gesicht entspannte sich jedoch schnell wieder unter dem Blick von Julie.

„Danach habe ich mir alle Vietnamfilme angesehen: *DIE DURCH DIE HÖLLE GEHEN, COMING HOME, PLATOON, JACKNIFE, APOCALYPSE NOW*. Selbst Trivialfilme wie *RAMBO* waren interessant, weil sie den Helden als armes Schwein, als Opfer zeigen, der sich am Ende seines Amoklaufs an der Brust seines Ausbilders ausweint. Jeder Täter muss einen hohen Preis bezahlen. Jeder, der Gewalt ausübt, wird vom Virus der Gewalt befallen. Es gab keinen einzigen schlechten Film unter diesen Vietnamfilmen, gleich ob sie auf einer Kunstebene oder auf einer Trivialebene ihre Geschichte erzählten. Es ist nicht nur die Frage der Schuld, die sich bei jeder Gewaltausübung stellt. Auch kann man wohl nur aus der Perspektive des Opfers bestimmte Dinge sehen. In der Leidenserfahrung ist man irgendwie anders. Wie ich das sage, fällt mir übrigens Stefan ein."

Wieder versuchte Cliff ein Grinsen, doch es ging schnell über in eine Traurigkeit.

Julie suchte die Hand von Cliff, berührte sie, zog ihre dann aber wieder zurück.

„Der Rest ist schnell erzählt. Ich konnte diese Arbeit einfach nicht mehr machen. Aber - der Abgang aus einer solchen Firma ist nicht einfach. Die mögen das nicht. Die haben die felsenfeste Überzeugung, dass entweder sie selbst einen rausschmeißen oder der Tod einen entlässt."

Die Spannung färbte Julies Gesicht rot.

„Natürlich musste ich viele Papiere unterschreiben. Geheimhaltung. Aber mir lag nichts daran, die Firma anzukreiden. Ich wollte nur wieder ganz von vorne beginnen. Ich wollte mein bisheriges Leben hinter mir lassen."

Julie und Cliff genossen die entspannende und leichtfüßige Wirkung des Muskadet, die den Ernst der Unterhaltung milderte, ohne ihn zu verwässern. Und besonders Cliff genoss diese Wirkung, da sie es ihm erleichterte, über sich selbst zu reden.

„Wie es aber so ist, ein Neuanfang ist nicht so leicht. Man fragt sich, was man denn kann, wofür andere einen bezahlen. Und so landet man doch wieder bei seiner eigenen Geschichte. Also ging ich in den Personenschutz. Hier wurde ich aufgrund meiner Fähigkeiten bald ein gefragter Mann. Ich hatte die besten Kunden und das Geld floss."

Julie fragte leise: „So bist du auch zu diesem Auftrag gekommen?"

Cliff nickte.

„Und Frauen?", musste Julie noch nachschieben. Julie nahm wahr, wie das offene Gesicht von Cliff wieder bedeckter wurde, und bedauerte diese Frage sofort. „Entschuldige, Cliff", sie berührte kurz seine Hand „Es tut mir leid. Ich glaube, es ist Zeit, schlafen zu gehen."

Julie und Cliff gingen an die Theke und bezahlten. Die Wirtin wünschte ihnen zwinkernd eine gute Nacht und gab der jungen Frau das Restgeld in die Hand. Als sie auf dem Gang vor ihren Zimmern standen, sagte Julie: „Komm."

Cliff trug einen Lederriemen mit einer Bärenkralle um seinen Hals und legte sein Amulett nicht ab.

„Ich gehöre nirgendwo mehr dazu. Am ehesten fühle ich mich zu meiner Kindheit in der Prärie hingezogen."

„Hast du Angst, Cliff?"

„Nein, eigentlich nicht mehr. Ich bin schon zu oft gestorben. Doch ich habe Angst, meinen Kreis nicht mehr rechtzeitig schließen zu können." Julie schmiegte sich an Cliff.

„Ich mag mein Land nicht schlecht machen. Es gab den American Dream und es gibt ihn immer noch. Ich mag das Weite an meinem Land. Und die indianische Vergangenheit. Es ist eine Schuld da, die wir den Indianern angetan haben. Ja, hier liegt vielleicht meine Heimat." Cliffs Stimme wurde wieder konturierter: „Und in dem, ein Profi zu sein."

Julie fragte, was denn das sei, ein Profi?

„Man tut seinen Job nach Qualitätskriterien. Man gibt eine solide, saubere Leistung ab."

„Ist Leistung alles?"

„Es ist die Grundlage eines soliden, ehrlichen Selbstbewusstseins."

„Und wie ist das mit den Kindern, Cliff?"

Schweigen breitete sich aus in dem kleinen Zimmer am Rande der Vulkanberge der Monts Domes. Der Wind fegte an den Fenstern vorbei. Der Geruch der Luft, die durch die Ritzen der Fensterscheiben drang, war erdig. Julie wollte die Stille nicht brechen.

„Schläfst du", fragte sie schließlich leise und suchte behutsam mit ihrer Hand das Gesicht von Cliff. Sie spürte Tränen.

„Lieber Cliff". Julie legte sich auf Cliff und küsste seine Tränen ab. Cliff leise: „Ich habe ein Kind. Sie heißt Jenny."

Nach der Umarmung stand Julie auf und öffnete weit das Fenster in dem kleinen Zimmer der Auberge. Es war vollkommen still und die Luft roch feucht und ausgeruht. Ein klarer Himmel gab den Blick frei auf die Sterne, und kein Streulicht der Zivilisation störte ihre Strahlung. Nackt standen Julie und Cliff am offenen Fenster, und die Kühle der Nacht störte sie nicht.

„Können wir noch einmal?"

Cliff lachte.

Spät in der Nacht erzählte Cliff seine Geschichte weiter ..., dass er seine Familie verlassen hatte. Für seine Frau sei es unverständlich gewesen, dass er seine aussichtsreiche Stellung gekündigt hatte. Einen arbeitslosen Mann zu Hause zu haben in diesen Zeiten hoher Arbeitslosigkeit, das sei für sie ein Trauma gewesen. „Wir haben uns vor fünf Jahren scheiden lassen. Sie lebt noch in unserem Haus in San Francisco."

Cliff Mullner machte eine Pause, holte tief Luft, atmete aus und fuhr fort: „Meine Tochter, Jenny, lebt bei ihrer Mutter. Sie ist jetzt zwölf Jahre alt."

Die Sonne schien schon hell in das Zimmer von Julie, als Stefan nach einem zweimaligen Anklopfen eintrat. Er schien nicht überrascht zu sein, dass Cliff und Julie zusammen im Bett lagen. Er sagte, dass das Frühstück unten auf dem Tisch stehe und dass er frische Croissants beim Bäcker im Dorf eingekauft habe. Cliff und Julie wunderten sich über die Initiative von Stefan. Überhaupt war er kaum mehr wiederzuerkennen. Stefan trug eine blaue Jeans und einen rostroten Blouson aus Wildleder. Sein hellblaues Hemd war fein gebügelt. Seine Füße wärmten weiße Wollsocken, die in seinen alten naturbraunen, tiefgeschnittenen Bootsschuhen gut zu sehen waren. Julie dachte, wie gut diese Kleidung Stefan steht, und sie nahm staunend wahr, wie sich in den Haaren von Stefan, die in den letzten Tagen kraftlos und strähnig flach auf seinem Kopf lagen, sanfte Locken gebildet hatten.

Stefan war schon lange unterwegs gewesen an diesem Morgen in den *Parcs des Volcans*. Vier Stunden Schlaf hatten ihm genügt, um den neuen Tag beginnen zu können. Es war noch dunkel, als er die Auberge verließ und einen der Vulkanberge erstieg. Hinter den Bergen kündigte sich die Sonne mit einem aquarellartigen Weinrot an, das noch eine Zeit mit dem Dunkelblau des Nachthimmels rang. Stefan hatte sich auf das biegsame, feste Gras des Cols gelegt und betrachtete, wie die Sonne in Zeitlupe über die Vulkanlandschaft emporstieg.

Das Frühstück schmeckte den drei Freunden so gut, als ob sie seit Tagen nichts mehr gegessen hätten. Mehrere Tassen herrlich duftender Café Crème wurde getrunken. Eine strahlende und gutgelaunte Wirtin tat das Übrige für das Wohlbefinden.
Stefan wandte sich an Cliff: „Julie?"
„Frag sie selbst."

„Ich bleibe bei euch."
„Du weißt ...?", fragte Stefan.
Julie nickte. Das war früher im Sog der Ahnung war, dunkel getönt von der Furcht, wurde jetzt bewusste Entscheidung.

Wie selbstverständlich ging Stefan zur Fahrerseite des Autos. Cliff legte ihm den Autoschlüssel in seine ausgestreckte Hand. Cliff und Julie setzten sich auf den Rücksitz. Stefan suchte einen Sender, der französische Chansons spielte.
Charles Trenet sang `La Mer´.

„Qu´on voit danser
Le long des golfes clairs
A des reflets d´argent
La mer
Des reflets changeants
Sous la pluie
La Mer
Au ciel d´été
Confond ses blancs moutons
Avec les anges si purs. "
   xxx
Das Meer
Das man tanzen sieht
Die hellen Buchten entlang
Hat silbernen Glanz
Das Meer
Schillernden Glanz im Regen
Das Meer
Unter dem Sommerhimmel
Vermengt seine weißen Schaumkronen
Mit den Engeln so rein.

Als sie das kleine Tal, in dem die Auberge lag, hochfuhren, tat sich vor ihnen der Blick auf die Vulkanlandschaft auf. Es war ihnen, als ob sie in eine Welt eintraten, in der ihre eigene kleine Geschichte ein Teil der alten großen Geschichte der Erde wurde.

Die Angst vor den Verfolgern, sie blieb klein, so klein, dass niemand von ihnen zurückschaute.

Juliette Greco sang das vielleicht populärste Chanson `Les feuilles mortes´, dessen Text von Jacques Prévèrt stammte, aus dessen Feder viele der populärsten französischen Filme flossen.

„Oh! Je voudrais tant que tu te souviennes
des jours heureux où nous étions amis
En ce temps-là la vie était plus belle
et le soleil plus brûlant au´aujourd´hui
Les feuilles mortes se ramassent à la pelle ...
Tu vois je n´ai pas oublié
Les feuilles mortes se ramassent à la pelle
les souvenirs et les regrets aussi
et le vent du nord les emporte
dans la nuit froide de l´oubli
Tu vois je n´ai pas oublié
la chanson que tu me chantais. “

xxx

Oh ich wünschte so sehr du erinnertest dich
An die glücklichen Tage als wir Freunde waren
Damals war das Leben schöner
Und die Sonne brannte heißer als heute
Das welke Laub wird mit der Schaufel aufgesammelt ...
Du siehst ich habe es nicht vergessen
Das welke Laub wird mit der Schaufel aufgesammelt
Die Erinnerungen und Klagen über Verlorenes auch
Und der Nordwind trägt sie fort
In die kalte Nacht des Vergessens
Du siehst ich habe es nicht vergessen
Das Lied das du mir sangst

Nach einer halben Stunde Fahrt, stoppte Stefan den Mercedes.
    „Ich muss hier mal entlang gehen. Alleine, eine Stunde.“
Auch Cliff und Julie stiegen aus und gingen Arm in Arm in die andere Richtung.

164

Stefan wanderte über die Hochebene und ließ sich von den Vulkanen anziehen. Das Gras war fest und biegsam und es war, als ob er auf einem Perserteppich ging. Er mochte diesen federnden Gang. Ein Wind kam auf, der die Stärke des Mistrals hatte. Stefan wanderte, so dass ihm der Wind in das Gesicht blies. Er genoss es, wie der Wind diese und jene Gedanken von seiner Stirn fegte. Sein Geist wurde ruhiger und klarer. Da ihn niemand hören konnte, sprach er laut mit sich selbst. „Meine Scheiße ist, dass ich einen Zustand, an dem ich an meine Grenzen gekommen bin, immer wieder vergesse, sobald es mir wieder besser geht. Ich kann das Leiden nicht in mir aufheben. Sobald es mir besser geht, dehne ich mich aus und gebe mich meiner Lust hin. Das Leiden heilte mich bisher oft. Aber dann, nach der Genesung, mache ich so weiter wie bisher. Nicht, dass ich unbedingt den gleichen Weg weiter gehe. So viel kann ich schon noch lernen. Aber ich gehe einen anderen Weg in der gleichen Art. Es geschah keine Häutung. Und so eile ich bald wieder vergnügt meines Wegs und genieße lustvoll, was am Wegesrand liegt. Ich bleibe ein Gefangener in meinem Kreis."

Stefan machte auf seinem Weg über die Hochfläche kehrt, und nun hatte er, wieder, Rückenwind. „Gut, es ist heute auch schwer, wirkliche Grenzen gesetzt zu bekommen. Alles erscheint heute so frei. Die Moral, die Sitte, die Werte, sie alle scheinen heute subjektiv gesetzt werden zu können. Es fehlen Grenzen, die durch Mythen und durch die Götter gesetzt werden. Jeder richtet sich doch klammheimlich seine eigene Welt ein. Jeder ist sein eigener Gott."
Seine Schritte wurden beschwingter und leichter. „Verdammt, schon wieder Erklärungen, die die eigene Misere erträglicher machen. Ich war dem Tod nahe, nur das zählt. Diese Todesnähe muss erinnert bleiben. Es ist beknackt, nur immer von Nackenschlägen sich lenken zu lassen, die einsetzen, wenn Grenzen erreicht sind. Man muss die Grenzen erinnern, an die man gestoßen ist, man muß sie respektieren und achten."

Am Auto zurück sagte Stefan nur: „Was für eine Natur." Und wieder fand Stefan mit glücklicher Hand im empfangsstarken Tuner der Luxuslimousine Chansons, die zu Land und Leuten passten

Yves Montand besang `Le temps des cerises´.
> „Quand nous en serons au temps des cerises,
> Les belles auront la folie en tête
> Et les amoureux du soleil au coeur.
> Mais il est bien court le temps des cerises,
> Où l´on s´en va deux cueillir en rêvant
> Des pendants d´oreilles. "
>
> xxx
>
> Wenn sie für uns kommt, die Kirschenzeit,
> Dann sind die Schönen zu Torheiten aufgelegt,
> Und die Verliebten haben Sonne im Herzen.
> Doch sie ist kurz, die Kirschenzeit,
> In der man zu zweit ganz wie im Traum
> Ohrgehänge pflückt.

Anschließend schwärmte Serge Reggiani von der schönen Seite der Einsamkeit: „Non je ne suis jamais seul avec ma solitude. "

Die große Limousine glitt langsam über Landstraßen, die von Pappeln umrahmt waren. Im Gegenlicht wirkten die Bäume so leicht wie die Bilder der Impressionisten. Ihre Blätter, nur zart mit den Zweigen verbunden, nahmen den feinsten Windhauch auf, malten den Wind an den blauen Himmel.

„Ich muß mal Pipi", sagte Julie. Auch die beiden Männer pinkelten. Ihr Blick ging die Straße entlang, die am Horizont mit dem Himmel zu verschmelzen schien.

„Sten, du bist nicht der einzige, der in eine Krise fiel. Ich habe zwar die Stationen in der Gesellschaft schnell und effektiv durchschritten, aber dann ist mir alles eingebrochen. Die Werte, die man mir anerzogen hatte, passten nicht mehr zu der Wirklichkeit. Mit dem Geldverdienen hatte ich noch nie Probleme, aber alles reduzierte sich immer mehr auf das Geld. Nicht, dass ich mir aus Geld so unheimlich viel mache, aber ich tat die Dinge doch nur noch für Geld. Ich sah mich als Professioneller, der korrekt eine Leistung für Geld gibt. Wenn ich mich jetzt frage, für welche Werte ich arbeite, habe ich keine Antwort mehr in mir."

Stefan wollte Cliff trösten. „Ich scheiterte an dem Markt. Du hast einen hohen Wert für den Markt, darauf kannst du stolz sein."

Der Blick der Männer ging nun geradeaus über die Hochfläche der Auvergne und sie mussten aufpassen, dass sie sich nicht gegenseitig anpinkelten. Cliff fuhr ohne Stefan anzublicken fort: „Mein Erfolg wurde mir hinderlich. Das, wofür es sich lohnt zu leben, sind die Dinge, die man nicht kaufen kann."

Im Auto arbeitete es in Stefan weiter. Was bleibt mir? Die Sonne auf der Haut; die Wirkung des Weines, der wieder Geister wecken konnte, weil Geister wieder einen Ort in mir bekamen; die Leichtigkeit im Umgang mit einer jungen Frau. Wie lange schon hatte er nicht mehr geflirtet? Aber wie fügt sich das und wie kann ich es halten?

Die Stimme von Cliff riss Stefan aus seinen Gedanken.

„Stefan, kannst du an einem Tisch mit Bänken anhalten. Ich muss mit euch reden."

Eine Sitzgruppe, umrahmt von drei schlanken Birken, die sich im starken Wind der Hochfläche wiegten, kam. Julie und Stefan fühlten, dass es sich um eine Lagebesprechung handeln würde, und setzten sich in gespannter Haltung auf die harten Holzbänke.

„Stefan, kannst du dir aus der Geschichte, in die Du geraten bist, einen Reim machen?" Cliff wollte Stefan nicht bloßstellen, und so war die Frage eher als Einleitung gedacht. „Stefan, du hast in Berlin einen Auftrag angenommen und wenn du vorgestern annahmst, dass hinter dem Auftrag der Teufel steckt, dann liegst du nicht falsch. Man hat dich benutzt, man hat deine Naivität ausgenutzt. In Wirklichkeit bist du der Geldbote einer mächtigen Verbrecherorganisation, die europaweit tätig ist. Der Kofferraum des Mercedes ist voll mit Geld, sehr viel Geld, das in Paris gewaschen werden soll. Du bist unverdächtig, bist nie der Polizei aufgefallen, und so wollte man eine Observation durch die Kripo unterlaufen. Ich bekam den Auftrag, dich zu begleiten. Man traute deiner Naivität dann doch nicht und wollte sicher gehen, dass du den Wagen mit den Koffern auch wirklich pünktlich in Paris ablieferst. Auch wollte man vermutlich damit verhindern, dass andere Ganoven sich an dem Luxusschlitten vergreifen. Vielleicht sollte ich auch konkurrierende Organisationen, die von dem Geldtransport Wind bekommen haben, abschrecken."

Cliff machte eine Pause, damit Stefan und Julie seine Informationen verarbeiten konnten. Stefan schien nicht sonderlich erschüttert zu sein. Vielleicht hatte er schon ähnliche Erklärungen gefunden oder vielleicht war seine Erschütterung so groß, dass ihn die Ausführungen von Cliff nicht noch tiefer erschüttern konnten. In Julie kroch wieder eine Kälte und Starre hoch, die nur durch das gewachsene Vertrauen zu Cliff gemildert wurde.

Cliff fuhr fort: „Ich glaube nicht, dass man uns mit einer Belohnung entlassen wird, wenn wir das Geld in Paris abliefern."

„Der Mohr hat seine Schuldigkeit getan, er kann gehen", bemerkte Stefan lapidar.

Cliff grinste: „So ähnlich, nur dass sie uns auch nicht mit leeren Händen gehen lassen. Wir wissen zu viel, und überhaupt, ein Menschenleben wiegt in diesem Geschäft nicht so viel."

Julie gab leise von sich, dass sie doch nicht nach Paris fahren müssten. Und überhaupt, sie hätten doch die Gangster abschütteln können.

Cliff entgegnete nüchtern, dass er nicht glaube, dass man solche Leute los werden kann. Nicht, wenn man sich in ihre Angelegenheiten so tief verstrickt habe.

Julie fragte ihn, wieso er dann so viel unternommen hätte, um die Gangster in die Irre zu führen. Cliff entgegnete mit einer Wärme, die in Julie und Stefan wohlig eindrang: „Man muss es versuchen."

Stefan stand auf, indem er lächelnd sagte: „Also versuchen wir es weiter."

Cliff lachte laut und schlug Stefan auf die Schulter: „Willkommen an Bord."

„Und mich, fragt mich denn keiner, nur weil ich eine Frau bin?"

Erst als Julie lachte, machten es auch die beiden Männer ihr gleich, und das Lachen wurde immer lauter, bäumte sich auf gegen den Wind, und wurde von ihm weitergetragen.

Die drei erreichten Orléans. Stefan ging in die Kirche, einem gelungenen Bauwerk der Moderne aus Beton und Glas, und zündete drei Kerzen an. Julie setzte sich in die dritte Reihe vor dem Altar, Stefan nahm zwei Reihen hinter ihr Platz. Cliff hatte sich auf den Betonsockel vor dem Eingang gesetzt und rauchte eine Zigarette.

Jetzt übernahm Julie das Steuer des Autos und die beiden Männer saßen auf dem Rücksitz. Der schwere Wagen rollte auf der rechten Fahrbahn der Autobahn nach Paris geräuschlos dahin.

„Cliff, du bist ein Profi der Postmoderne. Du bist einer der Besten und dennoch bedeutet dir deine Arbeit im Kern nicht viel. Das ist der Unterschied zu einem Profi der Moderne, die an ihre Aufgabe geglaubt hatten."

„Und dir, bedeutet dir die Gesellschaft noch was?"

„Ich habe mal versucht, was zu ändern."

„Als Revolutionär der Moderne", Cliff grinste. „Das Klassenmodell ist doch überholt. Leistung ist heute, was zählt. Das Beste, die Besten setzen sich auf dem Markt durch. Die Eliten steuern das Ganze. Und das ist doch in Ordnung so. Nationale Interessen, Klasseninteressen, Ständeinteressen, Religionen und Ideologien treten in den Hintergrund. Was zählt, ist was sich auf dem Markt durchsetzt, d.h. die Ware, die mehr Bedürfnisse zu einem besseren Preis bedient als die andere. Das ist ganz rational."

„Cliff, da muss ich doch an den Spruch von Nietzsche in Nizza denken."

„Der Nietzsche war genial, aber vielleicht ist es die Aufgabe unserer Epoche, den Markt vollends zu entwickeln, global, bis, ja bis diese Sache ausgereizt ist."

Stefan gab zu bedenken: „Und was ist mit denen, die nicht in olympiareifer Verfassung sind und sich auf dem Markt nicht behaupten können?"

„Man lässt sie mitlaufen. Die Leistungsträger erarbeiten so viel, dass ein Teil des Erarbeiteten noch breit verteilt werden kann. Dafür gibt es die Sozialsysteme, die die Verteilung regeln."

„Wir bekommen dann ein neues Klassensystem. Die erste Klasse sind die Eliten. Die zweite Klasse sind diejenigen, die sich im Markt der Leistung behaupten können. Die dritte Klasse sind die Jobber. In der vierten Klasse sammeln sich all jene, die von den Sozialsystemen durchgefüttert werden. Das Einkommensgefälle in der Gesellschaft wird stark zunehmen. Das wird fast wie im alten Rom sein. Die Eliten sind die Römer. Deren Hauptleute bilden die zweite Klasse und der Rest hat den sozialen Status von Sklaven."

„Mit einem wesentlichen Unterschied. Man gehört nicht zur Elite durch Geburt, sondern durch Leistung. Und Leistung ist demokratisch. Jeder kann Leistung bringen, wenn er hart an sich arbeitet."

„Wird eine solche Gesellschaft noch andere Ideale haben als die nackte Leistung, Cliff?"

„Die Leute, die nicht an der Leistungsfront stehen, haben mehr Zeit und Muße gerade für kulturelle Dinge. Sie können sich entscheiden, ob sie Geld machen wollen oder ob sie mit weniger Geld mehr Zeit für ihre privaten Dinge haben wollen. Und all dies wird durchlässiger werden. Man wird sich entscheiden können, ob man für einige Jahre voll ranpowert und dann auch früher aus dem Knochenjob aussteigt und sich einen Job sucht, in dem man mehr Zeit für die eigenen Dinge hat. In den USA werden solche Ausstiege und Quereinstiege schon praktiziert."

„Naja. Gerade in den USA sind doch Armut, Kriminalität und Drogenkonsum nicht gerade gering."

„Stefan, du wirst wohl nicht bestreiten, dass die amerikanische Gesellschaft eine große Attraktivität ausstrahlt. Es ist ein globaler Traum, Bürger der USA zu werden."

„Ja, der `American Dream´ hat noch immer Kraft. Aber ..." Stefan beendete den Satz nicht, er fühlte sich traurig, einfach traurig.

Cliff argumentierte weiter: „Es wird immer Klassen geben, du bist ein Träumer, wenn du das anders siehst. Und eine Klassengesellschaft, in der Leistung dominiert und in der die Geschicke von rationalistischen Eliten gelenkt werden, ist nicht die schlechteste."

„Ich sehe das ja auch, aber es macht mich traurig." Und wieder verspürte Stefan diese seltsame Müdigkeit, so als ob er schon zu oft politisiert hätte.

„Stefan, du hast deine Zeit verplempert, zumindest deine Jugend, in der man schon rein physisch am leistungsfähigsten ist. Du hast diese Zeit nicht rational genutzt, um einen guten Startplatz zu den Orten der Leistung zu bekommen. Dabei hättest du mit deinem Studium und zu deiner Zeit gute Chancen gehabt."

„Es ist nicht so, dass ich mich nicht angestrengt hätte. Aber es ist richtig, ich habe mich nicht zielgerichtet verhalten."

„Brotlose Kunst eben."

Stefan lachte. „Nun gut, ich bin auch nicht bitter. Ich fühle mich nicht ungerecht behandelt, ich bin nur ein bisschen traurig. Ich finde auch, dass nicht Leistung an sich zählt, sondern dass Leistung nur zählt, wenn sie sich auch auf dem Markt realisieren kann."

„Regelt der Markt nicht am besten, was gebraucht wird und was nicht?"

„Ja, das ist ja das Schlimme."

„Was ist daran schlimm?"

„Es wird keine Nischen und Schlupflöcher mehr geben. Alle Bereiche werden mit Suchmaschinen auf die Vermarktung hin durchwühlt. Die Medienleute saugen Informationen ab, die Versicherungsverkäufer durchsuchen die letzten Kapazitäten, die Anlageberater die letzten Sparstrümpfe. Und wer kein Handy ablehnen kann, wird jederzeit zu jedem Ort ansprechbar und aussaugbar sein."

„Jeder kann für sich selbst entscheiden, wo er mitmachen will und wo nicht. Diese Freiheit sollte man auch niemandem nehmen, diese Last muss jeder tragen. Das ist der Preis der Freiheit."

„Ach Cliff, das ist alles so hart. Die Sache mit dem Markt ist so, dass der Gebrauchswert einer Leistung nur honoriert wird, wenn auch sein Tauschwert stimmt. Und der Tauschwert wird hart festgesetzt. Ich weiß nicht, ob diese Härte dem Gebrauchswert so sehr gut tut. Wo bleiben die Tümpel, die wilden Gärten, das Eigenbrötlerische, das Skurrile, das Spielerische, das Kindliche?"

All die politischen Ideale, für die Stefan Schubert einmal gelebt hatte, keimten im Streitgespräch mit Cliff Mullner wieder auf.

„Der Luxus des Unangepassten, Unzeitgemäßen, all dessen, was nicht im Markt direkte Verwendung findet, erscheint absurd. Nur das zu Vermarktende erscheint vernünftig. Jeder wird zu seinem eigenen Verkäufer, überall. Alles an ihm wird zu Signalen für den Markt, die ankommen oder nicht ankommen. Die Trennung zwischen Privatem, Öffentlichem und Markt verschwimmt. Alles kommt in diesen Sog. Auch die Werte. Sie haben kein Refugium mehr. Auch die Religionen kommen in den Wettbewerb, untereinander und gegen Sekten. Das Heilige hat keinen festen Platz mehr, sein Ort scheint beliebig zu sein, ist dort, wo irgendwelche Käufer nachfragen. Auch die Grenzen zwischen weltlichen Idolen wie Schauspieler, Rockstars, Politiker und sakralen Göttern wird fließend. Die Quote scheint Götter zu machen und sie folgen einander in immer schneller werdendem Rhythmus. Die Geschwindigkeit, sie passt jedoch zu manchen Bereichen nicht. Doch Wachstum braucht seine Zeit. Man kann Werte nicht wie die Unterwäsche wechseln. Man kann nicht mal dies und jenes nehmen und schauen, ob es für den Erfolg taugt.

Man muss Werte auch eine Zeit lang leben und man muss auch bereit sein, dafür Misserfolg in Kauf zu nehmen."

„Möglich, dass der Markt nicht nach idealen Kriterien funktioniert. Aber er ist immer noch das beste Regulativ um festzustellen, ob das, was hergestellt wird, auch Bedürfnisse von anderen befriedigt, die dann bereit sind, auch dafür zu bezahlen. Außerdem haben wir ja in allen Leistungsgesellschaften noch ein soziales System. Es ist ja nicht so, dass es nur den Markt gibt. Aber über den Markt werden die materiellen Werte geschaffen, die man dann erst auch sozial verteilen kann."

„Du hast ja so furchtbar recht. Aber kommen da noch die Menschen mit? Wird das Humane nicht ein Anhängsel der Leistungsgesellschaft, so im Sinne einer Restgröße. Das, was für das Soziale abgezweigt wird an Geld, das ist dann das Humane. Eine Restgröße eben. Ich glaube nicht, dass das funktionieren wird."

„Es funktioniert doch. Die Menschen in den Leistungsgesell-schaften wählen in freier Wahl, in einer informierten Medien-öffentlichkeit, mit einer deutlichen Mehrheit genau diesen Weg."

„Aber psychische Leiden nehmen zu. Hat die Leistungsgesell-schaft noch Träume?"

„Mehr als genug, schau dir doch mal die Zeitschriften, die Filme, die Bücher an. Träume und Sehnsüchte sind genügend da." Stefan, sichtlich ermüdet, lächelte traurig vor sich hin.

„Deine Scheiß-Melancholie Stefan. Du bist noch zu jung dafür, tu was für deine Ansichten. Gerade das Internet wird Möglichkeiten bieten, anderen zu zeigen, was man drauf hat. Bring deinen Arsch hoch und fühle dich nicht als verkannter Philosoph oder Künstler. Akzeptiere, dass du nichts Besonderes bist. Auch die Eliten sind nichts Besonderes, sie tun nur ihren Job. Aber sie tun ihn gut."

„Jeder Mensch ist etwas Besonderes", beharrte Stefan stur.

„Du hast gerade den trotzigen Gesichtsausdruck eines Kindes", lachte Cliff. „Sei froh, dass unsere Welt so rational funktioniert. Es ist gut, dass Macht heute der demokratischen Legitimation bedarf, und dass es einen Rechtsstaat gibt, der die

die Individualrechte des Einzelnen sichert. Die Eliten, leisten sie nicht mehr genügend, werden von heute auf morgen durch bessere ausgetauscht. Und die Kulturschaffenden und die Künstler haben heute einen Freiraum wie nie zuvor. Es gibt eben gerade keine Götter, die tabu sind."

Stefan bäumte sich doch wieder auf: „Und welcher Trost bleibt denen, die nicht mitkommen?"

„Liebe und Freundschaft wachsen dort besser, wo kein so hoher Preis für die Karriere bezahlt werden muss. Macht, Leistung, Geld, Härte im Konkurrenzkampf fordern ihren Tribut."

„Es hat alles Hand und Fuß, was du sagst, Cliff, aber dennoch glaube ich einfach nicht, dass die Sache so funktioniert. Ich glaube daran, dass die Restgröße die wirkliche Größe ist und dass man sie nicht operationalisieren kann. Sie ist unteilbar. Auch Ästhetik und Moral sind unteilbar, und es wird als Mangel empfunden werden, wenn beide sich auf einer tieferen Ebene nicht mehr in der Empfindung einer unteilbaren Ganzheit treffen. Denn nur dann entsteht ein Klang in uns, nur so empfinden wir uns mehr als die Summe unserer Organe. Ich glaube, dass wenn dieses Erleben nicht mehr möglich ist, wir dann Schaden nehmen an unserer Seele. Unser Immunsystem wird darunter leiden. Und auch das nur wissenschaftliche Management mit den Krankheiten wird keine Heilung bringen. Es braucht eine Reinheit, um an die Wurzeln des Mangelnden zu kommen. Und es sind anderer Wege nötig als nur die der Rationalität."

„Ich will das alles nicht bestreiten", erwiderte Cliff. „Aber man soll nicht versuchen, mit den Gesellschaftsstrukturen ein Paradies auf Erden zu errichten. Dies ist immer gescheitert. Die Gesellschaft bildet den Rahmen und dieser sollte so rational wie möglich gestrickt sein. Gebt dem Kaiser, was des Kaisers ist."

„Cliff, und was gibst du Gott?"

„Das ist meine Sache."

Das Streitgespräch hatte keine trennende Wirkung. In den drei Personen - denn obwohl sich Julie an dem Gedankenaustausch nicht beteiligt hatte, wirkte sie allein schon durch ihre Anwesenheit - dehnte sich das Gefühl aus, dass aus Weggefährten Freunde geworden waren. Es war ihnen angenehm, ein Band zwischen einander zu fühlen, auch wenn sie sich über unterschiedliche Sichtweisen stritten. Auch und gerade in der Bedrohung spürten sie, dass sie sich aufeinander verlassen konnten. Julie steuerte den großen Wagen, Stefan suchte wieder nach Musik und Cliff lag locker, die Beine auf das Polster gelegt, auf dem Rücksitz. Dann und wann machten sie Halt an einem Café, dessen Tische und Stühle in den Grundfarben Rot, Blau, Gelb sie angezogen hatten. Meist tranken sie einen Café Exprès und kommentierten die Qualität des Kaffees. Einmal bat Cliff eine Kellnerin, ihm einen strahlend gelben Ricard-Aschenbecher zu verkaufen. Er war noch aus früheren Zeiten, nicht aus Plastik, sondern aus Glas. Die Kellnerin steckte ihm vertraulich den Aschenbecher unter seine Jacke und lächelte. Ein saftiges Trinkgeld fand sie auf dem Tisch zurückgelassen.

Ein anderes Café an der Durchgangsstraße in denselben Farben. Ein alter Mann trat an ihren Tisch. Seine Haltung drückte jene Mischung von verhaltenem Stolz und gelebter Demut aus, die Clochards der 50er Jahre zu eigen war. Jedoch trug er die zu weiten Hosen und die zu großen Schuhe eines Clowns. Auch war sein Gesicht weiß getüncht.

„Darf ich mich zu Ihnen setzen, Dames, Messieurs? Laden Sie mich zu einem Vermouth ein?"
Ohne zu überlegen stand Julie auf und rückte dem alten Mann einen Stuhl hin.

„Ich danke Ihnen vielmals. Menschen erscheinen fremd, wenn man sich fremd fühlt. Sie sind Fremde in meinem Land, aber Sie sind mir nicht fremd."

„Das ist der richtige Ort und die richtigen Menschen, um vor Sonnenuntergang Alkohol zu trinken", sagte Cliff zur Überraschung aller außer dem alten Mann und bestellte sich einen Pastis 51.

„Darf ich mit Ihnen anstoßen?" fragte Cliff den Alten respektvoll.

Der alte Mann nippte genießerisch an dem Getränk, als ob es sich um einen alten Wein handeln würde.

„Wir sind umgeben von zu vielen lebend Toten. Kein Wunder, dass sich die Jugendlichen so gerne Horror- und Zombiefilme anschauen."

Stefan reichte ihm die Zigarettenschachtel hin, die er immer noch verwaltete. Die Gauloises Blondes waren aufgrund der häufigeren Benutzung durch Cliff und Julie nun aufgebraucht. Stefan hatte sie durch Gitanes ohne Filter ersetzt.

„Danke junger Mann, aber ich rauche nicht mehr."

Bevor Stefan die Packung Gitanes wieder zurückziehen konnte, hielt der alte Mann seine Hand fest. Der Händedruck war warm und die Augen lächelten tief und sanft.

„Ich mache eine Ausnahme. Geben Sie mir auch Feuer?"

Nachdem er die Gitane mit seiner Zunge angeschleckt hatte, zündete der Clochard-Clown sie an und nahm genießerisch einen tiefen Zug.

„Ich hatte den Geschmack des schwarzen Tabaks fast schon vergessen."

Durch den gekräuselten Rauch hindurch ruhten dunkle, warme Augen auf Stefan, der eine aufwallende Hitze kühlen wollte, indem er seine Hände flach auf die Bistroplatte aus kaltem, weißem Marmor legte. Der alte Mann legte seine Hand auf die Hand Stefans, der kein Verlangen spürte, sie wegzuziehen.

„Sie sind nun an die Grenzen der Natur gestoßen. Die Natur wehrt sich schon lange, zeigt, dass sie leidet, in Katastrophen. Aber sie wollen ihren Kreis immer noch ausdehnen, indem sie in die Gesetze der Natur eingreifen. Gentechnologie nennen sie es, die Politiker und Wissenschaftler und Journalisten. Es scheint, als ob sie die Geschichten von Moby Dick und der Titanic vergessen haben. Die Götter sind fern, denken sie."

Stefan wagte nicht, seine Hand unter der des alten Mannes wegzuziehen, die ihm immer mehr zu glühen schien.

„Sie bluten die Natur aus, weil sie meinen, sie würde sich nicht wehren. Sie denken, dass sie mit ihren Maschinen und ihrem Geld der Natur überlegen sind. Sie fühlen sich als die Macher, die die Macht haben. Oh, sie spüren nicht, wie ihre eigene Natur schon lange leidet und blutet."

Auch Julie und Cliff wollten sich nicht bewegen. Alles an diesem Tisch außer den Augen des alten Mannes schien in einem Dornröschenschlaf versunken zu sein. Die Zeit schien still zu stehen.

„Die Zombies haben nicht viel zu sagen, aber sie tun es verflucht gut. Eine immer aufwendigere Unterhaltung wird konstruiert. Ein riesiger Medienzircus Maximus, Brot und Spiele. Aber das Schlimmste ist, dass sie versuchen, aus der Erde eine Titanic zu machen. Dort, wo Natur stört, wird sie verändert. Nicht wir passen uns der Natur an, sondern wir passen die Natur uns an. Die, die alles noch am Laufen halten, die sind die Verrückten."

Der alte Clown nahm einen Schluck Vermouth und zog eine Grimasse um seine Zuschauer zum Lachen zu bringen.

„Sie sind schon dem Abgrund nahe und spüren ihn immer noch nicht. Im Gegenteil, sie machen mit unveränderter Geschwindigkeit weiter. Ja die Geschwindigkeit nimmt noch weiter zu. Je später der Bruch kommen wird, um so schlimmer wird er sein. Aber noch schlimmer wäre, wenn wir uns daran gewöhnen würden, dass weder eine Reinheit der Natur noch eine Reinheit der Seele mehr möglich sein wird."

Julie, Stefan und Cliff mochten nicht rauchen, aber sie zogen den Geruch des schwarzen Tabaks gerne in sich auf.

„Sie bauen den Himmel mit ihren Antennen zu, damit sie von überall her mit ihren Handys erreicht werden können und andere erreichen können. Sie meinen, dass sie die Tiere und die Pflanzen, die unter diesen Strahlen leiden, nicht fragen müssen. Wie selbstverständlich gehen sie davon aus, dass sie alles machen dürfen was sie machen können. Sie meinen, ihnen gehört der Himmel und nicht den Göttern."

Der Mund des alten Mannes wurde schmal und sein Gesicht ähnelte nun einer Totenmaske.

„Es gibt keine Orte des Rückzugs mehr, keine Nischen, in denen man sich erholen kann. Auch im Wald ist die Strahlung der Kommunikationstechnologie. Der Schatten wird immer mächtiger. Menschen, die nicht mehr mitkommen, werden fallen gelassen. Und es sind menschlich nicht die schlechtesten, die herausfallen."

Der Tod blickte in die Augen von Julie, Cliff und Stefan. Seine Augen waren nicht warm und nicht kalt. Sie waren unglaublich nüchtern."

„Auch Die Müllhalde wächst von Tag zu Tag. Was hindert wird weggeworfen. Es gibt Kreisläufe, die solches auffangen sollen. Aber auch diese bleiben industriell. Aber sie arbeiten daran, den Schatten umzudefinieren. "

Noch dunkler wurden die Schatten der Gesichtsknochen auf der weißen Schminke.

„Das Schlimmste aber ist, dass sie sich nicht mal Grenzen durch die Natur setzen lassen. Sie lassen der Natur keine Zeit, um die Wunden, die ihr geschlagen wurden, zu heilen. Das ist schlimm, sehr schlimm. Denn immer wieder konnten wir Menschen von der Natur lernen. Immer wieder hat sie uns Schönheit auch gezeigt. An ihr konnten wir uns immer wieder orientieren. Wehe uns, wenn wir diesen Maßstab kaputt machen. Wehe uns. Wehe, wenn uns die Natur nicht mehr heilig ist. Wir verlieren dadurch auch den Glauben an unsere eigenen Heilkräfte, daran, dass wir aus eigenen Kräften eine Krankheit überwinden können. Wir verlieren den Glauben an unser eigenes Immunsystem. Wir verlieren den Glauben an uns. Wehe uns dann."

Der alte Mann drehte sich um, und es war den drei, als ob sich der Tod umgedreht hätte. Dann lachte der alte Mann und aus dem Totengesicht wurde wieder das Gesicht des Clowns. Sein Lachen erinnerte die drei Freunde an ihre Kindheit, an das Lachen des Märchenerzählers. Geschmeidig erhob sich der Clown, tanzte eine Pirouette und verbeugte sich tief vor ihnen. Niemand klatschte Beifall.

„Aber man sollte die Form nie gering schätzen! Nie! Und Sie, Mademoiselle, stehen noch in der Arena. Ich war Clown in einem Zirkus, aber ich musste meinen Beruf aufgeben, weil mir das Lachen vergangen war. Die Arbeit haben bluten aus, weil sie zu viel Arbeit haben, und die keine Arbeit haben bluten aus, weil sie zu wenig Arbeit haben. Alles verrückt. Der Arbeit wird ihr edelnder Charakter angetastet. In einem Produktionssystem, das sich weder um das Heil ihrer Menschen, noch um das der Natur, noch um das der Götter schert, bleibt der in ihr Arbeitende von dem Virus nicht verschont. Da ist ein starkes Immunsystem vonnöten. Aber wo soll dieses herkommen, wenn wir die Grundlage dafür zerstören?"

Der alte Mann lachte und es war das kindliche, naive Lachen eines Clowns, der andere Menschen, die aus sich heraus nicht mehr lachen können, noch zum Lachen bringen kann.

„Ich danke Ihnen für den Vermouth und die Zigarette."

Mit vollendeter Höflichkeit verabschiedete sich der alte Mann mit einem Handkuss von Julie. „Ich verbeuge mich vor Ihrer Schönheit, Mademoiselle."

Zu den Männern gewandt machte er eine leichte Verbeugung: „Es war mir eine Ehre. Ich wünsche Ihnen eine gute Heimkehr und Gesundheit."

Wie selbstverständlich waren alle drei aufgestanden und schauten dem alten Mann, der kurze Zeit wie Charlie watschelte, nach und setzten sich erst wieder, als er in einer Seitenstraße verschwunden war.

„War dies ein Clochard oder ein Clown oder der Tod, oder sein Vorbote, der apokalyptische Reiter?"

„Wo ist der Unterschied", antwortete Julie.

„Das ist der Zeitpunkt für ein Geschenk, Julie." Cliff kam mit der Platte von den Doors zurück und legte sie mitten auf den kleinen runden Tisch.

„Der Flohmarkt in Cannes. Die Platte, die ich mir nicht leisten konnte." Julie bekam feuchte Augen.

Das Plattencover zeigte ein Konzertplakat der Doors auf einer Backsteinwand, das mit dem aktuellen Hinweis „Strange Days" überklebt war. Auf der Straße gaben Straßenmusikanten und Zirkusakrobaten ein Schauspiel für Groschen. Die dominierende Farbe war ein kühles Blau, zu dem die roten Kugeln eines Jongleurs mit weißgetünchtem Gesicht kontrastierten.
Julie umarmte Cliff und küsste ihn auf den Mund.

16

Die Entscheidung des Cliff Mullner

Paris rückte näher und mit Paris rückte das dunkelblaue Auto mit den zwei Männern und ihren schwarzen Anzügen und den dunklen Sonnenbrillen näher.

Cliff, Stefan und Julie wussten nicht, ob sie bestürzt oder belustigt reagieren sollten, als das Gangsterauto wieder im Rückspiegel des Mercedes auftauchte. Sie nahmen es einfach zur Kenntnis, so wie ältere Menschen die Linien ihres Schicksals akzeptieren.

Cliff bemerkte: „Die haben uns einfach an der langen Leine gelassen und zeigen sich kurz vor dem Erreichen der Ziellinie, um klarzumachen, dass wir, egal was wir machen, doch in ihrem Netz hängen."

Stefan und Julie sagten kein Wort.

„Vermutlich ist noch ein zweiter Sender eingebaut, wahrscheinlich integriert in das Navigationssystem des Autos. Wir hätten uns auf die Elektronik nicht verlassen sollen und die ganze Elektronik von der Stromzufuhr abschneiden sollen. Aber vermutlich bewegen sich in solch einem Hightech Auto nicht mal mehr die Räder ohne dass Mikrochips dabei im Spiel sind. Habt ihr schon das zweite Auto gesehen? Die Typen haben Verstärkung bekommen."

„Sie haben uns gesehen", bemerkte Alfons, der wie üblich auf dem Beifahrersitz saß.

„Sollen sie ja auch", erwiderte trocken Hugo. „Gut, dass der Boss zwei Sender eingebaut hatte. Der Cliff ist schon ein cleverer Hurensohn." Hugo benutzte den Vornamen, weil er Cliff Mullner schätzte, wie ein Profi einen anderen Profi schätzt.

„War auch vorgesehen, dass uns die Leute von Gregor wieder aufgespürt haben? Ich dachte, dass wir denen die Laune an der Verfolgung verdorben hatten."

„Was solls Alf, ich denke, dass unser Empfangskomitee in Paris nicht nur für Schubert und Mullner ausreicht."

„Wieso haben die drei sich eigentlich nicht an die Polizei gewandt, Hugo? Wir hatten sie doch zwei Tage außer Kontrolle."

Hugo grinste breit: „Ich nehme an, das ist der Respekt von Cliff gegenüber solchen Organisationen wie der unsrigen. Die drei wären auf jeden Fall in die Untersuchungshaft in Berlin gekommen und im Gefängnis haben wir unsere Leute. Außerdem was wäre, wenn sie wieder auf freien Fuß gekommen wären? Cliff blickt das gut. Wenn du auf der schwarzen Liste stehst, dann gibt es keinen sicheren Platz mehr."

Alfons wusste nicht, ob er sich freuen sollte, auf der richtigen Seite zu stehen, oder ängstigen. Was wäre, wenn er auf diese Liste käme? Und so öffnete er sich eine Dose Bier.

„Kannst du nicht mal eine längere Zeit ohne auskommen?" kritisierte Hugo.

„Wer arbeitet, muss sich auch mal entspannen. Dieses Unterwegssein nervt. Ick sehne mich nach meine Eckkneipe. Ick will meen Bett und 'ne jerejelte Arbeitszeit und meenen Feierabend."

Hugo verstand seinen Kollegen, aber setzte dagegen: „Das hat uns dieser Cliff voraus. Wenn der einen Auftrag übernimmt, dann gibt es für ihn während dieser Zeit nichts anderes. Er ist vierundzwanzig Stunden lang im Dienst."

„Wie halten das solche Typen nur durch?", stöhnte Alf mit müdem Gesicht.

Hugo zuckte mit den Schultern: „Dafür werden sie auch besser bezahlt als wir."

„Du bewunderst doch nicht diesen Mullner?"

„Es gibt in unserem Metier Spezialisten. Es sind einsame Wölfe. Man kennt sie. Sie gehören zu keiner Organisation wirklich. Es sind die letzten Ritter unserer Tage."

Alfons sah seinen Partner erschreckt von der Seite an.

„Aber so hoch der Preis ist, sie auf der eigenen Seite zu haben, so ist der Preis noch höher, den sie selbst bezahlen müssen. Sie leben ständig mit dem Tod an ihrer Seite. Und sie haben keine Freunde."

„Im Unterschied zu uns. Komm gönn dir auch ein Bier, Hugo", und Alfons umarmte seinen Kollegen.

Hugo nahm die Dose, trank einen kleinen Schluck und sagte in respektvollem Ton: „Gut, dass wir die Order haben, nur präsent zu sein, ich würde keinen Krieg mit Mullner haben wollen." Da Hugo bewusst wurde, dass Mullner sein Feind werden könnte, hatte er wieder den Nachnamen verwendet.

„Das klingt ja so, als ob du Angst hättest."

„Ja."

„Und wenn die nun versuchen, uns zu erledigen?"

„Mullner weiß, dass damit nichts gewonnen wäre. Wir sind nur die Bauern in diesem Spiel. Wir sind ersetzbar."

Alf kratzte diese Bemerkung sichtlich an seinem Selbstbewußtsein. Hugo, der dieses wahrnahm, nahm seine Bierdose und stieß mit Alf an. „Let´s drink to the hard working people", intonierte er den Song der Rolling Stones. „Wir tun nur unseren Job, wir tun, was uns gesagt wird. In unserem kleinen Salär ist nicht enthalten, dass wir uns auch noch Gedanken machen. Das ist auch ein Vorteil."

Der Mercedes fuhr auf den Parkplatz eines Motels *Les Routiers* 150 km vor Paris. Der Opel Diplomat hielt deutlich sichtbar in der Einfahrt. Ein schwarzer BWM M 5 parkte an der Ausfahrt.

Das Restaurant des Motels war voll mit Fernfahrern, von denen nicht wenige den großen Parkplatz dazu nutzten, in ihren Trucks zu schlafen. Der Geräuschpegel im Speisesaal war hoch. Was den Truckern alleine mit sich auf der Landstraße versagt blieb, wollten sie am Feierabend nachholen.

Die drei Freunde bestellten das Menu du jour, in dem Wasser und Wein enthalten waren. Die junge Bedienung sagte entschuldigend, dass wegen des Andrangs das Essen länger dauern könne.

Stefan bestellte für alle einen Muscadet als Apéritif. Man sah es Stefan an, wie wohl er sich hier, unter kleinen Leuten, fühlte. Julie freute sich, dass Stefan sich freute. Cliff sagte, dass er heute abend keinen Alkohol trinken werde, aber dass Julie und Stefan sich in ihrer guten Laune nicht beirren lassen sollten. Der eiskalte Muscadet umhüllte die Gläser mit einer Kondensschicht aus feinen Perlen. Julie und Stefan fühlten die Wirkung des Weins sofort.

„Ich werde aus dir nicht schlau", richtete sich Cliff plötzlich an Stefan.

„Cliff, der alles clever durchblickt", lachte Julie.

Cliff ließ seinen Blick nicht von Stefan: „Du hast keine Angst, in der Nacht in das Meer hinauszuschwimmen. Dein Schlaf unter freiem Himmel ist leicht und du kannst auf geringste Geräusche reagieren. In deinen Muskeln ist Power, wie ich beim Tanzen in Toulon sehen konnte. Wieso kannst du dich nicht wehren, damned. Wieso ziehst du den Schwanz ein, wenn du mit Härte konfrontiert wirst!"

Julie hielt sich raus. Stefan wurde ernst und seine Backenknochen traten hervor.

„Keine Ahnung", antwortete Stefan mit gespieltem Ernst.

„Schon besser, du lernst dazu", lachte Cliff . Seine Augen hatten an Wärme gewonnen und Stefan und Julie nahmen es wahr.

„Als Kind konnte ich mich noch ganz gut bei Straßenraufereien wehren", lachte Stefan.

Cliff entgegnete, dass doch das Leben aus Kämpfen bestehe und dass man zum Amboß werde, wenn man nicht der Hammer sein will.

„Ich glaube, mir bedeutet meine Weichheit so viel, weil ich sie mir viel härter erarbeiten musste als die Härte."

„Das ist mir zu hoch", lachte Cliff.

Julies Blick ruhte mit ihren dunklen, braunen Augen auf Stefan.

„Hast du mir eine Zigarette, Stefan?"

Stefan reichte die Packung rüber. Cliff hielt die Hand Stefans fest und zog sich eine Gitane heraus, bevor die Zigaretten Julie erreichten.

„Ich wehre mich, wenn man mir ans Leben will", sagte Cliff sachlich kühl.

„Wenn man auf Macht und Gewalt nur mit Macht und Gewalt reagiert, kommt man aus dem Kreis des Reagierens nicht heraus. Irgendwie bleibst man ein Gefangener."

„Macht und Gewalt durchdringen alles. Man kann sich ihnen nicht entziehen. Gerade wenn man nicht reagiert, bleibt man ein Gefangener."

Und noch einmal versuchte Cliff den Freund zu kräftigen.

„Sten, Du hast für Dein Leben in der Nische einen zu geringen Preis bezahlt. Der Preis muß höher sein."

Die Augen von Julie leuchteten und legten sich zärtlich auf Cliffs Gesicht, als sie diesen Kosenamen für Stefan hörte.

„Ich habe einen Preis bezahlt."

„Er war zu gering."

„Ich habe gelitten."

„Selbst das reicht nicht."

Stefan schaute in die Augen von Cliff und nickte: „Im Traum bist du mir als Rettungsengel erschienen."

Cliff lachte und meinte, dass er doch eher dazu bestimmt war, ihn zu kontrollieren. „Und mich gegebenenfalls zu liquidieren", ergänzte Stefan. Cliff nickte ernst.

Die drei erhoben die Gläser auf sich. Julie sagte: „Auf Sten."

„Auf Sten", sagte auch Cliff und boxte Stefan freundschaftlich gegen die Brust. „Ich freue mich, euch beide getroffen zu haben, glaubt ihr mir das?"

„Das kommt mir wie ein Filmzitat vor", sagte Stefan mit gespielter Naivität.

„Ich weiß, Sten, erzähle."

„Es war einmal ein gewisser Jim Stark. Zusammen mit einem gewissen Buzz steht er am Rande einer Felsklippe. Die beiden sind Kontrahenten bei einem Hasenfußrennen, bei dem jener verliert, der als erster aus dem Auto springt, bevor dieses von der Klippe stürzt. Vor dem Rennen rauchen die beiden Männer noch eine Zigarette zusammen, am Abgrund stehend. Buzz reicht Jim ohne ihn anzusehen die Hand und sagt: „Ich mag dich, glaubst du mir das?"

Cliff erzählte weiter: „Warum machen wir das dann? Und Buzz stammelte hilflos, weil, weil ... irgendwas muß man doch machen."

Und Julie ergänzte: „Und Buzz wird sich an der Lasche seiner Lederjacke im Türgriff verhaken und mit dem Auto von der Klippe stürzen."

Um die Szene wie im Original zu spielen oder um sich nicht zu zeigen, dass ihre Augen feucht geworden sind, schauten die drei Freunde aneinander vorbei.

Das Essen wurde gebracht. Zum Entrée gab es Crudité aus Sellerie, Karotten und Rote Rüben, angemacht mit einer Vinaigrette, bei der mit Knoblauch nicht gespart worden war. Dann kamen Steak Frites. Die Steaks für alle drei seignant, die Frites leider nicht aus frischen Kartoffeln, wie bemängelt wurde. Der hinzugereichte Salat war mit Schalotten angemacht. Julie und Sten ließen sich vom Heißhunger der Fernfahrer neben ihnen ermuntern. Cliff stocherte nur in seinem Steak, obwohl es so gebraten war wie er es mochte, blutig. Aus billigen Lautsprechern dröhnte Musette Musik. Der Wirt passte die Lautstärke den immer lauter werdenden Stimmen seiner Gäste an, deren Gesichter über Essen und Wein gerötet waren. Als Nachtisch wählten alle drei nur einen Café Exprès. Sten reichte seine Zigaretten herum und sowohl Cliff als auch Julie nahmen sich eine.

Ein Sturm kam auf und ihm folgte ein sintflutartiger Regen. Schwere Regentropfen klatschten gegen die Scheiben, und die Dämmerung ging schlagartig in die Nacht über. Schwer hingen die schwarzen Regenwolken über dem Land.

„Ich wünschte, der Regen würde unsere Verfolger wegspülen", sagte Julie.

„Ja, der Regen ist gut", antwortete Cliff leise, wie zu sich selbst. Und lauter fügte er hinzu, in die Schwärze der Nacht starrend: „Der Regen ist wie eine riesige Dusche. Er reinigt die Luft, die Blätter, die Straßen und Gehsteige. Danach hat man das Gefühl, wieder von vorne anfangen zu können."

„Du bist so still, Cliff."

Cliff nickte nur.

Nach seiner dritten Zigarette stand Cliff auf. „Für mich ist es jetzt Zeit, aber bleibt ihr zwei nur sitzen. Wir müssen nicht alles zusammen machen; das ist ja schon wie bei den drei Musketieren", und er lachte entspannt in dem Ton, den Julie so an ihm mochte und der jedesmal wie eine Befreiung klang.

„Ich würde euch gerne an mich drücken."

Die drei standen auf, umarmten sich und küssten sich in der französischen Art links und rechts auf die Wangen. Trucker prosteten ihnen zu.

„So jetzt gehe ich nach oben. Meinen Anteil am Essen und den Getränken rechnen wir morgen ab."

„Cliff hat sich verändert."

„Du auch, Sten."

„Wir drei haben uns verändert."

„Als ich von Grasse weggegangen bin, dachte ich, dass für mich nur ein Leben im künstlerischen Bereich wünschenswert ist. Ich dachte, ich muß unbedingt Tänzerin werden. Und ich dachte, dass Paris für mich voller Möglichkeiten sein wird, ja dass da viele Leute auf mich warten und mich entdecken. Jetzt denke ich, dass es weniger wichtig ist, was man tut, als wie man dies tut. Ich denke, dass es wichtiger ist, seinen Schicksalskreis zu finden, um unser Bild zu verwenden", und sie lachte und zeigte ihre Zähne. „Wichtig ist wohl, eine Ebene zu finden, wo die Dinge, die einem wichtig sind, sich stimmig fügen. Wenn ich diese Ebene mit dem Tanzen erreiche, gut, wenn nicht, dann will ich anderes lernen."

Stefan vermied einen direkten Augenkontakt.

„Es ist seltsam, dass gerade durch die Todesangst viele Dinge relativiert werden und anderes einen deutlicheren Stellenwert bekommt. Warum ist das Leben so hart, Sten?"

„Wenn es einfacher wäre, würde es früher oder später langweilig werden, Julie. So bleibt immer ein Geheimnis. Und wenn wir dem Geheimnis ein Stück näherkommen wollen, dann ist es auch angebracht, Angst zu haben."

„Hat Cliff Angst, Sten?"

„Ich glaube, er bekommt wieder Angst."

Stefan übersah die fragenden Augen von Julie.

„Beneidenswert, was der Cliff alles auf die Reihe bringt."

Julie bat Sten, dass er nicht zynisch werden solle, und Stefan entgegnete ernst, dass er dies nicht ironisch gemeint habe.

„Wollen Frauen nur harte Männer?" Im nächsten Augenblick bedauerte Stefan seine Frage.

„Es reizt Frauen schon, wenn ein Mann klare Konturen hat und kein Wischiwaschi-Typ ist."

„Sag doch gleich Weicharsch."

„Es braucht nicht Härte zu sein, aber Charakter. Aber vielleicht reizt uns schon, Weiches und Zärtliches zu ergänzen. Aber wenn keine Sehnsucht im Mann ihn dazu hinzieht, dann werden wir uns erschöpfen."

„Naja, vielleicht ganz gut so. Es macht vielleicht die Anziehung der Geschlechter aus. Aber vielleicht habt ihr auch Angst, dass ihr mit eurer Zärtlichkeit und Hingabe nicht gebraucht werdet. Ein harter Mann hat euch nötig und wehe, wenn die Erlösung durch euch nicht funktioniert."

„Da haben wir wieder deine Angst vor der Liebe. Schon deine Sprache. Das macht die Liebe eben aus, dieser Glaube, nein, dieses Gefühl ..."

„Das haut doch nicht hin. Die Welt ist doch voll davon, von derart Gescheiterten. Man mutet doch dem anderen dabei zu viel zu."

„Ja. Punkt. Aber."

„Du willst sagen, dass es die Momente solcher Erfahrung gibt und dass man damit zufrieden sein muß?"

„Nicht nur. Die erlösenden Erfahrungen von Liebe sind wie Perlen. Man muss sie in einer Beziehung sammeln. Man kann diese Perlen nicht einklagen, nicht vom anderen fordern. Man kann sie pflegen, erinnern. Und wenn die Perlenkette glänzt, dann hat diese Schönheit auch einen Glanz in dunkleren Tagen."

„All das, was man sich ersehnt in seinem Leben an persönlichem Glück, wird doch in die Liebe hineinprojiziert."

„Aber das ist doch bei uns Frauen genau so, vielleicht sogar noch stärker."

„Aber Frauen können besser mit ihren Gefühlen umgehen, vor allem mit der Weichheit."

„Ich glaube nicht, dass Frauen mit ihren Gefühlen souveräner umgehen können."

„Sie sind der Erde näher, sie verlieren nicht so schnell den Boden unter ihren Füßen."

Julie wurde ernster und schaute Sten in die Augen. Er konnte diesen Blick nicht aushalten und musste zur Decke, dann auf den Boden schauen.

„Du hast einfach Angst, Sten. Schreckliche Angst. All deine Bildung dient nur dazu, diese Angst einzudämmen, sie handhabbar zu machen."

Stefan schwieg und errötete wie ein kleiner Junge, der bei einer Lüge ertappt wurde.

„Es ist die Angst, nein, nicht in der Liebe zu versagen, sondern nicht geliebt zu werden. Du glaubst nicht daran, geliebt werden zu können. Und du baust deshalb eine Distanz um dich herum auf, gerade mit deiner Bildung, mit deiner Fähigkeit über Beziehungen zu reden, durch die niemand hindurch kommen kann."

„Ist denn an mir Liebenswertes?" fragte Stefan leise.

„Oja, im übrigen hat sie jeder, der ehrlich ist. Aber du kannst nicht zulassen, dass man sich dir nähert. Du beziehst dein Scheitern schon mit ein."

„Ist doch auch so, die Frau, keine Frau kann einem die Sehnsüchte, die man hat, erfüllen. Damit ist sie überfordert. Jede."

„Das mag sein. Aber es macht die Liebe aus, dass man diese Sehnsüchte dem anderen zeigt. Ohne dies kann Nähe gar nicht erst entstehen. Du magst an die Liebe glauben, aber du lebst nicht danach. Du pufferst dich ab. Man bekommt immer nur die Hälfte von dir zu spüren. Dein Panzer ist weich und dadurch um so zäher. Du hast keinen Mut zum Risiko."

„Ich habe schon Mut, ich bin in meinem Leben oft an die Grenzen gegangen."

„Aber nicht in der Liebe."

„Einige meiner Liebschaften sind noch Freunde von mir."

„Eben, du machst die Frauen dir zu Freunden. Durch die Freundschaft gibst du dir einen verlässlichen Rahmen. Aber Liebe ist anders. Die Liebe ist wie ein Drahtseilakt ohne rettendes Netz."

„Die Seiltänzerin", lächelte Stefan. „Entschuldige."

„Es gibt in der Liebe nichts zu entschuldigen. Man ist darin so wie man ist. Moral ist etwas für Freundschaften." Stefan wollte Julie nicht unterbrechen.

„Der Sog der Liebe ist genial. Es ist ein Sog hin zu sich selbst, so sein zu können wie man ist, ohne die sonst nötigen Panzer, die einem die Realität allenthalben zumutet. Und es ist ein Sog hin zu seinen Sehnsüchten, so wie man immer sein wollte. In der Liebe ist alles so leicht. Man fühlt sich in seinen Energien frei und man denkt, man ist nie mehr allein." Julie zeigte ihre Begeisterung. Stefan konnte sich nicht mitreißen lassen. „Aber dies Gefühl trügt. Man ist immer allein."

„Ja, aber das ist erst wieder der Zustand danach. Wieso könnt ihr Männer diesen Zustand der Liebe nicht einfach leben, einfach so. Wieso müsst ihr gleich wieder an morgen denken? Zu schnell."

„Ich weiß es nicht. Wir sind nicht im Besitz dieser Verbundenheit mit der Erde, dem Leben. Wir bekommen dies nur über euch. Wir glauben nicht wirklich daran, dass wir selbst autonom sind. Deshalb fällt es uns auch so schwer, uns der Liebe einfacher hingeben zu können. Es muss viel geschehen, dass wir daran glauben können."

„Deshalb haltet ihr Macht und Gewalt auch nicht der Liebe fern. Deshalb sichert ihr euch mit Macht und Gewalt in der Liebe ab. Deshalb spielt ihr fast lustvoll bereitwillig dieses Spiel. Auch du, der äußerlich eher weich daherkommt. Aber deine ganze Bildung, sie ist nicht nur Schutzwall, sondern auch Gewalt, die du ausübst."

Stefan nickte.

Als Cliff in seinem Zimmer angekommen war, legte er seinen Alumiumkoffer auf das Bett, öffnete den doppelten Boden und entnahm seine 45er. Er ließ die Patronen aus der Trommel auf den Tisch fallen, zerlegte die Waffe und reinigte alle Teile fein säuberlich und bedächtig mit einem Spezialöler, den er punktgenau dosieren konnte. Nachdem er den Revolver wieder zusammengesetzt hatte, steckte er ihn in sein Schulterhalfter aus Leder. Einige Male übte Cliff das schnelle Ziehen des Revolvers. Sein Messer, ein Bowie-Knife, schliff er ebenso konzentriert mit einem Stein. Das Messer steckte Cliff in den Schaft seines schwarzen Stiefels, den er zuvor noch sorgfältig eingefettet hatte. Ein Klebeband sorgte dafür, dass das Messer nicht verrutschen konnte. Cliff schlüpfte in eine enge schwarze Jeans und zog sich einen schwarzen Rollkragenpulli über. Revolver und Schulterhafter verdeckte eine dunkle Windjacke. Cliff löschte das Licht in dem kleinen Motelzimmer und setzte sich auf den Holzstuhl in der Ecke des Zimmers.

Auch im blauen Opel auf dem Rastplatz machte man sich Gedanken ...

„Alf, wir sind die looser."

Alf unverständlich: „Ick versteh dir nicht, nu, wir haben doch die Knarren. Wir haben doch dem Schubert gezeigt wo es lang geht. Es sind doch die andren, die Muffe vor uns haben."

„Ach wer ist schon Schubert, und ich glaube auch nicht, dass der Cliff vor uns Angst hat."

„Mensch, wir verstehen doch unser Handwerk, Hugo, wir sind lang genug in dem Geschäft. Und wir sind keene Pennertypen, klar! Und hinter uns steht die Organisation. Und wir beede sind doch'n tolles Team. Unsere Chefs sind Winnertypen, die sind clever, Hugo."

„Diese ja, aber wir nicht."

„Mensch Hugo, so blöd sind wa doch ooch nich!"

„Wir sind looser", sagte Hugo und lächelte. Und mehr zu sich selber murmelte er: „Aber das ist auch okay so." Bevor Alfons antworten konnte, gab Hugo ihm einen freundschaftlichen Klaps auf die Schulter. „Gib mir ne Pulle, Alf, ich trink heute einen mit dir!" Alfons freute sich, der kräftige Mann mit dem runden Gesicht konnte seine Rührung nicht verbergen.

„Ick freue mich, det ick een Freund habe. Es ist klasse, det wir uns haben. Es jeht doch nischt über eene echte Männerfreundschaft."

„Lass gut sein Alfie, es wird alles gut werden."

Cliff Mullner durchdachte noch einmal die Lage. Nein, sie haben uns keine wirkliche Chance gegeben. Sie haben den roten Kreis gezogen nicht erst seit Stefan aus der Rolle gefallen war. Es war von der Gegenseite schon immer so geplant, dass Schubert und ich nach getanem Auftrag liquidiert werden sollten. Uns bleibt nur die Chance, die Spuren hier enden zu lassen. Vielleicht merkt dann die Gegenseite, dass wir bis ans Äußerste zu gehen bereit sind. Gut, natürlich gibt es dabei wieder das Bauernopfer. Aber das ist meist so. Und es ist auch die Entscheidung unserer Verfolger, diese Rolle angenommen zu haben. Sie kennen das Spiel. Sie haben uns in die Enge getrieben. Sie wollen ihre Sache hart durchziehen. Sei es. Manchmal muss Blut fließen.

Nun bereitete sich Cliff Mullner auf seinen Tod vor.
Er schrieb einen Brief an Julie:
„Liebe Julie, wenn du diesen Brief vorfindest, dann gibt es mich nicht mehr. Ich danke dir, dass du mir ermöglicht hast, meine andere Seite zu entdecken. Richte Sten einen Gruß aus. Wenn du Zeit finden würdest, meiner Tochter Jenny Mullner in San Francisco den Tod ihres Vaters zu berichten ... Ich möchte, dass

sie es aus deinem Mund und nicht von Amts wegen erfährt. Je t'embrasse, Cliff."

Cliff setzte sich mit untergeschlagenen Beinen auf die Holzdielen des einfachen Motelzimmers. Vor ihm lag die Bärenkralle.

Die Waffen waren geprüft, doch Cliff schnallte das Schulterhalfter mit dem Revolver wieder ab. Über seinen schwarzen Rollkragenpullover hängte er den Lederriemen mit der Bärenkralle. Auch die Windjacke zog er wieder aus, die Stiefel tauschte er gegen Mokassins. Das Messer steckte er in seinen Gürtel. „Wenn sie keine Sprache mehr verstehen, die Sprache des Blutes versteht jeder."

Cliff hörte, wie Sten und Julie leise lachend eine Stunde später an seiner Zimmertür hielten. Auf ihr vorsichtiges Klopfen reagierte er nicht.

Unterdessen saßen Hugo und Alfons in ihrem Auto bei Hamburger und Dosenbier.
„Dat is nich recht."
„Wat is nicht recht, Alfie?"
„Dat is einfach nich recht. Nein, dat is nich recht. Man macht dat nich. Das macht man einfach nicht."
„Naja, wir haben Scheiße gebaut."
„Aber wir haben es doch recht machen wollen."
„Es zählt nicht das, was man will oder das, was man beabsichtigt hat, es zählt das, was man erreicht oder nicht erreicht hat."
„Okay, ein Zusammenschiss, das wäre okay, Hugo, aber nicht mehr." Alfons biß sich auf seine Lippen.
Hugo versuchte, Alf mit einem Klaps auf den Rücken aufzumuntern: „Wir können uns ja auch noch wehren."
„Nein, es ist nicht die Angst vor der Klopperei, es ist", und Alf stammelte mit bebenden Lippen „es ist was Moralisches ... man macht so was einfach nicht."

193

Die Zeit verrann mit dem Warten. Der Sturmregen peitschte an die Scheiben des Opels.

„Hugo, es is Freitach Abend und mir fehlt meene Eckkneipe."

„Mir ooch."

„Ick will unter meene Leute im Kiez meene Molle runter-spülen und meene Kippen qualmen."

„Ick ooch."

„Ick will denn nach Hause torkeln und mich in meene Kiste flach legen und bis in den Mittag hinein knacken."

„Jetzt halte doch noch durch, Alf, wir haben es bald geschafft."

Hugo legte seinen Arm auf die Schultern von Alfons.

Da wurde die Tür der Beifahrerseite aufgerissen ...

Punkt Mitternacht hatte sich Cliff Mullner bewegt. Es waren die geschmeidigen Bewegungen einer Katze, mit denen nun Cliff sich in Richtung des dunkelblauen Opels schlich. Der Sturmwind peitschte den Regen über den Parkplatz des Motels. Blitze durchzuckten die Nacht. Der Donner unterdrückte alle anderen Geräusche.

Mit einem Ruck riss Cliff die Beifahrertür des Opels auf und sein Messer fuhr Alfons direkt ins Herz. Nicht mal ein Staunen zeichnete sich im Gesicht von Alf ab. Hugo reagierte schnell, brachte seinen Revolver mit Schalldämpfer hoch und konnte noch abdrücken. Die Kugel streifte den rechten Oberarm von Mullner und riß hässlich ein Stück Fleisch heraus, bevor das Messer die Kehle von Hugo durchschnitt. Blut spritzte aus Hugos Hals in Fontänen wie bei einer Quelle. Mullner versuchte nicht, bei seiner Tat nicht blutig zu werden.

Cliff Mullner bewegte sich zum schwarzen BMW auf der anderen Seite des Parkplatzes. Er sah, dass das Fenster der Fahrertür heruntergekurbelt war. Das Messer trennte blitzschnell die vordere Hälfte des Halses von Alex ab, stieß weiter vor, bis es im Nacken von Mickey stecken blieb.

Anschließend fuhr Mullner beide Autos einige Kilometer vom Motel weg. Es war eine mühsame Arbeit, da der Regen immer noch sintflutartig niederprasselte und Mullner die Strecke in der Nacht möglichst schnell zurücklegen mußte, um zum zweiten Auto zurückkehren zu können, bevor das Blutbad entdeckt wurde. Jedoch merkte man Mullner diese Mühen nicht an, so geschmeidig blieben seine Bewegungen.

An einer Kurve fuhr er den Opel an die Böschung. Mit dem BMW, nachdem er den Sicherheitsgurt festgezurrt hatte, prallte er frontal auf den Opel. Aus dem Buch von Henry Miller riß Cliff, was er nicht gerne tat, Seiten heraus und drehte Lunten, die er in Benzin tränkte und in die Tanks der beiden Gangsterautos stopfte. Die Autos explodierten und gingen in Flammen auf.

Cliff ging nun langsamer im starken Regen zum Motel zurück. Unterwegs sammelte er Moos, um seine Schusswunde zu versorgen. Es war gegen drei Uhr, als Cliff in seinem Motelzimmer ankam. Niemand hatte ihn gesehen, da die Rezeption des kleinen Motels über Nacht nicht besetzt war. Um Gehälter zu sparen, konnten die Gäste mittels ihrer Eincheckkarte auch die Eingangstüre öffnen. Seine klatschnasse und mit Blut getränkte Kleidung packte Cliff in einen Plastiksack. Seine Mokassins wusch er gründlich mit klarem Wasser.

Eine halbe Stunde später verließ Cliff Mullner noch einmal das kleine Motel in Richtung eines kleinen Waldstücks. Der Regen hatte aufgehört. Mit seinem Messer öffnete Mullner die nasse Erde und vergrub die Plastiktüte. Von dem Messer und den Mokassins, obwohl Beweisstücke seiner Bluttat, wollte sich Cliff Mullner nicht trennen.

Wieder in seinem Hotelzimmer, verbrannte Cliff den Brief an Julie. Weit öffnete er die Fenster seines Zimmers und herein strömte die vom Sturmregen gereinigte Luft. Ohne sich zu duschen legte sich Cliff nackt auf die Decke des Bettes und schlief sofort ein. Erst bei Anbruch des Tages weckte ihn die Kälte und er schlüpfte unter die Decke.

17

Die Vororte von Paris

Am anderen Morgen erschien Cliff Mullner im Speiseraum des Motels in seinem dunkelblauen Anzug, einem frischen weißen Hemd mit gestärktem Kragen, dunkelroter Krawatte und schwarzen Cowboy Stiefeln.
„Willst du zu einer Beerdigung gehen?", neckten ihn Julie und Stefan.

Zuvor schon hatte Cliff versucht, das Navigationssystem des Mercedes von der Stromzufuhr abzuklemmen. Alles an dem Auto war jedoch elektronisch gesteuert, miteinander verbunden, aufeinander abgestimmt, und ein Bordcomputer überwachte alle Funktionen. Ein Eingriff in die Schaltzentrale hätte zur Folge gehabt, dass gar nichts mehr lief und dass der Computer nur noch Fehlermeldungen angezeigt hätte gleich einem PC mit abgestürzter Software.

Cliff sagte, dass er heute fahren würde. Eine Baseball-Mütze mit einem Grizzlybären vor den schneebedeckten Rocky Mountains und der Aufschrift `Save the wilderness´ legte Cliff auf die Mittelkonsole der schwarzen Limousine.

Kein Gangsterauto war weit und breit zu sehen. Stefan sagte belustigt, dass die Gangster wohl noch beim Frühstück sitzen würden.
Julie lachte: „Die stehen sicher am nächsten Stehimbiss an der Straße und warten, bis wir auf der Straße nach Paris bei ihnen vorbeikommen." Stefan und Julie lachten befreit.

Cliff schien nur Augen für die Straße zu haben und konzentrierte sich auf die Verrichtungen beim Fahren.

Julie, die auf dem Beifahrersitz saß, sah, wie an seiner Hand, die auf dem Holzknauf der Automatikschaltung ruhte, sich Blut sammelte.

Julie erstarrte. "Cliff, Cliff, Cliff", sagte sie leise. Auch Stefan sah das Blut. Ein Schweigen erfüllte das Auto, bleiern, schwer. Julie saß wie gelähmt. Mit einem lauten Schrei musste sie sich Luft verschaffen. Sie weinte schluchzend. Das Auto rollte wie auf Schienen und die Straße wurde immer breiter, je mehr sie sich Paris näherten.

Mit tonloser Stimme sagte Julie: „Und ich dachte, du hast dich verändert." Dann verlangte sie von Stefan den Verbandskasten und wies Cliff an, bei der nächsten Haltebucht anzuhalten. Cliff murmelte, dass dies nicht nötig sei, parkte aber dann den Wagen. Liebevoll erneuerte Julie den Verband am Oberarm, ohne das blutgetränkte Moos zu entfernen.

„Ich musste es versuchen, auf meine Art", sagte Cliff ohne Pathos.

Paris nahte. „Vororte und Trabantenstädte der Metropolen gleichen sich überall auf der Welt", bemerkte Cliff. Gewalt schrie aus den Wohnblocks. Sie zeigte sich in den Farben der Graffiti. Jugendliche saßen vor Einkaufszentren. Cliff spürte in sich den Wunsch, `If six was nine´ von Jimi Hendrix laut zu hören. Er fuhr langsamer. Schattenhaft glitt das Auto an den Vorstadtkulissen vorüber. „Die Ränder der Metropolen fransen aus, ihre Ausfallstraßen wirken wie die Arme einer Krake."

Julie setzte die Schilderung fort: „Wer seinen Job verliert und sich in der City nicht mehr halten kann, der landet hier, auf der Nebenstrecke oder auf dem Abstellgleis."

Die drei sahen aus dem Fenster und ließen die Zeichen der rebellischen Jugendlichen an sich vorüberziehen. Der Aufschrei des Punk vor zwanzig Jahren, die Befürchtung Müll zu werden, schien hier in Erfüllung gegangen zu sein.

„Entschuldige, Cliff, wegen vorhin ... aber diese Gewalt, ich ... kann sie nicht mehr ertragen ... sie ist überall."

Cliff lächelte Julie an und strich ihr über Stirn und Haar. Julie genoss diese Berührung und stemmte ihren Kopf gegen die Handbewegung von Cliff.

„Da vorne kommt eine große Mercedes-Werkstatt. Wir müssen unseren Wagen, an dem das Navigationssystem manipuliert wurde, so dass man uns orten kann, gegen einen anderen tauschen." Cliff lenkte das Auto zum Bürogebäude und verlangte den Geschäftsführer.

„An der Elektronik des Wagens stimmt was nicht, könnten Sie das bitte überprüfen. Wir haben einen dringenden Geschäfts-termin in Paris, würden Sie uns bis morgen mittag einen Tausch-wagen zur Verfügung stellen?"

Obwohl an der Miene des Geschäftsführers deutlich zu erkennen war, dass er nicht glauben konnte, dass etwas an einem neuen S-Klasse-Mercedes nicht funktionieren würde, bot er Cliff die freie Auswahl aus seinem Fuhrpark an. Ohne zu zögern wählte Cliff einen Mercedes 300 SE aus den 60er Jahren - jene Sonderserie mit dem 6,3-Liter-Motor des damaligen Mercedes 600. Der Geschäftsführer lächelte: „Sie sind ein Kenner, er hat nicht den Komfort der heutigen Autos, aber er kann mit dem Ihrigen in Beschleunigung und Endgeschwindigkeit gut mithalten."

„Sollen wir eine Sicherheit hinterlegen, Monsieur?"

„Ich bitte Sie, Monsieur. Legen Sie die Wagenpapiere bitte auf den Fahrersitz."

Als Cliff Gas gab, röhrte der alte Motor schnorchelnd nach Luft.

„Der Sound eines Vergasermotors", schwärmte Stefan.

Cliff lächelte bestätigend: „Klingt fast so gut wie der V-8 Motor eines Dogde Charger."

„Ich finde, jetzt würde Jimi Hendrix passen", sagte Stefan.

Cliff sah ihn an, als könne Stefan seine Gedanken lesen, und fühlte sich ihm nahe.

„Na, was möchtest du hören, brauchst es nur zu sagen."

„*If six was nine*", sagte Cliff ohne zu zögern und ohne sich Gedanken zu machen, ob dies auch realisierbar sei.

„Ein bisschen noir", lächelte ihm Stefan zu und schob eine imaginäre Kassette in einen imaginären Schacht oberhalb des Aschenbechers des Mercedes.

Cliff sang: „*If the sun refused to shine, I don't mind, I don't mind.*"

„Stop, Boy, das klingt nicht echt", unterbrach ihn Stefan. „Du musst dazu einen Kaugummi kauen!"

Stefan griff in seine Hosentasche und spielte pantomimisch, wie er ein Päckchen mit Kaugummis herausholt und es Cliff hinüberreicht.

Cliff lachte lauthals, zeigte seine Zähne, und zog sich einen Streifen aus der dargebotenen fiktiven Packung.

„Und was ist mir mir", protestierte es vom Rücksitz.

Auch Julie fand Gefallen an dem Spiel zwischen Pantomime und Slapstick. Alle drei kauten breit und schmatzend und sangen „*If all the Hippies cut all their Hair, I don't care, I don't care*", und ahmten die schneidend-schrill-laute Gitarre von Jimi nach, die durch Mark und Bein dringen kann.

„Was kommt als nächster Song auf der Kassette?", fragte Julie. Beide sahen Stefan an, der `All along the watchtower´ zu singen begann:

> „*There must be some way out of here,*
> *Said the joker to the thief,*
> *There's so much confusion,*
> *I can't get no relief.*"

Cliff stimmte mit ein.

> „*Businessmen, they drink my wine,*
> *Plowman dig my earth,*
> *None of them along the line*
> *Know what any of it is worth.*
> *No reason to get excited,*
> *The Thief, he kindly spoke,*
> *There are many here among us*

Who feel that life is but a joke
But you and I, we've through that,
And this is not our fate,
So let us not talk falsely now,
he hour ist getting late."

xxx

„Hier muss es doch einen Ausweg geben, sagte der Clown zum Dieb. Das Chaos ist zu groß, ich finde keine Erleichterung. Geschäftemacher trinken meinen Wein, Pflüger pflügen meine Erde. Und niemandem von ihnen bedeutet dies etwas.
Kein Grund, sich aufzuregen, sagte der Dieb. Es sitzen hier nicht wenige herum, für die ist das Leben nur ein Spass. Aber Du und ich, wir sind da durch und wir sehen unser Schicksal anders. Drum lass uns hier nicht weiter diskutieren, schon schwindet der Tag."

„Guter Text von Bob Dylan."

„Du bist ein Schwätzer Sten. Dazu haben wir doch keine Zeit mehr, wie wir gerade gesungen haben", lachte Cliff.

„Ja, wir sind keine Easy Rider."

„Das hat er für mich gesagt", meldete sich Julie.

„Du brauchst ihn jetzt nicht mehr in deine mütterliche Obhut nehmen", sagte Cliff in übertriebenem Ernst.

„Ich will noch was hören."

Stefan drückte wieder auf den imaginären Knopf auf der Nussbaumverkleidung des alten Mercedes.

„Now at midnight all the agents
And the superhuman crew
Come out and round up everyone
That knows more than they do
Then they bring them to the factory
Where the Heart-Attack machine
Is strapped across their shoulders
And then the kerosine
Is brought down from the castles

201

By insurance men who go
Check to see that nobody is escaping
To desolation row

Stefan endete seinen Vortrag: „Text und Musik: Bob Dylan, 1965."

„Das klingt alles ein bisschen nach dem, was uns der Clown sagte", kommentierte Julie.
„Du meinst den alten Clochard", stimmte ihr Stefan bei.
„Den Tod", ergänzte Cliff.

Eine Pause entstand. Autos überholten den langsam fahrenden alten Mercedes.

„Ja, es hat dieselbe Radikalität", brach Cliff die Stille. Jede wirkliche Verortung ist wurzeltief."
„Seit wann redest du wie Sten?" kicherte Julie. „Entschuldigt, das war daneben."
Die anschliessende Pause hatte dennoch nichts Peinliches.

Der Himmel war blau und weit. Die klare Sonne liess die Fassaden der Häuser am Strassenrand leuchten. Alles schien wie gestanzt, wie gesetzt. Der silbergraue Mercedes rollte auf dem breiten Boulevard dahin wie ein Fossil aus vergangenen Zeiten. Der Vergasermotor schnorchelte lustvoll die klare Luft ein. Das sienafarbene, alte Leder verströmte einen behaglichen Duft von Bienenwachs.

So könnte es weitergehen.

Kurz vor der Auffahrt auf den Périphérique lenkte Cliff den Wagen in einen Drive In. Julie holte sich eine Cola, Stefan ging pinkeln. Im Pissoir standen zwei Männer in schwarzen Anzügen und schwarzen Hüten vor Pissbecken und betrachteten die Graffiti auf den weißen Kacheln.

Stefan wählte das Becken zwischen ihnen und schaute unverhohlen zwischen die Beine der Männer links und rechts von ihm. Ihre Unschlüssigkeit zwischen weiterpinkeln oder zuschlagen nutzte Stefan: „Macht keinen falschen Fehler, Jungs, ruft erst den Chef an, echt!"

Die zwei Männer konnten nun nicht mehr weiterpinkeln, nestelten an ihrem Hosenschlitz herum und verließen die Toilette.

Julie kam mit ihrer Cola zum Auto zurück. „Seht ihr die zwei Burschen dort, sehen aus wie Ganoven aus Berlin."

Die zwei Männer berührten sich mit ihren schwarzen Hutkrempen. „Das Auto stimmt nicht, aber die Personen."

„Man sollte nie fast food essen, da trifft sich wirklich alles", sagte Cliff so breit, dass es amerikanisch klang. Langsam setzte er den Mercedes wieder in Fahrt, so langsam, als ob eine Zeitversetzung zur Wirklichkeit stattgefunden hätte und als ob die äußere Realität gegenüber der inneren Realität an Einfluss verloren hätte.

„Die zwei Ganeffs steigen in einen schwarzen Jaguar ein."

„Muß wohl so sein", näselte Stefan. Aus einer Parklücke heraus scherte ein zweiter Wagen.

„Es ist wie im Film", hüstelte Julie.

„Ja, aber wie in einem schlechten B-Movie-Film", fügte Stefan hinzu.

„E-Movie", verbesserte Cliff.

Die beiden Gangsterautos hinter ihnen gaben sich keine Mühe, die Verfolgung zu tarnen. Cliff suchte im Rückspiegel den Blick von Sten. Stefan wendete den Blick nicht ab. Cliff nickte leicht mit dem Kopf und Sten machte die Bewegung nach.

Nach zwei weiteren Kilometern Gleitens durch die Vororte stoppte Cliff plötzlich auf dem Seitenstreifen den alten, silbergrauen Mercedes.

„Endstation der Reise", sagte er laut, kalt und hart. Cliff entstieg schnell dem Auto, öffnete die hintere Tür, riss Stefan heraus und stieß die Tür kräftig zu. Dasselbe machte er wortlos mit Julie. Entschlossen ging er zurück zum Kofferraum und riss die Reisetasche von Stefan und den Rucksack von Julie heraus und warf sie ihnen vor die Füße. Dann rannte er hin zur Fahrertür, warf sich in den Sitz und schoss mit quietschenden Reifen davon. All dies dauerte nur wenige Sekunden, und Julie und Stefan wußten nicht wie ihnen geschah.

Zurück im Auto setzte Cliff die Baseball-Mütze mit dem Bären auf und zurrte die Sicherheitsgurte eng.

Die neuen Leute von Falcone erkannten schnell, dass der Amerikaner nun alleine mit dem Geld abzieht.
„Was machen wir mit den beiden anderen?"
„Ich frage den Boss. Aber wir haben keine Zeit zum Warten, gib Gas bevor uns der Scheißtyp entwischt."
Mit quietschenden Reifen rasten die Leute von Falcone hinter dem silbergrauen Mercedes her, verfolgt von den Leuten von Gregor.

Der Beifahrer des ersten Gangsterautos hatte seinen Boss am Handy.
„Lasst den Amerikaner mit dem Geld nicht entkommen."
„Was machen wir mit den beiden anderen?"
„Nichts im Moment. Ihr hört von mir."

Stefan und Julie gingen Arm in Arm die Straße entlang. Es sah aus wie die letzte Einstellung in MODERNE ZEITEN.
Julie sagte: „What´s the use of trying?"
Und Stefan erwiderte: „Buck up - never say die, we´ll get along."

Der Mercedes bog in hoher Geschwindigkeit vom Le Périphérique in die Autobahn nach Bordeaux ein. Beide Gangsterautos folgten ihm. Im Hintergrund waren Polizeisirenen zu hören. Cliff saß mit steinerner Miene auf den alten, weichen, braunen Ledersitzen. Bei seinen waghalsigen Überholmanövern reizte er die Leistung des 6,3-Liter-Motors aus, der die kleine, leichte Karosserie nach vorne zu katapultieren schien. Mühelos kletterte die Tachonadel auf 280 km/h. Seine Verfolger wurden im Rückspiegel immer kleiner. Cliff lächelte und drosselte den Motor, so dass seine Verfolger wieder aufholen konnten. Auch die Polizeisirenen rückten wieder näher. Cliff machte sich nun ein Spiel daraus, die beiden Gangsterautos mal überholen zu lassen, sie von hinten anzustoßen, und dann wieder selbst die Führung zu übernehmen. Während den Gangstern bei dieser Jagd mit 200 km/h der Angstschweiß aus ihren Poren trat, konnte man bei Cliff keine Zeichen von Nervosität erkennen. Als Cliff die Polizeiautos in seinem Rückspiegel am Horizont auftauchen sah, trat er voll auf die Bremse. Beide Gangsterautos schleuderten an ihm vorbei, und die Fahrer konnten nur mühsam die Fahrzeuge wieder unter Kontrolle bringen. Schon war Cliff hinter ihnen. Aus den Verfolgern wurden Verfolgte. Cliff gab Vollgas, noch einmal ging ein Ruck von dem riesigen Vergasermotor aus, der sich unter dieser Belastung richtig wohl zu fühlen schien, und der Mercedes schob die erste Gangsterlimousine von der Fahrbahn. Der Wagen schleuderte die Böschung hinunter, überschlug sich und ging in Flammen auf. Auch dem zweiten Gangsterauto blieb keine Chance, dem Angriff von Cliff Mullner zu entkommen. Im Rückspiegel des Mercedes sah Cliff, wie auch das zweite Auto schleuderte und in Flammen aufging. Dann entspannten sich seine Gesichtszüge und er öffnete den Sicherheitsgurt. Sein Gesicht wurde weich und offen und das Lächeln eines Kindes auf der Holztreppe eines Farmhauses in Arizona huschte über sein Gesicht. Cliff gab Vollgas, wartete bis der schnelle Mercedes seine Endgeschwindigkeit erreicht hatte, und schlug dann die Räder scharf hin zur Böschung ein. Der Mercedes überschlug sich der Länge nach und rollte mehrere Male über die Seite ab, bis er ebenfalls zur Feuersäule wurde.

Mit lautem Sirenengeheul trafen mehrere Polizeiautos an der Unfallstelle ein, an der drei Autos lichterloh brannten. Die Gendarmen konnten dem Flammeninferno nur noch zusehen.

Ebenfalls nur zusehen konnte am mondänen Place Vendôme in Paris ein großes Aufgebot an Gangstern und an Polizisten. Hier, bei der feinsten Adresse in Paris, hätte Stefan Schubert seine Koffer abliefern sollen. Seit zwei Tagen war die Falle gestellt. Vor dem Ritz, in der Rue Rivoli, in der Rue de la Paix, in der Nähe der Opéra, am Place de la Concorde warteten die Guten und die Bösen. Nur kamen weder Cliff, noch Stefan, noch Julie, noch Hugo, noch Alfons.

18

Im kleinen Motel

„Wie viel Geld haben wir noch", fragte Stefan Julie. Julie antwortete, dass das Geld sicher nur für ein billiges Hotel reichen würde. Die beiden nahmen ein Doppelzimmer in einer schlichten Auberge an der Porte de Lilas.

„Die verwitterte Farbe und der abbröckelnde Putz passt zu uns", lachte Julie. Im Zimmer, das einen sehr einfachen, aber gepflegten Eindruck machte, warf sich Stefan auf das Doppelbett und Julie ging duschen. Dampfwolken breiteten sich in dem kühlen Zimmer aus.

„Sten, kannst du mir das Shampoo aus meinem Rucksack bringen?"
Julie rief zum dritten Mal nach dem Shampoo. Stefan, der sofort eingeschlummert war, nachdem sein Körper das weiche Bett berührt hatte, schreckte auf. Als er die Reisetasche von Julie öffnete, hielt er verdutzt inne und Julie musste noch ein viertes Mal nach dem Shampoo verlangen.

„Das hat Cliff mitgenommen!"
Julie mußte lachen.

„Aber er hat es bezahlt."
Schallend lachte Julie, und es war jenes Lachen, das sich einstellt, wenn man eine zu lange Zeit ernst, gefasst und unter Druck durchlebt hatte. Es schien ihr nun, als ob sie sich in einem Slapstick-Film befinden würde. Es war so, dass sie den Ernst nicht mehr nur nicht ertragen konnte, sondern auch nicht mehr wollte. Es war so, als ob jemand sie jenseits der Logik des Realen gestellt hatte, seltsam ver-rückt, von wo aus ihr die Logik des Realen absurd und komisch erschien.

„Und Cliff hat gut bezahlt. Die ganze Tasche ist voller Geld."

Julie kam nackt aus der Dusche und setzte sich auf das Bett. Sie öffneten auch die Reisetasche von Stefan und auch diese war vollgestopft mit einer Mischung aus großen Mark-, Dollar- und Lirascheinen. Auch der schmale Aluminiumkoffer von Cliff befand sich in der Tasche.

„Was machen wir mit dem Geld?"

„Ich will nichts davon", sagte Sten mit Bestimmtheit.
Julie nach einer Pause der Niedergeschlagenheit: „Musste dieser verdammte Cowboy auch noch den Helden spielen."

„Er war kein Cowboy, sondern ein Indianer", sagte Stefan traurig.
Julie öffnete Cliffs Aluminiumkoffer. Ein Zettel lag obenauf.
„Hallo Freunde, die Zeit mit euch war gut. Teilt meine Sachen - oder werft sie weg."

Im Koffer befanden sich das Amulett mit der Bärenkralle, das Messer, die Mokassins, der Aschenbecher und ein Schlüsselbund mit einer Anschrift in San Francisco.
Stefan nahm den Aschenbecher.

Die Glocke der Kirche auf dem Friedhof Père Lachaise schlug zwei Mal. Es war Samstag Mittag und das Brodeln des Verkehrs um den Friedhof herum wurde leiser. Julie Bertaux stand am Grab von Jim Morrisson. Einige Meter entfernt saß Stefan auf einer Bank.

„Bleiben wir zusammen?"
„Ja."
„Wie lange?"
„Für diese Nacht." Und beide lachten.
„Was machen wir dann? Sten, bleib doch in Paris."
„Julie, geh doch mit nach Berlin."

Beide waren müde. Sie realisierten irgendwie nicht, was mit ihnen geschehen war, auch nicht, dass Cliff plötzlich nicht mehr da war. So gingen sie schon am frühen Nachmittag zurück in ihr

Hotel und legten sich zusammen ins Bett. Und es war ihnen fast, als lägen sie nicht als Mann und Frau zusammen und als läge Cliff noch als dritter bei ihnen im Bett. Auch hatten sie das Geld vergessen.

In der Dämmerung wachten sie auf. Sie genossen das Zwielicht Arm in Arm, ein leiser Nieselregen kam auf, den der Wind sanft gegen die Fensterscheiben trieb.

„*PORTE DE LILAS*, wäre jetzt nicht schlecht. Schön melancholisch. Und darin Georges Brassens sehen und hören."
Julie legte ihren Kopf an die Schulter von Sten.

„Ich habe einen Platz in Paris, den ich immer aufgesucht habe, wenn ich in dieser Stadt war."

„Lass uns hingehen Sten."
Beide waren froh, dass sie wieder ins Freie konnten.

19

Die Insel von Notre Dame

Am *Place Saint Michel* verließen Sten und Julie die Metro. Über den *Pont Neuf* schlenderten sie zur *Ile de la Cité*. Mitten auf der Brücke blieb Julie stehen und legte ihren Arm um Stefan: „Sind wir die Liebenden vom Pont Neuf?"
Beide lachten. Noch immer kamen sie sich wie in einem Film vor, den sie nicht verlassen wollten.

Auf der *Ile de la Cité* erreichten sie *Notre Dame* und flanierten weiter die Seine entlang gegen den Strom. Mal war Julie einige Meter voraus, mal war es Sten, mal gingen sie nebeneinander. Die Lichter von Paris spiegelten sich in der Seine und ein hell beleuchtetes Touristenschiff begrüßte sie mit seinem Signalhorn. Sie erreichten die Spitze der Insel, an der sich die Seine teilte, und setzten sich auf die nackte Steinböschung, so tief, dass die Wellen der Seine ihre Füße erreichten.
„Hier saß ich früher immer, wenn ich in Paris war."
Die Wellen umspielten ihre Füße und der Schein des Mondes, der nur wenig von seinem Rund verloren hatte, tanzte auf den Wellen, und die Widerspiegelungen huschten über die Gesichter von Julie und Sten. So gering auch der Widerschein des Mondes war, so spürten sie doch intensiv den Wechsel von Licht und Schatten in ihren Augen.
„War die Reise eigentlich ein Traum oder Realität?" fragte Julie.
„Ach wo ist der Unterschied?"
Sie lachten und umarmten sich.
„Traum und Realität treffen sich jede Nacht in jedem Menschen. Und es gibt in ihm keinen Unterschied. In ihm wird

wieder eins, jede Nacht, was getrennt wurde am Tage. Wie bei einem Kind, das die Trennung noch nicht kennt und glücklich verspielt in diesem Einssein von Traum und Wirklichkeit lebt."
Stefan gab Julie einen Kuss auf die Wange. Dann schauten sie wieder in den Strom.

„Doch hätte das Leben seine große Herausforderung nicht, wenn es diese Trennung von Traum und Realität nicht gäbe und wenn gerade diese Trennung uns nicht dazu auffordern würde, sie wieder zu schließen. Diese Trennung erst bringt uns auf unseren Weg. Und dieser Weg muss mitunter auch schmerzhaft und gefährlich sein, damit wir spüren, was wir verloren haben. Auch ist seltsam, dass erst wenn wir aufbrechen, wir im Zurückblicken Verlorenes erkennen können."

„Was mag jetzt wohl Cliff machen?", fragte Julie. „Seltsam, dass seine einzige Angst war, dass er seinen Kreis nicht mehr rechtzeitig schließen würde können. Wird er ihn ohne uns schließen können?"
Eine hohe Welle überspülte die Füße von Julie und Sten. Sie lachten und umarmten sich, fanden ihren Spaß daran, das Spiel der Liebenden vom Pont Neuf weiter zu spielen. Noch immer nicht waren sie in die Realität zurückgekehrt.
Und sie wussten, auch wenn sie nicht über Cliff redeten, so blieb er doch ein Teil von ihnen.

„Meine einzige Leistung war, dass ich meinen Idealen treu blieb. Aber weil ich für meine Ideale kein Betätigungsfeld mehr fand, zerrannen sie mir zwischen den Fingern. Die Träume verlieren nicht nur ihre Reinheit, indem man das Falsche tut, sondern auch indem man nichts tut. Ab einem bestimmten Alter muss man etwas für seine Träume tun, wirklich tun, nicht nur dafür leiden, sondern auch dafür arbeiten. Da hatte Cliff recht."
Julie versuchte, Stefan zu verteidigen: „Ohne deine Schwäche hätte Cliff nicht die Grenzen seiner Stärke sehen können. Komm, lass uns tanzen gehen."

Vom *Place Saint Michel* aus flanierten sie den *Boulemiche* hinunter. Die Straßencafés waren voll. Es war Samstag Abend. Eine Seitenstraße führte sie zur *Rue Saint Jacques*. Aus einem der Bistros, dem *Polly Maggoo*, dröhnte laut Patti Smith, wohl die Lieblingsmusik der Wirtin selbst, die vor sich einen Vin Blanc stehen hatte und ihre Hüften zur Musik wiegte. Die Gäste wirkten durch ihre vertraulichen Bestellungen wie Stammgäste. Einige spielten Schach. An der Wand hinter der Theke hing ein vom Rauch vergilbtes Filmplakat, das eine Frau in Schwarzweiß zeigte. Der Filmtitel fragte in großen Lettern: *WHO ARE YOU POLLY MAGGOO?* Die Wirtin schien erfreut über die neuen Gesichter. Stefan und Julie bestellten sich auch einen vin blanc, was die Wirtin noch mehr erfreute. Und als die zwei zeigten, dass auch sie die Patti Smith toll fanden und ihre Körper zum Rhythmus bewegten, brachte die Frau zwei weitere Gläser vin blanc, noch bevor sie ihre Gläser geleert hatten. „Auf die Rechnung des Hauses." Die Wirtin mochte Mitte Vierzig sein. Sie hatte sich für den Samstag Abend schön gemacht und trug über ihren Mohairpullover, den sie auf der nackten Haut trug und der einen Geruch von Haut und Parfüm ausströmte, eine Perlenkette. Die Wirtin fing zu tanzen an und Stefan und Julie tanzten mit ihr.

Es war nach Mitternacht, als Stefan und Julie am *Place Saint Michel* in die Metrostation hinuntersteigen wollten. Ein Foto an einem Zeitungsstand, der schon die Sonntagsausgabe ausliegen hatte, zog sie an. Es sah aus wie die Schlußeinstellung in Godards *WEEKEND*, erinnerte an das letzte Bild aus *FLUCHTPUNKT SAN FRANCISCO*. Sie sahen drei brennende Autos und die große Schlagzeile: Fünf Tote auf der Autobahn nach Bordeaux. Sie wussten, dass Cliff tot war. Julie und Stefan schrien lauthals, so dass die Passanten stehen blieben.

In der Metro saßen Julie und Stefan wie eingefroren nebeneinander und schauten teilnahmslos auf die Lichterfetzen, die in dem Tunnel an ihnen vorüberrasten. Nur einmal wurde die

Stille durchbrochen. „Cliff hat eine Tochter", sagte Julie und suchte die Hand von Sten.

In der kleinen Auberge an der *Porte de Lilas* legten sich Julie und Sten sofort in das Bett. Jeder schlief auf seiner Seite. Und so wachten sie auch auf. Mit dem Blick zur Decke fragte Julie: „Was hältst du davon, wenn ich Cliff in meinem Dorf bei Grasse beerdigen lasse?"

„Von dort aus hat er einen guten Blick auf die Berge und das Meer." Stefans Augen wurden feucht.

Es regnete und der Himmel war grau verhangen. Auch das war ihnen zu viel an Licht und sie schlossen die Vorhänge. Sie blieben im Bett und schauten an die Decke. Die Zeit verging. Es war Sonntag morgen und all die Glocken all der Kirchen an der *Porte de Lilas* läuteten laut.

„Ich schäme mich. Ich habe das Opfer von Cliff nicht verdient."

Aus Julies Augen rannen Tränen. „Cliff ist auch Opfer seiner Härte."

„Das Schlimme ist, dass wir Nutznießer seiner Härte sind. Ohne Cliff wären wir jetzt tot", schluchzte Sten „und mir wäre lieber, ich wäre tot und Cliff würde noch leben."

„Das darfst du nicht sagen, Sten." Julie streichelte ihm über das Haar. „Es war die Entscheidung von Cliff und nur er konnte diese Entscheidung auch vollenden. Nicht du und nicht ich."

Und Julie fuhr fort: „Idealisiere ihn nicht, Sten. Cliff war auch ein harter Brocken, ein Einzelgänger. Er konnte sich nicht eingliedern und Kompromisse machen. Und er zog seine Aufträge durch und Skrupel haben ihn nicht gelähmt. Er war in seinem Job rücksichtslos geworden und er wusste das auch."

Stefan war schockiert über die Härte in Julies Worte. „Wir haben kein Recht, so über den Toten zu reden.

Schnell und selbstbewusst widersprach Julie: „Doch, gerade wir zwei haben das Recht, so über ihn zu reden. Wer denn sonst? Gerade weil wir ihn lieben, haben wir das Recht, auch die Schattenseiten von ihm zu benennen. Cliff hatte auch Unangenehmes in seiner Ausstrahlung. Erst durch uns konnte er seine verschüttete hellere Seite wieder leben."

Stefan war erstaunt über das Selbstbewusstsein, das die junge Frau jetzt an den Tag legte. Und Julie machte weiter: „Und zu dir, Sten, mich kotzt Dein Selbstmitleid an. Auch du hast etwas geleistet auf unserer Reise."

„Oh ja, ich bin zusammengebrochen."

„Merde", schrie Julie ihn an und fuhr unbeirrt fort: „In deiner Krise erinnertest du dich an deine Kindheit und Jugend, an deine Träume und Ideale, und es war nicht nur Erinnerung, sondern du hast auch anders gesehen, anders gehört. Cliff und ich konnten miterleben, wie ein Zusammenbruch nicht nur zerstört, sondern wie er Wesentliches auch wieder neu fügen kann, und dass der Boden unter den Füßen dabei solider werden kann als vor dem Zusammenbruch. Cliff wurde durch dich an seine eigene Kindheit erinnert, und ich habe erlebt, wie aus dem harten Mann wieder ein Kind wurde. Ohne dich wäre vieles ganz anders gelaufen."

Stefan wagte nicht, Julie anzuschauen.

Julie Bertaux war immer noch nicht fertig. „Hätten wir unterwegs nicht die Zeit gehabt, die gerade durch deinen Zusammenbruch sich auftat, so hätten wir nicht jene Gegenkräfte in uns bilden können, die wir nun in uns spüren. Spürst du sie nicht?"

„Cliff ist tot", sagte Sten leise.

„Jetzt lenke nicht ab. Manchmal muss Blut fließen. Nicht immer kann alles gerettet werden. Ich weiß, das klingt hart und es ist auch hart.

Cliff konnte durch seine Tat das, wovor er Angst hatte es zu verlieren, wiedererlangen. Er konnte seinen Kreis schließen. Das glaube ich fest, ich weiß es."

Stefan stieg aus dem Bett und ging auf und ab.

Julie schob sich weiter zum Bettende und legte das Kissen unter ihren Oberkörper, so dass sie Stefan besser sehen konnte.

„Und dann, so verrückt dies klingt, geht Heilendes gerade auch von der Gewalt aus, die einen Prozess so blutig begleitet. Wir lernen das Schicksalhafte erst, wenn es seine harten Züge zeigt."

Stefan blieb am Fenster stehen und schaute in das Grau in Grau des Regentages.

„Dass ich mich nicht entscheiden konnte, reicht tief. Cliff, der so klar in seinen Taten war, gerade auch der Gewalt etwas entgegenzusetzen, hat mir vor Augen geführt, wie schrecklich diese Lähmung sein kann."

Julie versuchte nicht, Stefan zu trösten.

„Und das Dumme ist, dass ich das ja auch alles irgendwie wusste. Aber das Wissen genügte wohl nicht. Gerade die Nischen haben mir verunmöglicht, zu lernen. Man lernt bestimmte Dinge erst an der Front, nicht in der abgepufferten Zone. Man muss dabei seinen Blutzoll zahlen. Ohne diesen Preis geht es nicht. Sonst bleibt alles äußerlich. Der Betrachter lernt anderes als der Kämpfer. Ich habe auch viel gelernt aus der Betrachtung, aus den Büchern, aus den Filmen, aber es blieb begrenzt. So bin ich in Ambivalenzen stecken geblieben. Und wurde immer unentschlossener."

Julie entließ Stefan nicht aus ihrem Blick

„Ich hätte eine Arbeit gebraucht, an die ich glauben kann, mit der ich wachsen kann."

„Du mußt die Zeiten so nehmen wie sie sind."

„Ich will mich damit nicht herausreden. Ich wollte ein Profi sein, wenigstens für die Dauer eines Auftrags. Das hätte ich durchziehen sollen. Gerade ich. Nicht, dass ich schlampig gewesen wäre - auch gehörte es ja zu meinem Auftrag, dass ich in guten Hotels absteige. Der Fehler war die Vermischung. Gerade in einer Zeit, in der sich so viel mischt, in der aus Berufen Jobs werden, ist eine innere Trennung wichtig. Dass ich noch lebe, verdanke ich ... Cliff."

Julie unterbrach: „Sten, hättest du nur konsequent deinen Auftrag erledigt, so hätte das deinen, ja unseren sicheren Tod bedeutet. Denn von der Gegenseite war immer geplant, dass sie euch zwei am Ende des Auftrags liquidieren."

Stefan, der sich wieder auf das Bett gelegt hatte, lag mit ausgestreckten Armen da und schaute zur Decke. Mit leiser

Stimme, so als ob er nicht wollte, dass Julie seine Frage hören würde: „Julie, du warst mit Cliff ... und nun liegst du mit mir im Bett ..."

Julie lächelte und sagte, ohne die Augen zu öffnen: „Ach, mir ist, als ob ich nur mit den zwei Seiten eines Mannes im Bett war."

Stefan drückte ihren Kopf stark an sich. Dann fielen beide in einen ruhigen, erholsamen, tiefen Schlaf.

Mitten in der Nacht wachten sie auf.

„Du hättest jetzt eine Chance, das weißt du?"

„Ja, aber ich denke, ich muss zurück."

„Wieso, ich begreife das nicht. Du könntest doch hier ein neues Leben anfangen. Was wartet schon auf dich in Berlin?"

„Meine Geschichte."

„Aus der du aber bisher zu wenig machen konntest, Sten."

„Ja."

„Also, es ist nie zu spät."

„Nein, aber man kommt aus seinem Kreis nicht heraus, indem man einfach einen neuen Kreis anfängt. Der alte Kreis muss in den neuen sich wandeln." Und nach einer Pause fügte Stefan hinzu: „Und das ist auch gut so."

„Ich verstehe dich nicht." Julie äußerte es aggressiv, so als ob sie um etwas kämpfen wollte. Sie stand auf, löschte die helle Deckenlampe und knipste die kleine Lampe mit dem ockerfarbenen Schirm an, dessen Schein die Tapete mit den pastellmilden Farben einer aufgehenden Sonne beleuchtete.

„Sag mir, wieso du nicht hierbleiben willst. Oder wieso du nicht mit mir in die USA willst?"

„Gut, da ist schon das Gefühl, dass ich zu viel Zeit im falschen Land zur falschen Zeit mit den falschen Leuten verbracht habe."

„Also?"

„Ich käme mir irgendwie blöd vor, jetzt bei dir zu bleiben."

„Das klingt ja wenig schmeichelhaft."

„Es hat eigentlich nichts mir dir zu tun."

„Komplimente über Komplimente."

„Ich habe das deutliche Gefühl, dass ich zurückkehren muß. Einfach so. Es ist meine Sache."

„Sten, das reicht mir so noch nicht."

Auf der Straße unter dem Hotelfenster war es still geworden. Stefan stellte die Flügel aus und die vom Regen gereinigte Luft frischte den klammen Geruch der Bettwäsche auf.

„Man kann vor seiner Biografie nicht davonrennen."

Er sprach dann noch leiser, so dass es Julie kaum akustisch wahrnahm.

„Da ist noch eine Schuld, die sechzig Jahre zurückliegt."

Julie verkniff es sich zu bemerken, dass zu dieser Zeit Stefan noch nicht geboren war.

„Ich bin ein Erstgeborener, und die haben noch etwas mitgekriegt. Die Gebete der Opfer in den Schinderhütten der Nazis sind nicht unerhört geblieben. Die Grässlichkeiten, das Furchtbare ist noch nicht verklungen. Es liegt da noch was in den Kindern, in mir, in meiner Generation. Wir müssen uns noch mit der Schuld auseinandersetzen. Es geht tiefer als Moral. Es sind die Gebete der Opfer, der Leidenden, der Gedemütigten, an erster Stelle der Menschen, die vom Holocaust vernichtet worden sind. Es ist eingraviert in unser Schicksal, besonders in den Erstgeborenen, nach dem Krieg."

Julie wurde still, versuchte ihn zu trösten: „Aber das ist doch schon lange her."

„Die Schuld war zu groß, einfach zu groß."

„Was wirst du damit machen?"

„Ich weiß es nicht." Nach einer längeren Pause, die Julie nicht unterbrechen wollte, fuhr Stefan mit einer ruhigeren Stimme fort.

„Ich habe mich in der letzten Zeit oft gefragt, was ich so lange in der Kunst, der Literatur gesucht habe. Wieso ist mir der Film so wichtig geworden, dass ich fast mehr in dieser zweiten Realität gelebt habe? Weshalb habe ich Gesellschaftswissenschaften studiert? All dies war doch nicht mit einer Berufswahl verbunden. Und doch habe ich so viel Zeit damit verbracht. Woher kam dieser Antrieb? Ich wollte nie Künstler oder gar Politiker werden.

Ich denke jetzt, dass hinter der Suche ein ungemeiner Drang stand, meinem Leben einen starken Bereich jenseits einer Berufs- und Gesellschaftsrolle zu geben. Es ist mir, als ob ich mit aller Kraft verhindern musste, ein Arbeitstier zu werden. Ich wehrte mich dagegen, weil es zu deutlich in meine Erziehung und meine Umgebung eingraviert war. Es war eher ein Muss als ein Wollen. So viele Fragen auch, denen ich nachgehen musste. Die Suche war zwanghaft. Ja, ich weiß keine andere Antwort als diese Schuld. Und ich komme aus diesem Kreis nicht heraus, indem ich das Land und die Sprache wechsle. Ich bin Teil meiner Generation, dieser Erstgeborenen nach dem Nationalsozialismus. Ich habe auch sehen müssen, wie viele meiner Schulkameraden in einen selbstzerstörerischen Sog geraten sind. Einige sind in den Freitod gegangen. Auch wenn es dafür noch andere Gründe geben mag, für mich bleibt als ein tieferer Grund eben diese Schuld. Ich schulde da etwas nicht nur den Opfern, sondern auch meiner Generation. Was ich damit mache, weiß ich noch nicht. Aber ich glaube jetzt, dass dies der Grund meiner Rückkehr ist."

Wieder entstand eine Pause. Wieder sagte Julie kein Wort. Weniger bedrückt, gar mit einem heiteren Klang in seiner Stimme, nun auch den Blickkontakt mit Julie suchend, sagte Stefan: „Außerdem ist es auch im Märchen so. Der Held bricht von zu Hause auf, sucht Abenteuer, kehrt zurück, um in seinem Dorf Geschichten erzählen zu können, die vielleicht etwas von dem Gral enthalten."
„Ja, so wird es sein", sagte Julie und beide lachten befreit.
Nun versuchte Julie nicht mehr, Stefan zur Umkehr zu bringen. Sie drückte ihn an sich und gab ihm einen langen Kuss. „Komm, lass uns miteinander schlafen. Ich möchte dich in mir spüren."
Stefan wiederholte noch: „Ja, deshalb muß ich zurückkehren. Es muss dort noch etwas geleistet werden. Es muss dort noch ein Opfer gebracht werden." Dann schlief er in Julie ein.

20

Der Abschied

Kaum eine Stunde später erwachten Julie und Stefan wieder.

„Was machen wir mit dem Geld?", fragte Julie.

Wieder antwortete Sten: „Ich will nichts davon."

„Aber du könntest es ja wirklich gut brauchen und Cliff hatte sich das auch so gedacht."

„Ich habe mir nichts von diesem Geld verdient. Es passt auch einfach nicht."

„Wer bekommt schon das, was er verdient? Mach dich nicht kleiner als du bist!" Und nach einer Pause, ernster: „Du bist geschlagen worden."

„Nun ja, nicht unverdient. Ich muss die Größe finden, die zu mir passt. Nimm das Geld. Beerdige Cliff und ... Da ist sein Kind. Wie schön das ist, dass Cliff eine Tochter hat!"

„Was machst du in Berlin?"

„Irgendwie dasselbe anders."

„Und deine Freundin?"

„Ich muß zurück nach Berlin. Ich bin aus Berlin geflüchtet, vor mir selbst. Ich weiß nicht, wie lange ich in Berlin bleibe, aber ich muss erst mal dorthin zurück."

„Schreibst du mir, wenn du erreicht hast, was du wolltest?"

Julie suchte die körperliche Nähe von Stefan. Wenn sie schon nicht das andere verstehen konnte, so wollte sie ihm doch nahe sein.

Noch bevor die Sonne aufging, stand Stefan auf. Er küsste Julie, die so tat, als würde sie noch schlafen. Dann stieg er am *Gare de l'Est* in den TGV nach Deutschland ein.

Im Zug schrieb Stefan in einen Notizblock, den er am Bahnhofskiosk gekauft hatte: *„Ich wollte für diesen Auftrag mein Bestes geben. Ich kehre mit leeren Händen zurück. Hätte ich mein Bestes gegeben, so wäre ich nicht mehr zurückgekehrt. Das wirft zwei Fragen auf: Erstens, hatte mein Bestes so wenig an Substanz, und zweitens, ob man für einen Auftrag wirklich sein Bestes geben soll."*

Wie Stefan diese Zeilen schrieb, ging die Sonne am Horizont auf. Er wusste nicht, ob er dieses Bild als Kitsch ansehen sollte. Er schloss die Augen und genoss es, wie die Sonne langsam heller und wärmer wurde. Mit der zunehmenden Kraft der Sonne formte sich in Stefan Schubert ein Gebet an seine Götter. Er wünschte sich, dass er diese Reise mit all ihren Tiefen und Höhen erinnern kann und dass kein Alltag ihm diese Erinnerung mehr verflachen kann. Er hatte Angst, dass er auch dies wieder zu schnell vergessen würde. Aber bei dem Gedanken an Julie und Cliff verflüchtigte sich die Angst wieder.

Stefan Schubert überquerte die deutsche Grenze. Es war Montag, kurz vor 10.00 Uhr. Er schrieb: *„Ich spüre, wie ich wieder in den alten Kreis eintrete. Und ich wollte es so. Ich spüre schon jetzt, wie meine Kräfte wieder schwinden. Warum bin ich nicht bei Julie geblieben, warum bin ich nicht in Paris geblieben und fahre dort Taxi? Und doch musste ich so handeln wie ich gehandelt habe."*
Müde legte sich Stefan zurück und schloss die Augen.
„Ohne Liebe ist alles nichts. Wo ist das Licht am Ende des Tunnels, so wie in meinem Traum?"
Stefan sah aus dem fahrenden Zug, und er konnte sich über die Farben, die vorüberzogen, freuen. Der Bic-Stift strich über das Papier.
„Meine Augen wurden wieder kräftiger und die Eindrücke durch die Sinne wurden wieder intensiver. Das Lebendige in mir hat zugenommen. Das ist nicht wenig. In mir wurde es wieder wärmer durch das, was ich sah und hörte und roch. Aber wird

das ausreichen? Werde ich auch an dem, was mich umgab und wieder umgeben wird, nicht um so mehr leiden? Auf der Reise war etwas in mir in die Brüche gegangen, nein, die Bruchstücke waren schon vorher vorhanden, sie wurden mir nur bewusst. Wie schön, dass wir im Träumen, jede Nacht, das Erlebnis haben, ohne Bruchstücke zu sein. Wie wunderbar ist dies Gefühl. Die Träume sind nicht nur Teil des Unbewussten, sie kommen noch von woanders her. Es ist nicht nur das Eigene, das geträumt wird. Es ist auch Fremdes. Beim Träumen sind wir wieder Teil eines Ganzen, so wie wir dies als Kinder noch waren. Wie dürftig kommen wir uns vor, wenn wir am Tage das notieren wollen, was uns im Traum so reich erschien. Und es ist dieses Ganze, das uns die Farben und Klänge und Gerüche gibt. Der Traum kennt das Dürftige nicht, er schöpft aus dem Vollen. Im Traum sind wir nicht zerstückelt. Im Traum fühlen wir uns immer lebendig, aus einem Stück gemacht. Ach, wenn wir doch besser aus unseren Träumen schöpfen könnten!"

Die Sonne hatte weiter an Kraft gewonnen und erhellte und wärmte das Zugabteil.

Stefan konnte den Notizblock nicht mehr aus seinen Händen lassen. *„Was bleibt übrig? Eigentlich nichts. Eigentlich alles. Wenn sich die Dinge in einem nicht fügen, dann bleibt alles Collage. Der innere Geist fehlt. Man selbst kann nur kitten und kleben. Sicher, diese Arbeit ist wichtig. Aber sie bleibt Stückwerk, wenn andere Kräfte nicht glücklich eingreifen. Wir alle haben die Ganzheit einmal empfunden. Sie ist uns allen in die Wiege gelegt und wir konnten sie in der Kindheit leben. Auch kennt jeder Momente der Begeisterung in seinem Leben, in denen er empfunden hat, wie alles eins wurde und einfach und leicht war. Die Liebe ... Diese Momente, in denen alles innig zusammenfloss, sind unser persönlicher Reichtum, der wirkliche. Ihn zu schützen und ihn zu pflegen erscheint mir jetzt als mein Reisesouvenir."*

In diesem Moment überquerte der Schnellzug den Rhein. Stefan dachte an Cliff, fühlte die Nähe des Todes und spürte keine Angst, wusste aber, dass sie wiederkommen würde.

21

Zurück in Berlin

Je mehr sich Stefan Berlin näherte, um so mehr spürte er Freude auf seine Wohnung, die Türe aufzuschließen und in seine Aura einzutreten, seine Dinge zu sehen und zu riechen, wahrzunehmen, dass alles seinen Platz hatte und dass die Räume zwischen den Dingen stimmten.

Stefan Schubert kam im Bahnhof Zoo an. Er fuhr direkt zum Büro von Sabine. Sie empfing ihn mit offenen Armen und küsste ihn lange.

„Ich freue mich, dich heil wieder zu haben, Sten."
Stefan setzte sich auf einen der Besucherstühle und vermied, auf die Einrichtung des Büros zu achten. Sabine setzte sich auf Stefans Schoß.

„Erzähle, Sten?"
„Ich rauche nicht mehr."
„Und sonst?"
„Ich habe unterwegs zwei Leute getroffen."
„Und?"
„Es war so wie das immer ist, wenn man unterwegs interessante Leute trifft, man redet über Gott und die Welt."
„Wie lief es mit deinem Auftrag?"
„Du hattest Recht."
„Das habe ich nicht gewollt. So schlimm?"
Stefan nickte, sagte, dass er aber im Moment nicht diese Geschichte erzählen will."
„Das verstehe ich, Sten. Kommst du heute abend zu mir?"
„Ich fahre wieder Taxi."
„Aber danach?"

In einem modernen Büro in einem postmodernen Bürogebäude am Potsdamer Platz besprachen sich Luis Branco und Falcone.

„Boss, wir hätten nicht das Naive mit dem Professionellen paaren sollen. Das mit der Bewachung durch Mullner war gut gedacht, aber die Mischung hat sich selbstständig gemacht. Der Mullner ist besser als unsere Leute."

„War", verbesserte Falcone. „Es ist dumm gelaufen."

„Na ja, eine Frau ist ins Spiel gekommen. Da laufen meistens die Dinge anders als geplant."

Die beiden Männer lachten derb.

„Luis, die Sache hat uns zwar eine Stange Geld gekostet, aber das ist Geschäftsrisiko. Wir werden es abschreiben."

„Wenigstens hat Gregor auch vier seiner Leute verloren."

„Na ja, es hätte für uns noch schlimmer kommen können. Gut, dass der alte Stock in Pension geht. Der ist mit seiner Moral unberechenbar."

„Seine Nachfolger sind auch nicht ohne und auch nicht korrupt."

„Ja, aber sie denken wie wir, rational. Die sind clever, wie wir. Das bleibt berechenbar. Die alte Unternehmenskultur mit Schiessen und Schlägern ist out. Wir brauchen jetzt echte Profis."

„So wie Mullner?" fragte Branco.

„Verdammter Mullner. Wer hätte auch denken können, dass dieser mit allen Wassern gewaschene Profi auch sentimental ist. Da haben wir uns verrechnet. Aber auch er ist ein Auslaufmodell, eines, das sich auch noch selbst aus dem Verkehr gezogen hat."

„Und was machen wir mit dem Taxifahrer und dem Mädchen, Boss? Die wissen doch zu viel."

„Ach, was wissen die schon. Schubert kennt dein Gesicht, aber das ist auch alles. Es ist das beste, wenn du mal für eine Zeit lang aus Berlin verschwindest. Such dir irgendeine unserer Filialen aus. Nein, wir unternehmen nichts. Das Geld ist verbrannt und es ist am besten, wenn wir so tun, als ob der Job von Schubert nur darin bestanden hat, den Mercedes nach Paris zu überführen. Ich glaube nicht, dass Schubert und das Mädchen irgendetwas unternehmen werden. Die sind froh, mit heiler Haut davongekommen zu sein. Nein, wir schreiben diesen Auftrag als Unternehmensverlust ab." Und Falcone fügte, nun mit ernster Miene hinzu: „Es ist schon genug Blut geflossen."

Die beiden Männer standen nebeneinander an der Fensterfront und schauten auf den Potsdamer Platz, der immer noch zur Hälfte eine Baustelle war.
Erst nach einigen Minuten fragte Luis Branco: „Und was machen wir mit Gregor, wenn er weiter Probleme macht?"
„Wir expandieren nicht. Wir bleiben innerhalb unserer Grenzen. Wir halten uns an unsere Werte. Keine Drogen an Kinder und Jugendliche. Für den Markt gilt ansonsten: Nicht wir sind das Problem, wir sind nur ein Ausdruck vom Problem."
„Was machen wir mit Gregor, wenn er sich an die Spielregeln nicht hält?"
„Nichts, wir selbst halten sie ein. Wenn Gregor dies nicht tut, so werden wir unsere Grenzen verteidigen. Ansonsten ist das seine Sache und die der Polizei."
Wieder schauten die Männer auf die große Baustelle. Dann sagte Falcone mit einer sentimentalen Stimme, die Branco aufhorchen ließ: „Es ist genug Blut geflossen. Geld kann man ersetzen. Wir müssen die Ehre von Cliff Mullner respektieren. Wir haben mit falschen Karten gespielt. Man muss seine Grenzen erkennen. Ich will auch, dass man den Schubert, den Stock und das Mädchen in Ruhe lässt. Sie haben ihren Preis bezahlt."
Falcone klopfte Branco auf die Schultern: „Komm, Luis, lass uns essen gehen, aber nicht in so ein schickes Restaurant hier im Carré. Ich will eine einfache Pasta in einer einfachen Pizzeria essen. Komm, lass uns zu Luigi gehen."
„So wie früher Roberto?"
„Ja, so wie früher Luis."

Am nächsten Morgen exmatrikulierte sich Stefan Schubert an der Freien Universität Berlin. Am Mittag stellte er die Bücher aus seinem Studium zusammen und brachte sie ins Antiquariat. So wurde Platz in dem großen Bücherregal frei für Cliffs strahlend gelben Aschenbecher. `Deutsche Heldensagen´ schauten ihn an. Manche Gefühle lassen sich nicht leben. Nicht nur, weil sie bigger than life sind, unumsetzbar in der Wirklichkeit bleiben, es sei denn für Momente, die man nicht halten kann. Auch, weil sie uns zerstören würden - und andere. Es ist ein Bereich der Götter und der Zauberer. Deshalb gibt es Mythen und Sagen. Wir sind nicht Siegfried und nicht Hagen, sind nicht Ortrun oder Gudrun. In unseren Gefühlen sind wir beides. Wieso das so ist, darauf wusste Stefan Schubert keine Antwort. Ist es ein Tribut an die Intensität unserer Gefühle, an die Leidenschaften? Sein Blick fiel auf die Gesammelten Werke von William Shakespeare und er musste lächeln. Wie lange konnte das Kino der Moderne sich von diesem Dichter nähren? Ach, John Ford und Akira Kurosawa! Nein, wir dürfen nicht alle unserer Gefühle eins zu eins umsetzen wollen. Und doch müssen wir sie in uns lebendig halten, sonst stirbt etwas in uns. Vielleicht unser stärkster Antrieb. Wir sind keine Helden, sonst gäbe es keine Heldensagen. Und doch ist in jedem von uns ein Held. Vielleicht ist es das, an was Lou Reed dachte, als er sang „to be James Dean for a day"; oder David Bowie „Baby we can be Heroes, just for one day"; oder Friedrich Hölderlin „einmal lebt ich wie Götter ..." Es gibt Momente, in denen fügt sich alles in einem. Dann sind wir ohne Erdenschwere, dann schweben wir im Tanz des Lebens und sind den Göttern nahe. Doch dürfen wir ihnen nicht zu nahe kommen. Wie kann man das aushalten, dachte Stefan ohne Verzweiflung? Gut, dass wir unsere Dichter, Sänger und Filmemacher haben. Ach, meine Bücher! Wie schön, dass man euch an jeden Ort mitnehmen kann, in die Straßenbahn, in das Café. In den Pausen während der Arbeit kann der Blick auf euch uns in eine andere Welt führen, in eine Welt, derer wir so stark bedürfen.

Am Abend stand Stefan Schubert am Taxistand am Wittenberg-platz und wartete auf Fahrgäste. Sein Chef war erfreut gewesen, seinen Mitarbeiter wieder zu haben, und hatte ihm sofort ein Taxi frei gemacht. Über Funk wurde Stefan Schubert für eine Fahrt verlangt.

An der Eckkneipe `Zum Walfisch´ stand ein älterer Mann. Stefan wunderte sich, da er gezielt über Funk verlangt wurde und den Mann noch nie gesehen hatte.

„Kenne ich Sie?"

„Nein, aber ich kenne Sie."

Die Backenmuskeln von Stefan spannten sich, er dachte an Luis Branco, und sagte mit fester Stimme: „Also wenn Sie meinen, mich unter Druck setzen zu können ..."

Der ältere Mann unterbrach ihn lachend.

„Keine Angst, ich bin keiner von Falcones Leuten. Ach, den kennen Sie ja nicht. Luis Branco gehört zu Falcone."

Das Gesicht von Stefan wurde immer fragender.

„Ich bin sozusagen von der Gegenseite, von den Guten."

Wieder lachte der Mann und schränkte ein: „Nun, zu diesen gehöre ich jetzt auch nicht mehr. Mein Name ist Stock, Emil Stock, Kommissar ausser Dienst", und er streckte Stefan seine Hand hin, der noch zögerte, sie anzunehmen.

„Ich kann Ihnen berichten, dass Mademoiselle Bertaux gerade den Leichnam von Mister Cliff Mullner aus San Francisco nach Grasse überführt. Mit dessen Tochter hat sie sich in San Francisco verabredet."

Stefan musste wegschauen.

„Hier nehmen Sie mein Taschentuch, Herr Schubert. Auf Jenny Mullner hat Fräulein Bertaux auch ein Konto bei der Crédit Lyonnais eröffnet. Naja, viel Geld kann das ja nicht sein, wohl eher ist dies symbolisch zu verstehen. Denn die Polizei in Paris und die deutschen Behörden gehen davon aus, dass das, wonach die Gangster jagten, mit Cliff Mullner in Flammen aufging. Dieser total verkohlte Wagen. Da war nicht mehr viel da für die Spurenfahnder."

Noch weiter drosselte Stefan die Geschwindigkeit des Taxis, so dass andere Autos wegen Behinderung des Verkehrs hupten.

„Ich denke", fuhr Emil Stock fort „dass Julie Bertaux das Konto eingerichtet hat, damit die Tochter von Cliff Mullner ein paar Francs hat, wenn sie das Grab ihres Vaters besucht. Eine schöne Geste, finden Sie nicht auch?"

Stefan wendete seinen Blick nicht von der Straße ab, und so entging ihm das Schmunzeln des Kommissars, das zum Ernst seiner Ausführungen konstrastierte.

„Herr Schubert, Sie würden mir und meiner Frau eine große Freude machen, wenn Sie eine Einladung zum Essen zu mir nach Hause annehmen würden. Sie können auch Ihre Freundin mitbringen. Stört es Sie, wenn meine frühere Assistentin auch anwesend ist?"

Stock verabschiedete sich und Stefan drückte gerne seine Hand.

„Es ist gut, dass Sie nichts von dem Geld genommen haben."

Am Ende der Schicht, nachdem er das Taxi seinem Kollegen von der Tagesschicht übergeben hatte, fuhr Stefan mit der U-Bahn zu Sabine. Nach einer Stunde im Bett frühstückten sie zusammen.

„Was machst du jetzt?"

„Taxi fahren."

„Nicht besonders originell. Hast du nicht mal an eine Umschulung gedacht?"

„Ich tauge nicht als Hausmeister, da habe ich praktisch zu wenig drauf."

Sabine wollte nicht, dass sie sich über Stefan ärgerte.

„Du bist kein Besonderer. Jetzt schon gar nicht mehr mit deinen fast 40 Jahren."

„Meinst du, du sagst mir was Neues?"

Sabine war es unangenehm, als sie merkte, dass da wieder etwas in ein altes Fahrwasser lief. Aber was konnte sie schon tun? Sie musste es als ihre Aufgabe ansehen, denjenigen, den sie liebte in das Leben zu ziehen, in das Leben, in dem sie drinsteckte, in das Leben, in dem alle drinsteckten. Neu bei ihr war, dass sie die Art von Stefan, sich herauszuziehen, nun nicht mehr einfach nur still akzeptierte. Sie wusste wohl, dass sie seine Art akzeptieren musste, nun ja, sie liebte diese ja gerade, aber sie wollte dies nicht mehr nur still tun. Wohl wusste sie, dass sie damit auch das

Risiko tragen musste, dass Stefan sich von ihr trennen könnte. Aber sie wollte mit dieser Angst anders umgehen.

Früher wäre Stefan nach solch einer Auseinandersetzung wortlos aus dem Zimmer gegangen. Jetzt stand er auf, ging ans Fenster und schaute in die Weite. Dann setzte er sich wieder auf einen Stuhl in der Nähe von Sabine und sagte in gefassten ruhigen Worten: „Ich denke, es gäbe viele befriedigende Tätigkeiten für mich. Ich denke, es gibt viele interessante Leute, mit denen ich gut zusammenarbeiten könnte. Ich habe auch einige solcher Chancen gehabt. Nicht geklappt hatte es vielleicht aus Kommunikationsgründen. Vielleicht war oft nicht angebracht, die Schroffheit und Eckigkeit meines Charakters in den Vordergrund zu stellen. Es ist der Sache nicht dienlich. Ich verwechselte Kooperationsbereitschaft mit Anpassung. Auch ist die Realseite der Anpassung ja nicht schlecht. Was ist daran schlecht, sich in eine Arbeit mit anderen einzupassen, wenn man diese Arbeit als sinnvoll erachtet? Ich habe da was verwechselt. Es zeugt von Schwäche, wenn man in jeder Arbeitssituation meint, seine Persönlichkeit darin zu verlieren."
Nach einer Pause fügte er lächelnd hinzu: „Ja, ich denke, ich werde mich jetzt anpassen. So schwer kann das nun auch wieder nicht sein, es gelingt ja den allermeisten."

Sabine verkniff es sich, Stefan zu bestätigen.
„Mal sehen, ob mir die Begegnung mit meinem Tod mehr Stärke gegeben hat." Sabine erschreckte dies, doch Stefan lächelte und schlug ihr leicht mit seiner Hand auf den Oberarm.
„Ich bin morgen Abend bei einem Kommissar zum Essen eingeladen. Hast du Lust mitzugehen?" Er lachte nah in das Gesicht von Sabine, in dem sich Neugier mit Angst vermischte.
„Es ist der Kommissar, der uns vor dem Zugriff der Gangster schützen wollte, und als ihm das nicht gelang, reichte er seine vorzeitige Pensionierung ein. Aber ich glaube, dass er mich nicht aus einem schlechten Gewissen heraus zum Essen einlädt." An

228

der Türschwelle sagte Stefan noch, dass er heute nacht zu ihr käme, aber dass es spät werden würde.

Das Haus von Emil Stock in Marienfelde zu finden war für den Taxifahrer Schubert kein Problem. Er kam in Begleitung von Sabine Ruth. Emil Stock hatte selbst gekocht. Es gab Reh mit Knödel, Feldsalat und Trollingerwein. Die Frau des Hauptkommissars a. D. hatte einen Gugelhupf gebacken.

„Sag mal, Stefan, - ich darf dich doch duzen? -, du hast eine ganz ordentliche Bildung. Kannst du damit nicht was machen?"
„Haben Sie etwas gegen Taxifahrer? Ach, das war jetzt eine blöde Bemerkung!"
Stock lachte, in den drei Frauen zeigte sich Spannung.
„Mein Junge, es ist deine Sache, und alt genug bist du ja. Aber solltest du mal einen Kriminalroman schreiben wollen, so stehe ich mit meinen Erfahrungen gerne bereit. Ich habe einige Geschichten auf Lager, das kann ich dir sagen."
Emil Stock holte noch einen alten Calvados aus seinem Schreibtisch, den er von seinem Freund am Quai d´Orsay geschenkt bekommen hatte. „Ich nehme doch an, dass Sabine fährt, sie hat sich ja zurückgehalten heut Abend."

In der Wohnung von Sabine setzte sich Stefan an den Küchentisch und schrieb: *„Das Telefon läutete. Die Sonne stand hoch, aber in dem Zimmer war es stockdunkel ... "*
Ich muss aufpassen, dass es nicht zu autobiografisch wird, nahm sich Stefan vor.
„Ich geh schon mal schlafen." Sabine stand in der Küchentür.
„Ich freue mich, dass du hier schreiben kannst, Sten."

Am anderen Tag saß Stefan Schubert wieder im Taxi. Er hatte ein Heft bei sich - wie vor vielen Jahren -, in dem er sich Notizen machen konnte. Er schrieb: *„Cliff fragte sich am Ende, ob sich die Kämpfe gelohnt hatten, da doch alles wieder so war wie am Anfang? Ich fahre weiterhin Taxi, bin noch mit derselben Frau* zusammen, wohne noch in derselben Wohnung. Nun, ich habe eine Geschichte erlebt, an die ich mich erinnern kann und die ich meinen Kindern erzählen kann."

Stefan lachte vergnügt vor sich hin.

„Und ich kann jetzt wieder trennen zwischen meinen Träumen und der Realität. Wohl habe ich keinen meiner Träume verwirklicht, aber vielleicht ist das Wichtigere, dass man sie sich erhält. Die Träume werden vielleicht weniger gefährdet dadurch, dass man sie nicht verwirklicht, als dadurch, dass man zu wenig die Spannung zwischen Traum und Realität aushalten kann. Diese Kraft hatte ich nicht mehr vor meiner Abreise aus Berlin. Es wird immer eine Kluft zwischen Traum und Wirklichkeit geben. Immer. Das liegt wohl daran, dass der Stoff, aus dem sie geformt sind, ein unterschiedlicher ist. Nur auf den ersten Blick sieht es so aus, als ob Traum und Wirklichkeit eine Spannung bilden auf derselben Ebene. Man meint, aus der Wirklichkeit heraus seine Träume als Ziele bilden zu können. In Schritten sollen sie dann in die Wirklichkeit umgesetzt werden. Dies erscheint mir jetzt als ein Trugschluss. Die Wirklichkeit bildet sich mit Produktion, Kommunikation, Macht, Gewalt. Die Liebe ist vielleicht die Grenzgängerin zwischen Traum und Wirklichkeit. In seinen Träumen ist jeder ein Gott. Jeder, gleich wie viel er bisher von seinen Träumen hat umsetzen können. Auch ein Verlierer. Die Träume, sie reichen in die Kindheit, sie reichen in die Natur, in das Archaische, in das Mythische, und in das Göttliche. Diese Welt zu schützen ist vielleicht das Wichtigste, was wir Menschen tun können."

Es war eine klare Vollmondnacht, und Stefan brauchte nicht die Innenbeleuchtung des Autos, um seinen Stift führen zu können.

„Alles so wie bisher?" fragte Cliffs Freundin Julie.
„Ja, scheint so."
„Und bist auch noch stolz darauf?"

„Nein, das ist ein Unterschied."
„Ist ja eine große Änderung."
„Ja, schon. Ich akzeptiere den Kreis, in dem ich drin bin."
„Meinst du nicht, das ist ein kleiner Kreis."
„Ja."
„Macht das Sinn?"
„Es ist mein Kreis."
„Du wolltest mal mehr in deinem Leben."
„Das liegt schon eine Woche zurück."
„Bist aber stark verändert zurückgekommen."
„Das ist der Sinn einer Reise."
„Ach, mit dir ist heute nichts anzufangen." Ärgerlich sprang Julie von Cliffs Schoß.
„Ich muss noch kurz in meine Wohnung, um mich auf die Nachtschicht vorzubereiten."

Ein Mann, der seinen Hund Gassi führte, ging an dem Taxi vorbei und wunderte sich nicht, dass ein Taxifahrer irgendetwas in irgendein Notizbuch schrieb.

„In der U-Bahn spürte Cliff einen alten Trotz in sich. Gut, ich habe zu wenig aus meinen Chancen gemacht. Aber muss man aus allen Gelegenheiten Nutzen ziehen. In erster Linie geht es nicht darum, Erfolg zu haben, sondern zu seiner Bestimmung zu finden und diese zu erfüllen. Zu hören ist dann der Pulsschlag der Schicksalsuhr. Jeder Mensch hat seine Sterne in seiner Brust und sie sind einzigartig.
Wieder spürte Cliff den Trotz mit seiner abgrenzenden Kraft und er lächelte, weil er sich dabei an seine Kindheit und seine Jugend erinnerte. Es war dieser Widerstand gegen etwas, das er als Angriff auf sein Innerstes empfunden hatte.
Wenn man vor seinem Gott steht und er fragt einen, was man mit seinem Leben gemacht hat, und man antwortet, Erfolg gehabt, so ist das nicht wenig, aber ...

Sicher würde sich Cliff nun nicht mehr damit entschuldigen wollen, dass er vor lauter Widerstand zu nichts anderem mehr gekommen ist."

Kein Fahrgast wollte die Dienste des Taxifahrers Schubert in Anspruch nehmen, was diesen nicht störte. Eine Wolke schob sich vor den Mond, aber Stefan fand sich auch mit weniger Licht in seinem Notizbuch zurecht.

„Die U-Bahn ratterte durch den Tunnel und der Geruch von abgeriebenem Gummi drang durch die Ritzen des Waggons.
Angenehm, zum Anfang zurückkehrend wie ein Märchen, spürte Cliff wieder diese Frage in sich: Was blieb? Vielleicht das Gefühl, dass er nur ein Samenkorn war inmitten eines unendlichen Ganzen. Nein, kein Rädchen in einem Räderwerk. Es war ein anderes Gefühl. Es war das Gefühl: das Ganze ist allenthalben. Das Ganze ist in allem und jedem enthalten. Aus diesem Grund kann auch der Teil wachsen, hin zum Ganzen. Auch in einem Kreis, so gering er in seiner sozialen Ausdehnung sein mag, in dem man sogar meint, nie mehr entrinnen zu können, ist Wachstum möglich, grenzenlos, wenn man die Verbindung zum Ganzen nicht aufgibt. Dann bekommt alles eine mythische Dimension. Alles. Jede Kleinigkeit, jedes Ding. Und es war eigenartig, wie ihn dieses Gefühl tröstete.
Und als Cliff Mullner zu sich nach Hause kam, hatte er das Gefühl, nicht mehr von vorne beginnen zu müssen. Er spürte, wie seine Dinge ihm zulächelten, er spürte, wie die Räume zwischen ihnen stimmten. Er fühlte, er war bei sich zu Hause.
Cliff stellte die Sonnenblumen, die er unterwegs gekauft hatte, in eine Vase unter das Bild Le Café La Nuit und drehte seine Sanduhr herum. Der Sand rieselte durch die dünne Öffnung nach unten.
Es geht darum, den Fluss seiner eigenen Zeit in einen ästhetischen und moralischen Zusammenhang zu bringen. Und da, wo beides sich trifft, da spürt man das Ganze. Dann wird die Zeit magisch. Dann empfindet man den Fluss seiner Zeit als sinn-

voll. Einfach so. Ganz einfach, ohne weiteres Zutun. Der Grund,
wo Ästhetik und Moral sich treffen, ist tief. Im Geheimnisvollen
liegt ein Zugang, den Kinder wohl kennen. Das einzige, was man
tun kann, sich diesen Bereich als magischen offen zu halten. Das
ist mein Souvenir von der Reise."

Der Taxifahrer Stefan Schubert hatte Zeit und Ort vergessen.
Seine Erinnerungen lebten in ihm und führten ihm den Stift, der
über das Papier tänzelte, als würde er von einer fremden Hand
geführt werden.

„Cliff setzte sich an seinen Tisch in der Küche, holte sein Heft aus
seiner Jackentasche und schrieb.

Nun kann ich wieder trennen zwischen Traum und Realität. Auch
sind die Nischen wichtig. Unterwegs habe ich mich verflucht,
dass ich mich in sie so oft geflüchtet hatte. Aber man braucht die
Nischen gegen einen Markt, der immer stärker alles aussaugt.
Der Markt wird immer unverschämter, hält sich immer weniger
an Grenzen. Aber nicht dem Markt ist dies vorzuwerfen, denn das
ist seine Art. Es sind die Menschen, die Grenzen setzen müssen.
Sie wollen dein Bestes. Sagen sie. Gib es ihnen nicht. Bewahre
dein Bestes für deine Götter auf. Lass dein Bestes nicht zur Ware
werden. Kein Preis ist so hoch, als dass du das verkaufen solltest.
Pflege Dinge, die auch keinen Erfolg bringen, pflege deinen
wilden Garten, pflege die Dinge, die nicht des Kaisers sind. Du
wirst sie mal brauchen. Spätestens auf deinem Totenbett.

Der Teekessel pfiff, und Cliff brühte sich einen Pfefferminztee auf,
so stark und mit so viel Zucker wie in dem algerischen Restaurant
in Toulon.

„Hatte sich all dies gelohnt?" notierte Cliff mit seinem Bic-
Kugelschreiber in sein Notizbuch, das er am Gare de l'Est
gekauft hatte. „Ja, für diese Stunden, in denen ich die Natur
anders wahrnehmen konnte, mit den Augen, den Ohren, der Nase,

der Haut, ohne Verstopfung der Sinne. Zuvor war alles in mir kalt und stumm gewesen. In den Sonnenblumen am Straßenrand sah ich alle Sonnenblumen, der Duft der Pinien erschloss alle Pinienwälder."

Es war Freitag Nacht, der 4. Juni 1999. Die Eckkneipen waren voll und der Taxifahrer Stefan Schubert hatte Lust, nach seiner Arbeit mit dem Kugelschreiber, eine Molle zu trinken und seine letzte Zigarette zu rauchen. Und wenn Hugo und Alfons nicht gestorben wären, so hätte Stefan sie in dieser Nacht an einem Tresen in der Eckkneipe von Fred treffen können.

Stuttgart, 15. April 2001

234

Die Personen

Stefan "Sten" Schubert ist 39 Jahre alt und jobbt in Berlin als Taxifahrer. Stefan hat in Berlin Sozialwissenschaften und Germanistik studiert, aber keinen Abschluss gemacht. Er hat den Auftrag angenommen, einen Mercedes von Berlin nach Paris zu überführen.

Sabine Ruth, 34, ist Abteilungsleiterin in der Landesbibliothek Berlin. Sie hat mit Sten studiert und liebt ihn.

Cliff Mullner, 38 Jahre, US-Bürger, geschieden, erhält einen Auftrag aus Deutschland. Mullners Mutter ist eine Deutsche, und so spricht er diese Sprache fließend. Durch ein Studium an einer Elite-Universität beherrscht er auch die italienische und französische Sprache. Wenn Mullner mal nicht in seinem Beruf unterwegs ist, lebt er in San Francisco. Mullner hat eine Tochter, Jenny, zwölf Jahre jung, die bei ihrer Mutter in San Francisco lebt.

Julie Bertaux, 21 Jahre, wurde in Grasse in Südfrankreich geboren. Sie hatte nach dem Gymnasium drei Jahre bei einem Zirkus als Seiltänzerin gearbeitet. Nun bricht sie in die große Stadt auf mit dem Ziel, sich für ein Studium zu entscheiden.

Luis Branco, Ende 50, überbringt Stefan Schubert den Auftrag, den Geschäftswagen seines Chefs, Herrn Falcone, nach Paris zu überführen.

Falcone, Mitte 50, ist Chef der mächtigsten Drogenorganisation in Berlin. Seine kriminellen Geschäfte tarnt er durch eine Import-Export-Firma, in die „gewaschene Gelder" aus dem Drogengeschäft wandern. Durch Transaktionen im Finanzgeschäft versucht er, seine Geschäftätigkeiten aus dem Illegalen ins Legale zu überführen.

Hugo (Ende 40) und **Alfons** (Ende 40) sind Falcones Gangster. Sie gehören noch zur ersten Garde der Organisation und sind es gewohnt, Drecksarbeiten zu verrichten. Hugo ist der Kopf, Alfons die Faust. Beide erledigen ihren Job zuverlässig, sind aber froh, wenn sie Feierabend haben und ihr Bier trinken können. Es nervt sie, dass dieser Auftrag rund um die Uhr geht.

Gregor, Anfang 30, ist Chef der zweitmächtigsten Drogenorganisation in Berlin. Er sieht, dass Falcone sich tendenziell aus dem Geschäft rausziehen möchte, und will selbst der mächtigste Gangsterboss in Berlin werden. Diesen Ablösungsprozess will er beschleunigen.

Alex und Mickey (jeweils Mitte zwanzig) gehören zu Gregors Leuten. Sie sollen sich an die Fersen von Hugo und Alfons hängen, weil Gregor ein großes Drogengeschäft wittert. Alex hält sich selbst für cleverer als seinen Chef. Er ist smart und bereit, alles zu tun, um schnell reich zu werden. Mickey bewundert Alex.

Kriminalhauptkommissar **Emil Stock**, 63, war sein Leben lang gerne Polizist, weil er sich darin seine Moral leisten konnte. In den letzten Jahren seiner Dienstzeit kamen ihm Zweifel über die klare Linie zwischen Gut und Böse. Dieser Fall wird sein letzter sein, er wird dann seine vorzeitige Pensionierung einreichen.

Kriminalkommissarin **Tanja Müller**, 31, mag ihren Chef. Sie sind trotz ihres unterschiedlichen Alters ein Team.

Oberinspektor **Kaller** und Inspektor **Sobinski** observieren in einem silbergrauen VW Passat einen schwarzen Mercedes 600.

Charles Bonnet ist Stocks Kollege am Quai des Orfèvres in Paris. Die beiden kennen sich schon lange und hatten mit ihren Familien oft zusammen in Südfrankreich Urlaub gemacht.

Felix Brown ist in leitender Funktion beim FBI in New York tätig. Für seinen Freund Bonnet scheut er keine Mühe, über Mullner zu recherchieren.

Ein **Klavierbauer** in Rente freut sich, dass er in einer Wirtschaft in Dresden mit Stefan Schubert über den Orgelbau in Sachsen reden kann.

Yvonne, die Wirtin des Campingplatz-Restaurants in Menton, beeindruckt Sten und Cliff mit ihrer Mischung aus selbstbewusster Erotik und Lebenskenntnis.

Lena zeigt Stefan die Schauburg in Dresden.

Ein **Clochard** lädt sich bei Stefan, Cliff und Julie zu einem Vermouth ein.

Zeitablauf und Wegstrecke

Die Geschichte spielt im Mai (vom 21. bis 31.) des Jahres 1999.

Freitag, 21. Mai: Stefan Schubert übernimmt um 10.00 Uhr den Mercedes. Abschied von Sabine. Um 14.00 Uhr verlässt Stefan Berlin auf der Autobahn. Abendspaziergang in Dresden. Übernachtung im Hotel Ramada.

Samstag, 22. Mai:	Von Dresden über Chemnitz - Pause am Hermsdorfer Kreuz - nach Hof, Bayreuth, Nürnberg, München, Memmingen, Bregenz. Weiterfahrt über die Alpen auf der Strecke San Bernhardino - Lugano. Übernachtung in Mailand. Bekanntschaft mit Cliff Mullner.
Sonntag, 23. Mai:	Fahrt über Genua die Riviera entlang über Ventimiglia bis nach Menton. Übernachtung auf dem Campingplatz.
Montag, 24. Mai:	Monte Carlo, Nizza, Cannes. Julie Bertaux steht in Nizza als Anhalterin. Besuch von Vence. Übernachtung in Nizza.
Dienstag, 25. Mai:	Fahrt an der Küste entlang, Saint Tropez. Übernachtung in Port de Miramar bei La-Londe-Les-Maures.
Mittwoch, 26. Mai:	Toulon. Rastplatz bei Marseille. Die Auftraggeber melden sich. Auf der Flucht. Arles. Übernachtung bei Les Baux.
Donnerstag, 27. Mai:	Weiterfahrt über Valence Richtung Clermont-Ferrand. Übernachtung in einer Auberge in der Auvergne.

Freitag, 28. Mai:	Massif Central. Vichy, Moulins, Bourges, Orléans. Übernachtung in einem Routiers-Motel kurz nach Orléans. Cliff tötet die Gangster.
Samstag, 29. Mai:	Cliff wirft Stefan und Julie aus dem Auto. Show Down: Mullner gegen vier Gangster. Polizei und Syndikat warten in Paris vergebens auf die Geldübergabe. Stefan und Julie mieten sich in einem Hotel in Paris ein und finden das Geld in ihrer Reisetasche. Nachmittag auf dem Friedhof Père Lachaise. Abend auf der Ile de Notre Dame.
Sonntag, 30. Mai:	Julie und Stefan erfahren von Cliffs Tod aus der Sonntagszeitung.
Montag, 31. Mai:	Julie und Stefan trennen sich. Stefan nimmt den Zug nach Berlin. Stefan sitzt wieder in seinem Taxi. Emil Stock steigt zu.

Dank für Unterstützung an Berndt Bauer, Sylvia Bender, Ingo J. Biermann, Angelika Deigner, Horst Ebinger, Ewald Dietrich, Dagmar Gebhardt, Wolfgang Kienle, Christina König, Dieter Knoll, Hans Lang, Uli Schiefer, Uwe Schmidt, Karin Sigler-Simon, Fritz Walter, Klaus Zeininger, Steffen Zojer.

MERCH MOVIE EDITION

weitere lieferbare Titel im Programm

Ines Veith
KRISTIN
nnern des Bernsteins
BN 3-9801721-2-0
300 Seiten
mat: 13,5 x 21,5 cm
Politkrimi

Das spannende Spionage- und Fluchtschicksal um die Geschwister Jürgen und Kristin Klemenz aus Usedom mündet im hochkarätigen Komplott einer korrupten Ost-West Politmafia. Es geht um den als Bernstein-Fracht getarnten Deal von "Red Mercury". Einem hochbrisanten Stoff, der als Grundsubstanz für die kleinste Atombombe der Welt tauglich ist. Endlich ein deutscher Roman, der im Stil von Clancy oder Grisham Machenschaften aus der Welt der Politik, der Geheimdienste und Finanzen enthüllt und thematisiert. Verfilmt für Pro Sieben.

Michael Lutz
GROMEK
e Moral des Tötens
BN 3-9801721-1-2
240 Seiten
mat: 13,5 x 21,5 cm
Politthriller

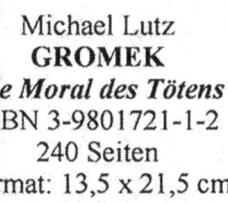

Ein atemberaubend raffinierter Politthriller.
Jahrelang glaubt der Schattenagent Michael Gromek an die "Moral des Tötens" aus Gründen der Staatsräson. Bis er eines Tages selbst beinahe das Opfer einer tödlichen Intrige aus den eigenen Reihen wird. Ein Plot, der schon beim Lesen wie ein Film wirkt. Der Erzählstil des diplomierten Fotografen Michael Lutz ist wie das Bild einer Kamera scharf und präzise auf das Wesentliche fokussiert.

Michael Meert
LOLA
Sexo Integral
BN 3-9801721-3-9
280 Seiten
mat: 13,5 x 21,5 cm
Erotikdrama

Die heiße Inselliebe zwischen Robert und Lola scheint einmalig zu sein. Ihre Körper reagieren wie zwei Magneten. Sie nennen es den "Sexo Integral". Eine Geschichte, die den Rausch der Leidenschaft mit grossem Gefühl und einer sensiblen, erzählerischen Sprache zum Ausdruck bringt.
Michael Meert, der bei Kieslowski Film studierte, ist ein Autor, der es versteht, die Suche nach der ewigen Liebe in eigenwillige Bilder zu fassen. Bilder, die sich ins Gedächtnis fräsen.

Ines Veith
DIRK
der STASI entführt?
BN 3-9801721-0-4
300 Seiten
mat: 13,5 x 21,5 cm
entisches Politdrama

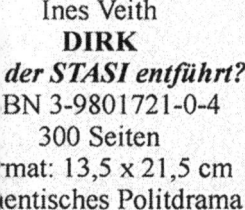

Das Buch schildert das Drama der Görlitzer Familie Schiller um ihren vermissten Sohn Dirk. Weil die Behörden nicht ermitteln und von den Eltern fordern, ihr Kind für tot zu erklären, suchen die Schillers auf eigene Faust nach Dirk und wenden sich an das internationale Rote Kreuz. Daraufhin werden sie von der STASI verfolgt und verhaftet. Als TV-Zweiteiler verfilmt für SAT 1, mit Thekla Carola Wied und Heinz Hoenig in den Hauptrollen.
"Das Buch verdient das Prädikat 'ausgezeichnet'!"
(Stuttgarter Nachrichten)